Holger Pfandt

Altobelli
Killer. Kröten. Kapriolen.

Holger Pfandt

Altobelli
Killer. Kröten. Kapriolen.

Bibliografische Information der Deutschen Bibliothek
Die Deutsche Bibliothek verzeichnet diese Publikation in der
Deutschen Nationalbibliografie;
detaillierte bibliografische Daten sind im Internet über
http://dnb.ddb.de abrufbar.

1. Auflage, Kempen 2019
© 2019 L100 Verlag, Kempen; Hans-Jürgen van der Gieth • Ulli Potofski GbR

Nach der neuen deutschen Rechtschreibung

Alle Rechte dieser Ausgabe vorbehalten durch L100 Verlag, Kempen

Lektorat: Hans-Jürgen van der Gieth, Kempen / Simone Mann, Nettetal
Umschlaggestaltung: Inside Grafik, Kempen,
Titelfoto: stock.adobe.com
Gestaltung: Inside Grafik, Kempen

Druck / Bindung: GrafikMediaProduktionsmanagement GmbH, D-Köln

Vertrieb: BVK Buch Verlag Kempen GmbH, www.buchverlagkempen.de

Printed in Europe

Best.-Nr.: L03
ISBN: 978-3-947984-02-2

Inhalt

	Prolog	7
1	Rührei vor dem Siebener	10
2	Spfripfftuhr nach Paris	21
3	Der Mogul	30
4	Butter bei die Fische	38
5	English for runaways	50
6	Der Aufzug-Hund	56
7	Die waghalsige Hebamme	70
8	Big Mickey Mo	82
9	Quiet, Köchlein und Kosaken	90
10	Drei Bündel und ein Pellchen	102
11	Inspiration für Käpt'n Ahab	115
12	Das Tretboot	130
13	Eiskaltes Trondheim	141
14	Der tanzende Cosmo	155
15	Tiroler Style	173
16	Der Ring aus Hohensyburg	185
17	Happy Birthday	199
18	Rätselhafter Auftrag	211
19	Venerable Padre Enrique	227
20	Der Kongress mit Dracula	238
21	Die einhändige Margot	252
22	Ingo und das Schwesterchen	259
23	Finale	272
	Personen-Verzeichnis	285

Für meinen Vater Ottomar Pfandt.
Sein goldenes Herz und sein silberner
Humor bleiben unvergessen.

PROLOG

Meine Güte, jetzt bin ich schon satte 26 Jahre als (gut) bezahlter Auspuster im Geschäft. Meine Jobs erledige ich echt gewissenhaft und sauber, die Nummern gehen mir meist leicht von der Hand. Vor allem hab ich bis heute keine Knastzelle von innen gesehen oder musste auf 'ner blöden Polizeiwache erscheinen. Da kann man schon ein bisschen stolz sein.

Eines direkt mal vorneweg. Es war keine feste Absicht, ausgerechnet diesen Beruf zu ergreifen. Während andere Jungs Astronaut oder Feuerwehrmann werden wollten, schwebte mir was komplett Chilliges vor, also irgendwas ohne großen Stress. *Man muss auch mal abschalten können,* dachte ich und kokettierte deshalb mit Sachen wie Golfprofi, Pokerspieler oder Fußball-Bundestrainer. **Altobelli,** das wären auch coole Nummern gewesen. Ans Umfideln hab ich damals im Traum noch nicht gedacht. Na ja, und dass ich das jetzt schon eine halbe Ewigkeit ausübe, war ebenfalls nicht geplant. Aber wenn man einmal angefangen hat, lässt einen der Job irgendwie nicht mehr los. Beruf kommt halt von „Berufung", da ist schon was dran.

Eventuell ahnen Sie schon, dass Sie es hier mit einem engagierten und stocksoliden Kerl zu tun haben. Ich heiße Mark-Alexander Kaber, bin vor 48 Jahren im schönen Düsseldorf zur Welt gekommen und mag meinen Job. Und er mag mich. Damit meine ich, dass er mich prima ernährt, mir ordentlich viel Freizeit garantiert und mich komplett ohne doofe Vorgesetzte durchs Leben laviert. Außerdem lerne ich durch ihn 'ne Menge netter Leute kennen. Na ja, manchmal ist die Dauer dieser Bekanntschaften allerdings recht überschaubar. Und bei dem ein oder anderen beruht die Freude hernach auch nicht auf Gegenseitigkeit. So ist das eben. Auch wir Auftragskiller müssen, genau wie andere, mal 'ne Kröte schlucken.

Egal, jedenfalls schmeckt mein Beruf intensiv nach Abenteuer, er kitzelt regelmäßig meine Adrenalindrüsen. Natürlich nehme ich nicht jede Nummer an. Manche Klienten denken, wir könnten wirklich alles und wären in der Lage, auf Wunsch zum Beispiel einen Astronauten auf der ISS umzufideln. Das ist natürlich Blödsinn, schließlich sind wir keine Supermänner. Außerdem nicke ich nur Aufträge zwischen 18 und 95 ab. Bei den unter 18-Jährigen halte ich prinzipiell die Füße still, die Clearasil- und Zahnspangen-Generation ist absolut tabu für mich. Und bei Greisen ab 95 regelt ohnehin die Natur das baldige Verschwinden, da müssen wir nun wahrlich nicht mehr nachhelfen. Meine eisernen Grundsätze kann man sich super merken. Man muss einfach nur an Fortuna Düsseldorf denken: Der grandiose Fußballclub wurde 1895 gegründet.

Meine bisherige Karriere hat mir, M. A. Kaber, schon viel Aufregendes beschert. Heroische, amüsante, aber natürlich auch weniger erbauliche Erlebnisse. Legendären Siegen stehen empfindliche Niederlagen gegenüber. Hab mich aber immer wieder hochgerappelt, schließlich möchte ich meinen coolen Job noch viele Jahre genießen. Also, falls nix dazwischenkommt wie ein Unfall oder ein Burnout. Oder ein paar lausige Schnüffler in Uniform.

Bisweilen staune ich selbst, auf wie viele skurrile Geschehnisse ich schon zurückblicken kann. Tja, manchmal wird man vom Leben herumgewirbelt wie ein Birkenblatt vom Herbststurm. Aber wem sag ich das? Wahrscheinlich kennen Sie das auch. Ich finde, nach einem Vierteljahrhundert darf man durchaus ein wenig aus dem Nähkästchen plaudern. Sind jetzt vielleicht keine Pulitzer-Storys, aber für den ein oder anderen mögen sie doch recht interessant sein; vor allem aber aufschlussreich, an manchen Stellen möglicherweise sogar lehrreich.

Dazu zwingen, den ganzen Kram hier zu lesen, kann ich Sie natürlich nicht! Obwohl, wenn ich so recht drüber nachdenke … Nein, kleiner Scherz! Ist absolut nicht mein Stil.

1 Rührei vor dem Siebener

Sie schlief noch tief und fest. Ab und zu schnarchte sie ein wenig. Aber es war kein unangenehmes, lautes Krawallsägen. Eher ein dezentes Frauengeknarze. Romy arbeitet als Stewardess, ich hatte sie sehr spät vom Flughafen abgeholt. Sie war volle drei Tage auf Tour gewesen und letztlich von Miami zurück in die Heimat gesegelt. Wir waren zu mir gefahren, hatten noch jede Menge gequatscht und waren erst gegen halb drei nachts im Bett. Lag vor allem daran, dass sie nach der Arbeit meist sehr aufgedreht ist. Sie plappert dann über die Paxe (also die Passagiere), die Kollegen und so weiter. Ist eigentlich immer so, wenn wir uns einige Tage nicht gesehen haben. Aber an jenem Morgen würde sie mal etwas länger schlafen dürfen – nicht bis in die Puppen, aber doch genüssliche zweieinhalb Stunden länger als sonst.

Ich nicht. Ich hatte einen ziemlich elementaren Termin. Einen von der Art, den man keinesfalls aufschieben kann. Er würde zwar nur wenige Minuten dauern, aber er war eminent wichtig. Ich stand in Jogginghose, Bademantel und Socken in der Küche. Bevor ich gleich die Eier in die Pfanne schlagen würde, ging ich zu ihr rüber ins Schlafzimmer und betrachtete sie einen Moment lang. Sie hatte ein Bein leicht angewinkelt, es lugte frech unter der Bettdecke hervor. Der rechte Arm vollführte einen lustigen Bogen, damit ihre Hand unter dem Kissen ein wohliges Plätzchen fand. Ich küsste meine Freundin sanft auf die Wange und flüsterte ihr ein „Guten Morgen, Hase. Frühstück ist gleich fertig" ins Ohr. Sie ratzte ungerührt weiter. Der Blick auf meine Uhr trieb mich ein wenig zur Eile. Ich packte meine sieben Sachen und versteckte sie im Hausflur, also im Treppenhaus vor meiner Wohnungstüre. Dann machte ich mich daran, Zwiebeln, Speck und ein paar Cherrytomaten in kleine Stücke zu schneiden. Mit diesen ätzend kleinen Küchenmessern kann ich seltsamerweise nicht so wahnsinnig gut umgehen. Mit großen Messern, einem Beil, ja sogar mit einem Skalpell bin ich recht geschickt. Aber bei diesen winzigen Küchenmessern muss ich immer extrem aufpassen, dass keine Fingernagel-Stücke ins Essen gelangen. Oder sogar komplette Fingerkuppen.

Es war jetzt genau vier nach acht. Auf Punkt 8:25 Uhr war meine Verabredung terminiert, drüben im Parkhaus, im vierten Stock. Das furchtbar hässliche Gebäude, erbaut in den Siebzigern, lag gerade mal vier Minuten von meiner Wohnung entfernt. „Spitzenmäßige Planung", murmelte ich zufrieden, während ich kleine Zwiebel-, Speck- und Tomatenstückchen anbriet. Die Pfanne zischte ordentlich laut, Romy murrte leicht und drehte sich auf die andere Seite. Ich musste sie jeden Augenblick wecken. Schließlich bildete sie heute, ohne es zu wissen, mein absolut perfektes Alibi. Tja, manchmal nutze ich sogar solch private Belange für meine beruflichen Zwecke. Nicht charmant, ethisch vielleicht auch etwas zweifelhaft, aber durchaus gängig und effizient. Ich habe längst aufgehört, mir über so was einen Kopf zu machen.

Ich warf mich neben Romy ins Bett und weckte sie, indem ich ihr mit der Hand durch die Haare wuselte und sie mehrfach knuddelte. Sie öffnete die Augen und musterte mich mit einem unglaublich verschlafenen Blick. Ich glaube, die Leute, die an den Wochenenden in einer polizeilichen Ausnüchterungszelle aufwachen, gucken ähnlich. Aber das sagte ich Romy nicht. Solche Vergleiche können schnell falsch verstanden werden.

„Müssen wir echt schon aufstehen?", fragte sie mit einer gehörigen Portion Zweifel in der Stimme. „Ich hab gerade so wunderschön geträumt ..." Romy träumt fast immer etwas. Darum beneide ich sie ein wenig. Bei mir verlaufen die Nächte meist traumlos.

„Du träumst schon am frühen Morgen von den ganzen heißen Piloten?", fragte ich entrüstet. Dabei blickte ich unauffällig auf meine Armbanduhr – 8:10 Uhr.

„Jaaa!" Sie zeigte ein ertapptes Grinsen. „Ist das etwa verboten?" Nun, aktuell existierten noch keine Gesetze gegen scharfe Träume.

„Also, ich träume ja immer noch von meinen Pfadfinderinnen", antwortete ich. „Geh mal duschen, ich mach das Rührei fertig. Kannst in 20 Minuten zum Frühstück antanzen." Es war jetzt 8:12 Uhr und ich machte mich auf in die Küche. Ich hörte, wie sie sich seufzend erhob und Richtung Badezimmer watschelte. Die Tür zum Bad ließ sie allerdings offen.

„Mach die Tür zu!", rief ich. Eine verschlossene Tür war schließlich ein essentieller Part meines gesamten Planes. Romy sollte mein kurzfristiges Verschwinden auf keinen Fall bemerken. Im unwahrscheinlichen Fall des Falles, dass hier irgendwann Schnüffler auftauchen würden, könnte mein Hase glaubhaft bezeugen, dass ich mich die ganze Zeit über in der Küche emsig um das Frühstück samt Rührei gekümmert hätte. Solche Aussagen einer völlig unbescholtenen Frau konnten Gold wert sein. „Sonst zieht der ganze Wasserdampf durch die Bude", röhrte ich als Begründung in Richtung Badezimmer. Mit Erfolg, denn rums, fiel die Badezimmertür geräuschvoll ins Schloss. Romy hatte ihr einen entschlossenen Schubs gegeben. Nicht ohne noch ein lautes, deutlich verächtliches „Verdammter Spießer!" hinterherzuschicken. Dann vernahm ich das Geräusch von prasselndem Duschwasser.

8:14 Uhr. Ich stellte die Kochplatte unter der Rühreipfanne runter auf Stufe eins und legte vier Aufbackbrötchen in den Backofen. Den Ofen stellte ich lediglich auf eine laue Stufe, dann nahm ich meine Schlüssel und rannte im Bademantel in den Hausflur. Dort raffte ich meine Straßenkleidung aus der Reisetasche, zog rasch alles an und versteckte Bademantel und Jogginghose zusammen mit der Tasche hinter einer Pflanze. Ein letzter Blick in meine Wohnung, dann schloss ich die Tür leise und sauste beschwingt die Treppe hinunter. Unten, am Fuße des Treppenhauses, zog ich meine Jacke straff und stellte den Kragen hoch. Morgens war es noch ziemlich kalt, obwohl es schon Ende April war. So langsam könnte der verfluchte Frühling mal Gas geben und ein bisschen mehr Wärme spendieren. Glücklicherweise traf ich unten im Hausflur nicht auf meine polnische Untermieterin. Zur Erklärung: Jozefa, so heißt sie, ist ein wahres Goldstück, aber sie verstrickt einen gerne mal in ein munteres, aber vollkommen nichtssagendes Alltagsgewäsch: Wetter, Nachbarschaftsgetratsche, das Übliche halt. Sie spricht ein obskures, holpriges Deutsch-Polnisch, das stets zum Rätselraten einlädt. Exakt zu deuten, dass „diesa Chuure von urzędniczka" übersetzt letztlich „Diese Hure von Politesse" bedeutet, ist nicht ganz so easy. Jozefa betreibt seit einigen Jahren einen Friseurladen unten in meinem Haus. Normalerweise betritt sie ihr Geschäft schon um kurz nach acht, um irgendwelchen Schriftkram zu erledigen. Aber an jenem Morgen gab es keine Spur von ihr. Ich huschte aus der Haustür und reihte mich auf dem Bürgersteig in den morgendlichen Ameisenkonvoi ein. In die Masse der vielen Menschen, die zur Arbeit hasteten – also genau wie ich. Während ich die „Hohe Straße" entlangschritt, steckte ich die Hausschlüssel in meine Jackentasche. Dabei spürte ich mit den Fingerspitzen die solide Nylonschnur, die ich bei mir trug. Um das richtige Werkzeug fürs Wegfideln muss man sich sehr frühzeitig Gedanken machen, sonst kann man sein blaues Wunder erleben. Bei einer falschen Wahl kann so 'ne Nummer auch leicht aus dem Ruder laufen. Ein Revolver ist gewöhnlich viel zu laut und mein Skalpell wäre hier auch nicht der wahre Jakob. Die feine Klinge ist zwar häufig meine bevorzugte Wahl, aber bei diesem Job im Parkhaus fehlte mir schlichtweg die Zeit für nervig langes Ausbluten. Die Nylon-Variante war schon recht passend, wie ich fand. Mittlerweile war es 8:17 Uhr. Meine Schritte führten mich zügig zum Parkhaus am Carlsplatz. Um Punkt 8:21 Uhr betrat ich den Bau, um 8:22 war ich im vierten Stock am Parkplatz Nummer 424. Hier würde sich gleich meine Beute einfinden. Der Knabe fungierte als Immobilien-Heini. Präziser, er kaufte ältere Objekte, hübschte sie auf und verscherbelte sie mit saftigem Gewinn als angeblich „hochwertige Immobilien". Anscheinend hatte er dabei allerdings die guten, alten Geschäftssitten außer Acht gelassen und sich den ein oder anderen üblen Bock geleistet. Hatte sich reichlich was in die Taschen gesteckt, obwohl er es bei etlichen Deals mit der Wahrheit nicht so genau genommen hatte. Na ja, der Schurke hatte tolle Sachen versprochen, aber im Nachhinein kam heraus, dass sich die Hütten keineswegs in dem versprochenen „einwandfreien Zustand" befanden. Kaputte Heizungssysteme, kaschierte Wandrisse oder komplett marode Dächer waren da wohl noch das Wenigste. Unser Häuser-Knabe hatte sich ziemlich oft übelst weit aus dem Fenster gelehnt. Dieses Mal offenbar ein Stück zu weit. Denn die schnieke Villa, die er einem Zahnarzt für 2,7 Millionen Schleifen verkauft hatte, stand auf mächtig vergiftetem Erdreich. Diese fette Kontamination hatte der Macker aber irgendwie vergessen zu erwähnen, geschweige denn sie zu dokumentieren. Der Zahn-Doc würde das nun wohl oder übel sanieren lassen müssen. Ziemlich ärgerlich und unglaublich teuer. Half aber nix, denn er wollte ja seine komplette Arztpraxis in seine neue, fußballplatzgroße Villa verlegen. Dafür benötigte er übrigens auch noch eine Reihe an Baugenehmigungen.

„Überhaupt kein Problem!", versicherte ihm unser Freund, der Ganeff, „das Objekt können Sie erweitern und umbauen, wie Sie lustig sind. Das mit den Genehmigungen geht klar, … das habe ich längst gecheckt." Davon zeigte sich allerdings das zuständige Bauamt dann mehr als überrascht. Schnell wurde klar, dass es dem Zahn-Doc so gut wie alle Umbauvorhaben untersagte. Der verständlicherweise äußerst erboste Dentist versuchte daraufhin, den Kasten wieder zurückzugeben. Klappte natürlich nicht, unser geschäftstüchtiger Fiesling lehnte das schlichtweg ab. Daraufhin wollte sich der Doc mit ihm gütlich auf eine Senkung des Kaufpreises einigen. Auch das war natürlich eine vollkommen alberne Idee. Letztlich startete der Doc noch einen Versuch, den Schlamassel gerichtlich zu lösen. Er verklagte den großspurigen Häuserlumpen. Doch vor dem Kadi log selbiger dermaßen ungeniert, dass seine Nase mindestens bis nach Garmisch reichte. Schlussendlich wandte sich der erzürnte Zahnarzt an mich. Ich schloss daraus, dass weder die gütliche, noch die gerichtliche Variante zu einem bahnbrechenden Erfolg geführt hatte.

Jeden Morgen gegen 8:25 oder 8:26 – da war unser Lügenbold wirklich pünktlich wie ein Uhrwerk – stieg er hier in seinen 7er BMW, um ins Büro zu fahren. Der Wagen stand stets auf Platz 424, wunderbar zwischen zwei dicken Pfeilern gelegen. Lediglich eine einzige Überwachungskamera war auf dieser Seite des Parkdecks installiert. Das bescheuerte Videoauge hatte ich in der Nacht zuvor auf dem Weg zum Flughafen mit simplem Graffitispray zum Erblinden gebracht. Jetzt konnte man hier unbeobachtet jeden Blödsinn machen. Außerdem hatte ich gestern noch zwei schicke Pkw-Kennzeichen mitgebracht. Super Teile aus Mönchengladbach, mit TÜV-Plakette und allem Zipp und Zapp. Das vordere Kennzeichen hatte ich bereits gestern am BMW ausgetauscht, hinten prangte noch das originale. Die coolen Schilder hatte mir ein alter Kumpel besorgt. Wir nennen ihn nur „Quiet Earp", weil er immer vollkommen lautlos aus dem Nichts auftaucht. Und ebenso unbemerkt wieder verschwindet. Außerdem hat er eine unglaublich leise Art zu sprechen, man muss das Ohr schon sehr nahe an sein Gesicht bringen, um das Gewispere von Quiet Earp einigermaßen verstehen zu können. Ich kenne wirklich keinen lautloseren Menschen als ihn. Vielleicht ist er ja im Weltraum aufgewachsen. Bürgerlich heißt er wohl Jens oder so. Keine Ahnung. Aber er kann jede Menge Sachen besorgen, auch das unglaublichste Zeug.

Romy braucht für das Duschen inklusive Abtrocknen und Eincremen in der Regel so 13 bis 14 Minuten. Wenn sie sich die Beine rasiert, dauert's auch schon mal länger. Gegen 8:28 Uhr wäre sie also durch mit ihrem Anfangsprogramm. Dann würde sie sich schminken und ihre Zähne putzen. Romy bevorzugt allerdings eher ein ausgedehntes „Zähne-Schmirgeln", sie rotiert bestimmt satte zwei Minuten mit der Bürste an allem herum, was in ihrem Mund so zu finden ist. Ohne Quatsch. Manchmal wundere ich mich, dass nach dieser Putzorgie überhaupt noch Zahnschmelz aus ihren Kiefern herausguckt. Aber irgendwie machen ihre Beißer immer noch einen vitalen, unbeschädigten Eindruck. Egal, zu guter Letzt würde sie sich genüsslich die Haare föhnen. Folglich würde mein Hase nicht vor 8:34 Uhr aus dem Badezimmer kommen. Noch war ich super in der Zeit. Nichtsdestotrotz ergriff mich eine leichte Hektik. Schließlich konnte ich nicht auf ein Beine-Rasieren spekulieren. Ich musste unbedingt zurück sein, bevor Romy das Bad verließ. Genau in dem Moment, in dem ich leise „So langsam könnte die Kanaille hier mal auflaufen" vor mich hin murmelte, quietschte die schwere Treppenhaustür, um kurz darauf wieder ins Schloss zu fallen. Dann hörte ich Schritte. Na also! Auf den Burschen konnte man sich wirklich verlassen. Meine Uhr zeigte 8:25 Uhr, er war sensationell pünktlich. Showtime!

Der Knilch hatte etwa meine Größe, muskulös, wenngleich er eine kleine Wampe vor sich hertrug. Er stolzierte mit seinem Aktenköfferchen in der linken Hand an mir vorbei und griff mit der rechten in seine Manteltasche. Er holte einen einzelnen Autoschlüssel heraus und drückte mit dem Daumen auf dessen Mitte. Ich hörte das Piepen der elektronischen Verriegelung am BMW, zudem leuchtete kurz die Warnblinkanlage auf und die Seitenspiegel drehten sich nach außen. Ich machte einen Satz aus meiner Pfeilerdeckung nach vorn, landete genau hinter ihm und wir begannen sofort, emsig zu arbeiten. Also „Wir" sind natürlich nicht der Häuser-Ganeff und ich, sondern die Nylonschnur und meine beiden Hände. Die natürlich in soliden Lederhandschuhen steckten. Ging eigentlich alles recht fix. Er war komplett überrascht (das sind sie fast immer), röchelte nur kurz und eher dezent, ließ seinen Koffer fallen und fasste sich an den Hals. Zu mir umdrehen konnte er sich nicht, da ich dies mit einer geschliffenen Beinschere geschickt unterband. Solche Mätzchen, wie sich umzudrehen oder gar um Hilfe zu schreien, mag ich überhaupt nicht. Das ist echt unprofessionell und auch nicht ganz ungefährlich.

8:26 Uhr. Ich zog den schlappen Kameraden näher an seinen Wagen heran und öffnete den Kofferraum. Himmel, haben diese 7er BMW einen mächtigen Stauraum! Wie die Arche Noah, da kann man getrost einen ganzen Zoo mit Zebras, Giraffen und Nashörnern verstauen. Unser betrügerischer Immobilien-Hansel fand auf jeden Fall sehr kommod Platz darin. Hätte sich, sofern lebendig, dort noch dreimal umdrehen können. Ich vergewisserte mich rasch, dass er wirklich über den Jordan war. Dann nahm ich sein Handy, stellte es auf „lautlos" und zog das Parkhausticket aus seiner Manteltasche. Rasch ersetzte ich noch das hintere Kennzeichen durch mein Quiet-Earp-Fake-Nummernschild aus MG. Die alten Schilder legte ich neben den steifen Kameraden. Ein kurzer Augenblick des Abschieds, dann warf ich die Kofferraumklappe zu. Es war genau 8:27 Uhr. Ich schloss den Wagen ab und steckte den Autoschlüssel und meine Handschuhe in meine Jacke, bevor ich locker nach Hause joggte. Ein bisschen Sport tat mir mal ganz gut. Die avisierte Zeit von 8:33 Uhr schaffte ich spielend. Im Flur zog ich fix die Klamotten aus, stopfte alles in die Tasche und schlüpfte wieder in Jogginghose und Bademantel.

Als ich die Küche betrat, hielt ich sofort prüfend ein Ohr in Richtung Badezimmer. Von dort vernahm ich das vertraute Geräusch eines heulenden Föhns. Der blies mit voller Power die Haare meiner Freundin durcheinander, derweil sie irgendeinen Justin-Timberlake-Song trällerte. Timberlake war eigentlich nicht ganz so mein Fall. Aber das konnte meine blendende Laune nicht schmälern. *Es ist immer höchst erbaulich, wenn ein Tag so freudig und unkompliziert beginnt,* dachte ich. *Und obendrein noch ein prima Frühstück lockt.* Beim Schlendern zur Herdplatte ertappte ich mich, wie ich den Song laut mitsummte. Stellenweise sang ich sogar diesen doofen Timberlake-Text mit ... **Altobelli!**

2 Spfripfftuhr nach Paris

Romy brabbelte etwas aus dem Badezimmer.

„Ich kann dich schlecht verstehen", rief ich. „Waaas möchtest du?"

„Kannst du die Zeitung hochholen? Ich würde sie gern beim Frühstück lesen."

„Mach ich, Hase!", flötete ich gut gelaunt zurück. Ich stellte die Herdplatte wieder hoch, die Pfanne wurde deutlich heißer. Auch dem Backofen befahl ich nun „volle Pulle". Dann lief ich runter zum Briefkasten, holte die Tageszeitung, klemmte mir auf dem Rückweg im Flur meine Reisetasche unter den Arm, brachte sie ins Schlafzimmer und räumte rasch die Klamotten in den Schrank. Ein bisschen Salz und Pfeffer noch auf das Ei, die Brötchen aus dem Backofen rausfischen (vielleicht schaffte ich es ja mal, ohne mir die Finger zu verbrennen) und fertig war die Mahlzeit. Romy kam aus dem Bad. Sie trug ein langes T-Shirt und ein Handtuch um die Hüften gewunden. Wohlwollend blickte sie auf die Pfanne mit dem Rührei, erfreut auf die Zeitung neben ihrem Teller, durstig auf das Glas mit dem Multivitaminsaft.

„Gut gemacht", lobte sie in einem fast kitschigen Ton. „Was machen wir heute?"

Ich aß bereits und hatte den Mund voll. „Mhm ... Lufft auf 'ne Spfripfftuhr?", kaute ich hervor. Sie blickte mich fragend an. Ich sollte es besser ohne 80 Gramm Rührei versuchen. Ich schluckte runter, trank einen

Schluck Kaffee und blickte sie abenteuerlustig an.

„Lust auf 'ne Spritztour?", artikulierte ich nun etwas deutlicher.

„Wohin denn? Ich muss sowieso noch in die Reinigung und zur Post, ist also 'ne gute Idee."

„Hase!", mahnte ich sie, „ich hab andauernd gute Ideen."

„Na ja, die neulich mit den 89 km/h war nicht so toll!", maulte sie. Richtig, vor einigen Wochen mit 89 in die Radarfalle auf der Berliner Allee zu brettern – da ist ein lausiges Limit 60 – war eine wirklich miese Idee gewesen. Die daraus resultierende happige Geldbuße plus ein Punkt in Flensburg waren noch übler.

„Ich hab uns 'ne prima Karre besorgt", ließ ich beiläufig fallen. „'Nen 7er BMW …" In meiner Stimme klang ein wenig Stolz mit. Weil ich ja weiß, dass meine Freundin liebend gerne opulente Schlitten fährt.

„Wirklich? Ach, bist du süß!" Sie stand auf und schlang von hinten die Arme um meine Schultern. „Aber das ist doch voll teuer? Ich dachte, du siehst gar nicht ein, soviel Geld für ein Auto auszugeben."

„Halb so wild", beschwichtigte ich, „hat mir ein Kumpel für ein paar Tage geliehen. Er ist gerade eh nicht in der Lage, die Karre zu fahren." Hier war definitiv nur der vordere Teil gelogen, stellte ich fest. Der Rest stimmte ja.

Wir frühstückten, ich duschte, zog mich an und wir verließen meine Wohnung gegen halb elf. Als wir den 7er im Parkhaus erreichten, staunte Romy nicht schlecht. Sie öffnete die Fahrertür, warf einen prüfenden Blick hinein und stieß einen kurzen Pfiff aus.

„**Altobelli!** Mit allem Zipp und Zapp", bemerkte sie anerkennend. In der Tat hatte sich der Immobilien-Heini eine recht pompöse Karosse mit etlichen Luxusspielereien gegönnt. Romy benutzt den Ausdruck „**Altobelli**" wirklich nur bei allerhöchster Bewunderung! Oder bei höchstem Erstaunen oder bei mächtigen Überraschungen – also relativ häufig. Mein Hase stöckelte mit ihrem Kleidersack, in dem sich zwei Stewardessen-Garnituren befanden, schnurstracks Richtung Kofferraum. Ich bemerkte das erst auf den letzten Drücker, bekam einen ordentlichen Schrecken und eilte sofort hinterher. Ich legte eine Hand fest auf den Kofferraumdeckel und entwendete ihr das Gepäck. Alter Schwede, das war mächtig knapp! Mal eine Sekunde nicht aufgepasst. Ich geleitete Romy zum Fahrersitz, gab ihr den Schlüssel und hauchte ihr ein „Du fährst, Hase" ins Ohr. Dann öffnete ich die hintere Wagentür, warf den Kleidersack hinein und setzte mich ebenfalls auf die Rückbank. Ich sah, wie Romy mich leicht irritiert im Rückspiegel beobachtete.

„Was machst du denn da hinten?", fragte sie. Eine berechtigte Frage. Da wir beim Verlassen des Parkhauses von mindestens zwei Kameras aufgenommen werden würden, war klar, dass ich mich besser hinten flachlegen sollte.

„Wieso? Du bist doch jetzt mein Taxi. Einmal zur Reinigung, bitte!" Das mochte ich schon immer, hinten rumlümmeln und nix machen. Ich reichte ihr das Parkticket für die Ausfahrt und ließ mich seitlich auf die Sitze fallen. Beim Hinlegen entdeckte ich auf der Fußmatte ein paar Papiere des im Kofferraum liegenden kalten Burschen. Aber darum würde ich mich später kümmern.

Romy startete das schwere Fahrzeug und steuerte es lässig aus dem Parkhaus. Zuerst fuhren wir zur Reinigung, wo sie ihre zwei Garnituren abgab. Dann ging es zur Post. Sie gab ein Päckchen an ihre Schwester auf und kaufte Kuverts und Briefmarken. Als sie zum Auto zurückkehrte, sagte sie: „Ich möchte noch ein paar Croissants kaufen." War jetzt keine große Überraschung, Romy würde sich am liebsten in diese buttergetränkten Dickmacher reinlegen. Kurioserweise schienen die Kalorienbomben ihrer Figur jedoch nichts anhaben zu können.

„Yep! Aber wir holen uns original französische ... wir fahren nach Paris!", entschied ich. Und zwar im Befehlston eines Schiffskapitäns, etwa so, wie die in den Kinofilmen immer brüllen: „Steuermann! Kurs Nord-Nordost". Mittlerweile saß ich neben ihr, vorne auf dem Beifahrersitz.

„Du bist ja völlig durchgeknallt!" Ihre Ansage klang ernstlich besorgt. „Hat dein Kumpel nix dagegen? Wie heißt der überhaupt?"

„Quatsch, im Gegenteil", entgegnete ich, während ich versuchte, schnell einen schicken Vornamen zu erfinden. Den echten von unserem verstummten Kofferraumgast hatte ich leider längst wieder vergessen. Doch in der Hektik fielen mir irgendwie nur abwegige Namen ein. Ich blickte in die Mittelkonsole, dort lag eine Tüte Bonbons. Auf der Tüte prangte der Name „Fritties".

„Fritti hat überhaupt nix dagegen, weil er gerade ..."

„Er heißt Fritti? Echt jetzt?" Romy unterbrach mich und ihr Einwand kam völlig zu Recht. Wieso zur Hölle hatte ich ausgerechnet die blöden Fritties als Namenspaten genommen? Ich bereute meine spontane Wahl und bemühte mich, sie rasch zu korrigieren.

„Nein, eigentlich heißt er … äh … Fritz. Er heißt Fritz-Timon." Pause. „Na ja, er wird von fast allen immer nur Fritti genannt …" Oh Mann, das war ja noch schlimmer. Romy guckte mich noch überraschter an. Ich ließ keine weiteren Bemerkungen zu und plapperte weiter. „Ist ja auch egal, auf jeden Fall ist er gerade geschäftlich in Japan und fliegt morgen von Tokyo nach Paris zurück." Ich sortierte kurz noch ein, zwei Gedanken und fuhr fort: „Und er fände es super, wenn er in Paris gleich seinen BMW zur Hand hätte. Weil er … weil er direkt danach noch in die Schweiz muss. Also können wir ihm die Karre doch heute nach Paris bringen, oder?"

Romy blickte teils auf die Straße, teils zu mir. Sie fuhr einen ordentlich flotten Reifen. „Und dann?" Ihre Frage verriet starkes Interesse.

„Anschließend könnten wir die Champs-Élysées hinaufbummeln und gehen später noch schön was essen. Und abends fahren wir mit dem Zug nach Hause. Klingt doch nicht schlecht, oder?"

„Wie lange braucht der Zug?", fragte sie. Den Fritz-Timon schien sie verdaut zu haben.

„Ach, das geht fix. Weiß nicht genau, sind vielleicht so vier Stunden vom Gare du Nord bis hier." Dieser Thalys ist erste Sahne und megaschnell. In dieser Hinsicht sind die Franzosen echt absolute Spitze. Als Nächstes bauen sie wahrscheinlich ein Hightechkatapult, das einen in zweieinhalb Minuten von Paris nach Düsseldorf schleudert. Sie war einverstanden. Es war gerade mal viertel vor zwölf.

Ich überprüfte nochmals, ob der Kofferraum fest verschlossen war und ob ich die von Quiet Earp erhaltenen Kennzeichen korrekt montiert hatte. Ja, und dann kachelten wir auch schon los. Konnte ein wirklich gelungener Mittwoch werden. Jedenfalls für die meisten von uns im Auto. Romy gab Gas und die Kiste schoss nach vorne. Hinten im Kofferraum ruckelte es ein wenig. Ich ignorierte das Geräusch geflissentlich. Romy hatte es ohnehin nicht bemerkt.

„Dein Kumpel Fritti hat dir da aber ein echt feines Geschoss geliehen." Ihre Tonlage verriet echte Bewunderung. „Ein wirklich cooles Automobil." Dabei stieß sie erneut ein anerkennendes **„Altobelli"** aus, schon das zweite an diesem Vormittag.

„Absolut", antwortete ich, „er hat einen ganz passablen Geschmack. Der Bursche schuftet aber auch irre viel. Ich würde ihm ja gönnen, dass er sich einfach mal ein paar Tage hinlegt, entspannt und gar nix macht." Bei diesen Worten grinste ich übers ganze Gesicht, bedauerlicherweise musste ich den kleinen Gag jedoch alleine genießen.

„Ja klar, aber wer kann das schon? Nur weil du ihm das gönnst, ändert das ja nichts an der Realität." Sie hielt das Steuer lässig in einer Hand. Ich beschloss, darauf besser nicht zu antworten und saß einfach still neben ihr. Aber meine Freundin genoss den Trip auch so.

In der Nähe von Pontarmé ließ ich sie an einer Raststätte anhalten. Ich tankte die Karre halbvoll, gab Romy ein paar Kröten und bat sie, den Sprit in dem Tankshop zu bezahlen. Kaum war sie weg, lief ich zum Parkplatz. Dort schraubte ich fix zwei nette Franzacken-Nummernschilder von einem blauen Renault ab und steckte sie in meinen Rucksack. Gegen viertel nach fünf stellten wir den Wagen auf einem riesigen Park-Areal am Internationalen Flughafen „Charles de Gaulle" ab. Der Airport ist etwa so groß wie ganz Chemnitz ... nur deutlich schöner! Als wir ausstiegen, wischte ich unauffällig das Lenkrad, die Armaturen und alle Türgriffe ab. Dann nahm ich die gefundenen Papiere von dem Heini an mich. Den Schriftkram hatte ich im Wagen kurz studiert, leider war er vollkommen wertlos für mich und würde in einem Pariser Mülleimer landen. Zum Schein notierte ich die Stellplatznummer („Die muss ich Fritti nachher schicken"), dann versteckte ich den ebenfalls sorgsam abgewischten Autoschlüssel auf dem linken Hinterreifen und wir verzogen uns.

Nach 50 Metern gab ich vor, etwas vergessen zu haben. Ich latschte zurück, holte die geklauten französischen Kennzeichen aus meinem Rucksack, schraubte sie an den 7er und steckte die MG-Schilder wieder ein. Die Dinger wollte Quiet Earp natürlich zurückhaben, er hatte sie mir nur geliehen. Da ist Quiet wirklich eigen. Er besorgt dir echt fast alles, aber eben immer nur als Leihgabe. Ich steckte alle Requisiten in meinen Rucksack. Sah alles so weit okay aus, der schnieke 7er wirkte mit den neuen Schildern genau wie die Protzkarre eines betuchten Franzacken. Als ich ging, nickte ich noch kurz Richtung Kofferraum. Der Schmierlappen würde nun langsam steif werden, mitten im übelsten Fluglärm. Mein lieber Scholli, war das laut in der direkten Nähe des Airports! Das Getöse hätte den Burschen zu Lebzeiten wahrscheinlich rammdösig gemacht. Aber jetzt war seine Lage ja eine durchaus andere. Ich hoffte nur, der Höllenlärm der Flieger würde die einzige Störung seiner wohlverdienten Ruhe bleiben.

„Wo bleibst du denn? Paris macht doch gleich zu!", rief Romy mir fröhlich zu.

Ich legte einen kurzen Sprint ein. Wir waren beide gehobener Laune. Romy gefiel dieser kleine Spontantrip an ihrem freien Tag. Na ja, und ich war auch ganz happy. Schließlich hatte ich heute Morgen eine prima Performance hingelegt. Wenn man so einen verantwortungsvollen Job erhält, ist es immer schön, wenn man ihn dann auch locker, easy und ohne jeden blöden Fehler erledigt. Und zur Belohnung ein paar Stunden mit seinem geliebten Flöckchen durch Paris flanieren darf.

„On y va, ma Cherie?", fragte ich Romy und legte meinen Arm um ihre Schulter. Ich war heute mächtig gut in Form, sogar mein mieses Schul-Französisch kehrte überraschend zurück. Ich hatte vor, meinen Hasen später im „Le Baron Rouge", einer angesagten Weinbar am Place d'Aligre nahe der Bastille, zünftig zum Essen einzuladen. Für ihre (unbewusste) Alibi- und Tarnungstätigkeit hatte sie sich schließlich eine angemessene Entschädigung verdient. Danach noch ein wenig bummeln inklusive Shopping, bevor wir dann mit dem Thalys nach Hause knattern würden. Von mir aus könnte jeder Mittwoch so verlaufen. Wirklich jeder! Ich hätte nix dagegen. Den Rest der Woche wollte ich mir komplett freinehmen. Nun ja, das ist halt das Privileg als selbstständiger Künstler. Aber nur um das hier mal klarzustellen: Ich arbeite äußerst gerne. Es macht echt 'ne Menge Spaß und man lernt viele interessante Leute kennen. Zudem geht es mir meistens auch wirklich flott von der Hand. Nicht zu vergessen, dass ich durch mein Geschick und den dazugehörigen Fleiß an dem Tag gleich zwei Menschen glücklich gemacht hatte: den gebeutelten Zahnarzt, der nach seinen vielen vergeblichen Anläufen nun endlich eine Genugtuung erhalten hatte und natürlich Romy, die wie ein Teenie vor mir her auf und ab tänzelte und gelegentlich in ein Schaufenster mit sündhaft teuren Klamotten linste.

Dennoch, bei aller Freude über die gelungene Nummer, ich wollte danach einen Gang zurückschalten und mir erstmal freinehmen. Es reichte völlig aus, erst vier oder fünf Wochen später wieder mit Skalpell, Wumme oder Nylonschnur loszuziehen. Finanziell und auch in physischer Hinsicht. Denn zu viel sollte man sich eben auch nicht aufhalsen. Auf gar keinen Fall! Das hat schon mein Vater immer gesagt.

3 Der Mogul

Meinen ersten Deal habe ich mit 22 abgezogen. Es ergab sich, wie so oft im Leben, vollkommen zufällig. Damals habe ich noch studiert. Also was Ernsthaftes, so wie sich das meine Eltern – ein Optiker und eine Kindergärtnerin – sehnlichst gewünscht haben. Viele Jahre hatten sie auf mich eingewirkt und eingeredet, Lehrer zu werden. Spitzenidee, hatte ich zunächst gedacht. Intuitiv sah ich die 98 Tage Ferien vor meinen gechillten Augen. Streng mathematisch formuliert bedeutet das, man liegt mehr als ein Viertel des Jahres auf der faulen Haut, die Sonn- und Feiertage noch nicht mal mit eingerechnet. Mit denen kommt man auf fast 160 freie Tage – eine bärenstarke Chillerbilanz. Da konnte man ja eigentlich kaum widerstehen. Der Lehrerberuf erschien mir als das El Dorado unter allen coolen Jobs, die mir so in den Sinn gekommen waren. Die unglaublich vielen Ruhezeiten, die einer Lehrkraft zustehen, versprachen ein „paradiesisches Berufsleben", und das traf es noch nicht mal annähernd. Kurz entschlossen nahm ich seinerzeit in der Tat dieses von Beginn an wirklich langweilige und ziemlich ätzende Studium auf. Präziser, ich besuchte Seminare und Vorlesungen in Englisch und Geschichte. Zu der Zeit besaß ich allerdings ein sehr postpubertäres und reichlich naives Hirn. Und tatsächlich eröffnete sich schon sehr bald ein ganzer Berg an negativen Perspektiven! Zum Beispiel erfuhr ich von meiner künftigen, unabwendbaren horrenden

Arbeitsbelastung: Klausuren korrigieren, Klassenfahrten organisieren, Elternabende usw. Dieses Unheil schwante mir schon recht früh. Ich denke, es war gleich zu Beginn des dritten Semesters. Achtung, drohender Monsterstress! Schnell wurde mir klar: Das mit dem Lehrerblödsinn durfte unmöglich mein Leben diktieren! Viel zu aufwändig, regelrecht nervtötend. Tausende von begriffsstutzigen Trotteln zu unterrichten, hätte mich um die besten Jahre meines Daseins gebracht.

Plötzlich erschien Bob auf der Bildfläche. Bob hieß nicht wirklich Bob, sein beurkundeter Name war Georg. Aber alle nannten ihn Bob, weil er eine sehr skurrile Frisur trug, einem Bobtail ähnlich. Er selbst nannte sich allerdings weder Bob noch Georg, denn bereits mit 17 hatte er sich das Pseudonym „der Mogul" zugelegt. Der Mogul! Mit 20, nachdem er sein Abitur komplett verbratzt hatte (hochdeutsch: er war zweimal achtkantig durchgefallen) und er die Schule dann ohne Abschluss verlassen musste, änderte bzw. erweiterte er seinen Namen auf „Mogul de Luxe". Niemand nannte ihn so, aber er persönlich schien sehr glücklich mit dieser Eingebung zu sein. Er stellte sich regelmäßig so vor, auch auf Partys. Da setzte der etwas dickliche und ungepflegte Bob stets eine geheimnisvolle, leicht mysteriöse Miene auf, so, als würde er gleich schweren Herzens zugeben, er sei der uneheliche Sohn von Erich Honecker. Stattdessen kratzte er sich am Kinn, blickte sich vorsichtig um und raunte: „Hallo! Du hast es hier mit dem Mogul zu tun, dem ‚Mogul de Luxe'." Dabei zog er eine seiner Augenbrauen hoch – ein sehr schauriges Bild. Um den von ihm erhofften aristokratischen Touch noch zu untermauern, wählte er in Unterhaltungen mit den „Hühnern" – so nennen wir seit jeher die Mädels – häufig den „Pluralis Majestatis". Sehr cool. Sanft legte er seine speckige Hand auf den Oberschenkel einer BWL-Studentin und säuselte Sätze wie: „Wir wollen doch, dass für dich die Sonne lacht, dass du strahlst ... und du dein Zentrum findest." Ich weiß, dass die meisten Hühner damals schnellstens die Flucht ergriffen hatten, manche auch laut kreischend. Aber ein oder zwei pro Halbjahr hatten das damals mit dem Mogul anscheinend vertieft. Wahnsinn! Letztlich nahmen jedoch alle Hühner wieder schnell Reißaus.

Jedenfalls, Bob quatschte mich am Rande einer Tequilaparty an. Es war an einem Freitagabend im Juni. Freitags hatte ich mit der Uni sowieso nie was an der Mütze. Der „Frei-Tag" war, wie der ureigene Name dieses Tages schon vermuten lässt, eine festgezurrte Gelegenheit zur Entspannung und zur Verwirklichung meiner selbst. Das galt übrigens auch für die Montage. Und in sehr regelmäßigen Abständen auch für den ein oder anderen Mittwoch. Aber egal. Ich kam an jenem Juni-Freitag gerade frisch geduscht und wohlriechend aus dem Strandbad zur Party, was man vom Mogul nun wahrlich nicht behaupten konnte. Er trug stets ein beiges Rüschenhemd mit auffälligem Kragen und darüber noch einen wildgemusterten Brokatrock. So einen, wie wir ihn von Mozart-Porträts kennen. Die von Mozart waren allerdings überwiegend weinrot und komplett einfarbig. Der vom Mogul strotzte vor Farben und Formen wie ein Silvesterfeuerwerk. Das Ding hatte er mal auf 'nem Trödelmarkt erstanden. Diese erlesene Kombination kleidete ihn 365 Tage im Jahr, in Schaltjahren sogar an 366 Tagen. Ich war mir sicher, dass er nur diesen einen Brokatrock besaß. Bei seinem Rüschenhemd befürchtete ich, dass auch dies ein Einzelstück war. Zehn dieser Scheusale besaß er jedenfalls nicht, dem Geruch nach zu urteilen, existierten maximal zwei. Der Mogul legte bedacht den Arm über meine rechte Schulter und begann mit mir spontan ein ziemlich konfuses Frage- und Antwortspielchen. Auch hierbei befleißigte er sich des „Pluralis Majestatis". Ich war zwischen heftiger Abneigung und potentieller Neugier hin- und hergerissen, am Ende siegte die Neugier. Aufgrund einer einzigen, eher beiläufigen Bemerkung des Moguls. Sie beinhaltete lediglich sechs Worte und eine Ziffer! Aber die Aneinanderreihung dieser Silben war dermaßen sensationell, dass sie blitzschnell auch in die gechilltesten oder abwesendsten Ecken meiner Hirnrinde vordrang. Freitags, an meinem Chiller-Day, war ich (und bin es zuweilen noch heute) weiß Gott nicht immer superaufnahmefähig. Aber als durch seine leicht schiefen Vorderzähne der Satz „Das wäre mir schon 5 000 Flocken wert" zischte, stand ich kerzengerade wie ein britischer Wachsoldat vor dem Buckingham Palace. Über etwa zweieinhalb Stunden – in denen ich locker acht Tequila jeglicher Couleur trank – referierte der Mogul de Luxe über sein Dilemma. Es macht wenig Sinn, dieses bizarre Gespräch, das zudem bisweilen recht verwirrend war, en detail zu wiederholen. Bleiben wir also bei den nackten Fakten des Mogul'schen Anliegens. Sein Vater, ein ehemaliger, durchaus erfolgreicher Banker und zudem ein ziemlicher Säufer vor dem Herrn, war vor einem halben

Jahr verstorben. So weit, so unprätentiös. Seine Eltern hatten sich schon vor Ewigkeiten scheiden lassen. Finanziell hatten sie alles glatt und unstrittig auseinandergerechnet. Nun also hatte das recht spezielle Einzelkind Bob oder Georg oder Mogul de Luxe (suchen Sie sich was aus) als verbliebener und alleiniger Nachkomme den gesamten Nachlass seines Vaters geerbt. **Altobelli!** Alles an Vermögen, was der alte Knabe nicht in Schnaps und ähnliche Freuden investiert hatte, war vom Mogul'schen Vater sorgsam in eine überaus abenteuerliche Branche investiert worden – in die Kunst! Präziser: in einen jungen, aufstrebenden Maler aus Belgien. Über die Jahre, so zwischen Bank und Bier, hatte der Herr Papa immer wieder kleinere Ausflüge in eine alte Wasserburg nach Belgien unternommen. Dort, in der Nähe von Montzen und Plombières, vielleicht 35 Kilometer von Aachen entfernt, residierte dieser damals noch junge Maler. Sein Name war Jérôme. Als mich der Mogul anquatschte, muss Jérôme auch schon um die vierzig gewesen sein. Der malende Knilch war praktischerweise demselben Geschlecht sehr zugetan, der Mogul beschrieb ihn gar als „brütend schwul". Warum ich dies hier so explizit erwähne, hat seinen Grund. Es wird später eine nicht unerhebliche Rolle spielen. Nun, der Künstler lebte anscheinend immer noch in dieser über 900 Jahre alten Burg, er malte immer noch sein Zeugs und der Mogul war seit ein paar Monaten, seit sein Vater den finalen Wodka geleert hatte, offizieller Eigentümer von 34 Gemälden aus der Hand des Künstlers.

An jenem Juni-Freitag beschwerte sich mein schiefzahniger Freund voller Wut und Fatalismus über seine tragische Situation. Und damit meinte er keineswegs das Ableben seines alten Herrn. Er lamentierte rum, dass die Bilder so gut wie nix wert seien. Das wisse er, weil er mehrere namhafte Kunstsachverständige beauftragt hatte. Ich fragte mich ernsthaft, woher der Mogul überhaupt derlei Sachverständige kannte und wie er sie wohl entlohnt hatte. Bedauerlicherweise, so der Mogul, waren sämtliche Experten zu ein und demselben tristen Urteil gelangt: Der ganze Krempel von Jérôme sei selbst bei optimalsten Verkaufsbedingungen maximal etwa 28 000 Flocken wert. Okay, dachte ich, immer noch besser als unbezahlte Kneipendeckel zu erben. Konnte man doch einigermaßen mit leben, 28 000 Kracher waren besser als nix. Und so formulierte ich es dann auch laut. Aber meine laienhafte Aufmunterung konnte den Mogul gar nicht besänftigen. Im Gegenteil: Er geriet so sehr in Rage, dass bei seinen fuchteligen Gesten, mit denen er seinen nebulösen Monolog garnierte, sein Brokatrock umherflog wie eine Fahne im Windkanal. Und langsam, sehr langsam begriff ich auch den Grund seiner Verzweiflung. Seine vielköpfige Entourage an Kunstsachverständigen hatte ihrer Expertise einen ganz entscheidenden Nachsatz angefügt. Da hieß es dann relativ gestelzt, dass es durchaus im Bereich des Möglichen liege, dass jene Werke von Jérôme (wir reden ja von 34 Stück, nicht vergessen) nach dessen Tode (also vermutlich in vielen, vielen Jahren) massiv an Wert zulegen könnten. In einer zu prosperierenden Größenordnung von etwa drei- bis vierhundert Prozent. Wums, das saß! Lässiger formuliert: Sobald Jérôme den Löffel, oder in diesem Falle treffender, den Pinsel abgab, war der geerbte Kunstkrempel vom schiefzahnigen Mogul alsbald etwa das Vierfache wert: saftige 112 000 Schleifen ... **Altobelli!** Von so viel Schnaps hätte sein alter Herr nur träumen können. Bob faselte etwas von der unbedingten und wünschenswerten Beschleunigung der Wertsteigerung. Ich konnte ihm nicht immer genauestens folgen. Bei seinem ausgiebigen Geschwafel von baldiger Optimierung des Marktpreises und dergleichen hörte ich überhaupt nicht mehr hin. Ich, als künftiger Geschichts- und Englischlehrer darin geschult, die wichtigsten Fakten herauszufiltern, hatte längst erkannt, was die wirklich verlockende Essenz war. Irgendwer musste Jérômes Gepinsel ein Ende bereiten. Und derjenige strich sofort 5 000 Kröten ein! Ging also quasi über LOS! Zahlbar im Voraus und in bar. Nicht einen Cent davon würde an ein blödes Finanzamt gehen. 5 000 satte und vor allem leicht zu verdienende Mücken in einem alten Burggemäuer in Belgien. Wo es sowieso keine Zeugen gäbe. Außer vielleicht Fuchs und Hase, die sich dort alle paar Tage „Gute Nacht" sagten. Eine wahrhaft grandiose Situation. 5 000 frische Knicker verhießen natürlich deutlich mehr Ressourcen für das Anbandeln mit wirklich scharfen Hühnern. Endlich könnte man die öden Mittelklasse-Schnecken vernachlässigen, denn mit frischem Zaster war man in der Lage, sich an die Crème de la Crème der Studentinnen heranzuwagen. Ganz nebenbei würde man auch deutlich mehr Zeit für intensive Erholung generieren. Einmal killen ... ganz viel chillen – eine mega coole Perspektive! Wahrscheinlich könnte ich mit einem 5 000er-Bündel demnächst sogar die gruseligen Uni-Dienstage mit meinem geliebten „Frei-Tags"-Siegel versehen. Auch, weil man sich mit dem Zaster ausgiebig externe Hilfe für die ein oder andere haarige Klausur kaufen könnte. Diese nerdigen Uni-Streber waren alle arme Schlucker und boten derlei Dienste nur zu gerne gegen Bares an. Kurzum, ich war total begeistert!

4 Butter bei die Fische

Die nächsten Tage verbrachte ich mit Reiseplanung sowie einer intensiven Recherche über den guten Pinselschwinger. Wenn man jemanden, den man überhaupt nicht kannte, demnächst sehr nahe kam, sollte man sich schon ein wenig darauf vorbereiten. Wie trat man in Kontakt? Wo ergaben sich die Möglichkeiten dafür? Waren da eventuelle Besonderheiten zu erwarten? Vielleicht lebte der Bursche ja mit drei bis vier lustigen, aber bissfreudigen Dobermännern zusammen? Dann würden ein, zwei Bestechungswürstchen vermutlich nicht ausreichen. Mit so 'nem Kram musste man sich halt auch auseinandersetzen.

Ich war also, ausgestattet mit einer Wegbeschreibung vom Mogul, unterwegs zu der Wasserburg in Belgien. Jérôme würde mein erstes Date sein. Damit Sie mich richtig verstehen: „Date" bedeutet bei uns Auftragskillern keinesfalls „Verabredung", sondern wir skizzieren mit diesem Ausdruck unser entscheidendes Treffen mit der umzupustenden Person. Bisweilen begegnen wir unserer Beute ja mehrere Male, zum Beispiel im Zuge des Kennenlernens und des Heranpirschens. Aber „das Date" bedeutet die finale, die definitive Durchführung des Auftrages – also den erquickenden „Klappe zu – Affe tot"-Moment. Na ja, und „Beute" dürfte auch klar sein, so nennen wir den künftigen Unlebendigen. Mit so tränendurchtränkten Termini wie „Opfer" oder „der Ermordete" haben wir gar nix an der Mütze, noch übler klingt dieser technokratische

Mist wie „Zielperson". Nun, es galt ja, den talentierten Maler erstens schnell, zweitens ohne jede Spuren und Zeugen sowie drittens möglichst clever für immer verschwinden zu lassen. Aber mit welcher Technik? In erster Linie musste sie mal todsicher sein, ist ja klar. Aber abgesehen davon möchte man die Kameraden auch nicht elendig lange rumquälen, sondern ihnen den anstehenden Übergang in die Weiten des Nirwana vorzugsweise leicht und geschmeidig gestalten.

Selbstverständlich hatte ich mich intensiv mit der Thematik beschäftigt. Das Ergebnis: Eine Knarre war viel zu laut und ein Würgedraht versprach eine gehörige Menge an potentiellem Kampf. Wir machten ja hier schließlich kein Wrestling. Ein Messer erschien mir ebenfalls zu unsicher. Nur mal so am Rande: Mit Messern, egal wie scharf oder monströs, artet das häufig in ein fieses Rumgehacke aus. Mit den herkömmlichen Klingen bekommst du so gut wie nie eine cleane Operation hin. Letztlich fiel meine Wahl deshalb auf ein Skalpell. Wie gesagt, das war keine intuitive Wahl, ich hatte mich nach reiflicher Überlegung dafür entschieden. Im Fernsehen hatte ich in irgendwelchen Krankenhausserien beobachtet, welch tolle Sachen man mit einem Skalpell anstellen konnte. Na ja, und wenn das im TV immer so gut fluppte, war das schon ein echtes Argument. Also fragte ich Esther, eine befreundete Medizinstudentin, ob sie mir so ein Ding besorgen könne. Esther war ein scharfes wie gleichermaßen cooles Huhn. Sie hatte damals was mit ihrem Uni-Prof und kam dadurch ziemlich mühelos an alle möglichen Utensilien ran, auch an Skalpelle. Natürlich ebenso an den ganzen anderen Pillen- und Spritzenkram aus den diversen Medizinschränkchen. Daran hatte ich aktuell allerdings kein gesteigertes Interesse. Aber vielleicht könnte man demnächst mal den Nerds von der Uni ein paar leckere Pillen für 'ne tatkräftige Klausurhilfe mitbringen. Na, jedenfalls hatte Esther mir ein nettes Teil besorgt. Um mich zu bedanken, lud ich sie natürlich zum Essen ein, das gehörte sich einfach so. Als der Kellner uns die halbe Ente servierte, holte ich zögernd das Skalpell aus der Tasche. Esther klatschte aufmunternden Beifall.

„Dann mal ran an den Speck, Dr. Kaber", bemerkte sie amüsiert und ich begann, den leckeren, goldbraunen Vogel zu sezieren. Ziemlich ungelenk, die Handhabung war längst nicht so easy, wie ich geglaubt hatte. Ich stocherte da stellenweise echt blöde rum. Leicht frustriert stellte ich fest, dass Esther es um Längen besser beherrschte. Okay, in ihrem Medizinstudium machte sie das logischerweise auch fast jeden Tag. Sie schnippelte die Ente in einem Affenzahn auseinander. **Altobelli!** Hätten die anderen Restaurantgäste das so aufmerksam wie ich verfolgt, sie hätten sich allesamt spontan erhoben und Esther tosenden Applaus gespendet. Und eventuell sogar eine anständige La-Ola-Welle inszeniert. Anstatt begeistert zu klatschen, hatte ich anderes im Sinn. Hochkonzentriert lauschte ich ihren Ratschlägen.

„Nein, nein, ... nicht so grob. Das ist doch kein Hummer! Du musst es sanfter führen, dann gleitet es wie von alleine durch das Fleisch."

Ich versuchte, mir alles genau zu merken. Die arme Ente! Hätte sie nicht still und gebraten auf meinem Teller gelegen, sie wäre in berechtigter Panik aus dem Restaurant geflüchtet. Selbst als halbiertes Tier.

Zwei Tage später ging's endlich los. Wir reisten optimistisch per Motorrad in die wallonische Provinz. „Wir", das bedeutet, mein neues Topskalpell und ich. Ich hatte mir Jérômes Supermarkt ausgeguckt. Da, wo er jeden Dienstag und jeden Freitag einkaufen ging. Danach konnte man die Uhr stellen. Jérôme war ein leidenschaftlicher Koch, ein echtes Schleckermäulchen. Das war mir im Zuge meiner Recherche direkt aufgefallen. Er verwirklichte sich nicht nur an der Leinwand, sondern wirkte auch gerne kunstvoll an Pfanne und Wok. Für das perfekte Zubereiten einer Mahlzeit, samt seinem bis zu 28-fachem Abschmecken, brauchte er jedoch zuweilen so lange, dass man getrost noch die gesamte Star-Wars-Saga gucken konnte. Sie merken schon, Jérôme war einer von den ganz Peniblen. Solche Gestalten prüfen am Gemüsestand jede Möhre und jede Aubergine einzeln. In der Tat nahm er jedes Lebensmittel behutsam in die Hand und drückte es mit ausgeprägter Wonne und Hingabe. Anschließend hielt er das Gemüse auf Augenhöhe, wobei er abwechselnd seine Brille auf- und wieder absetzte. Am Ende dieser elend langen Prozedur landeten die meisten Brokkoli, Gurken, Salatköpfe etc. wieder lieblos in der Kiste, weil sie den Jérôme'schen Anforderungen nicht entsprachen. Auf den Supermarktbesuch hatte ich mich natürlich trefflich vorbereitet. Meine erste List galt dem äußeren Erscheinungsbild. Völlig klar, dass ich mich einigermaßen aufreizend gekleidet hatte: ein lässiges T-Shirt, eine hippe Jeans, die am Gesäß einige gut gesetzte Schlitze aufwies, und natürlich einen fetten (wenn auch geklauten) Siegelring. Ich hatte gehört, darauf stehen homosexuelle Knilche total. So was zieht sie an wie das Licht die Motten. Ohne Quatsch. Dermaßen gestylt war es ein Leichtes, dass Jérômes Augen bald schmachtend über meinen Körper wanderten.

Ins Gespräch kamen wir aber erst an der Fleischtheke. Jérôme – er hatte kräftige und starke Hände, was mir bei meinem Vorhaben ein wenig Respekt einflößte – stand einer aufmerksam staunenden Fleischerei-Fachangestellten gegenüber und malte mit seinen Fingern würdevoll eine Art „Wunschsteak" in die Luft. Meinem Ermessen nach sollte es etwa so groß wie eine Tageszeitung sein und mindestens 1,8 Kilo wiegen. Die Dame hinter der Theke nickte artig und schnitt ihm ein deftiges Stück aus der Rinderhüfte. Ich begann die Konversation mit der Bemerkung: „Tolles Stück. Davon kann man ja locker zu viert essen."

Jérôme drehte sich zu mir um und antwortete lächelnd: „Das stimmt. Zum Glück bin ich schon lange schizophren und somit eh immer zu zweit, die übrigen zwei male ich mir dann später." Dabei ahmte er mit der Hand einige Pinselstriche auf einer Leinwand nach.

Sein wallonisches Kauderwelsch war nicht leicht zu entziffern, es kostete mich einige Anstrengung. „Oh, Sie sind Künstler! Ich bin nur auf Besuch und hab gestern tief in mächtig viele Gläser geschaut. Na ja, wenn ich den Schnapskater, der in meinem Schädel hämmert, mitzähle, sind wir auch zu zweit", entgegnete ich fröhlich.

„Guck mal, dann wären wir ja schon komplett …", lachte er mich offen an. Bäng! Das Eis war gebrochen, ich war lockerflockig angekoppelt. So leicht hatte ich mir die Sache nun wahrlich nicht vorgestellt.

Wir trennten uns plaudernd an der Kasse, nicht ohne unsere Telefonnummern auszutauschen. Am nächsten Abend wollten wir uns treffen und was trinken gehen. Machten wir dann auch, allerdings holte mich erstmal das Künstlerpech ein. In der Dorfkaschemme war es dermaßen laut, dass ich Jérôme kaum verstehen konnte. Ich nickte also unaufhörlich, obwohl ich von seinem wallonischen Gesabbel so gut wie nichts begriff. Das kunstmalende Schleckermäulchen machte wohl hier und da etwas ermüdende Scherze. Zumindest hatte ich ein paar identifiziert und versuchte, an den mutmaßlich passenden Stellen zu lachen. Ich selbst erzählte in meinem rudimentären, ziemlich miesen Französisch ein paar erfundene Anekdoten. In der Weise vertrieben wir uns die Zeit und konsumierten ein paar oder besser gesagt eine ganze Latte an leckeren Drinks. Die Getränkeauswahl überließ ich stets dem zutraulichen Maler. Wie schon erwähnt, Jérôme war ein wahrhaft lebenslustiges Kerlchen.

Irgendwann, es mag halb zwölf gewesen sein, kam plötzlich und unerwartet – vergleichbar mit einem Siegtor in der letzten Minute – die alles entscheidende Frage. Ob wir bei ihm zu Hause noch was süffeln gehen sollten, schlug das deutlich angetrunkene Maltalent munter und vor allem abenteuerlustig vor. Er wohne etwas außerhalb in einer alten Wasserburg usw. Ich war fast am Ziel, die Schwierigkeiten hatte ich beinahe alle spielend überwunden. In der Sekunde durchflutete mich ein starkes, wohliges Gefühl, denn ich wähnte mich kurz vor meinem

5 000-Piepen-Bündel. So schwer könnte der Rest nun auch nicht mehr sein. Dieser Rest ist schnell erzählt, obwohl „schnell" ist relativ. Wir nahmen natürlich kein Taxi (wer braucht schon Zeugen) und ich ließ mein Motorrad an der Kneipe stehen (wegen der Reifenspuren). Jérôme kutschierte uns trotz seiner schätzungsweise 1,9 Promille sicher und wohlbehalten zu seinem alten Gemäuer. Freunde, wir sprechen hier von einer ausgewachsenen Burg. Mit allem Drum und Dran! Vier schicke Türme, oben Zinnen und Schießschachten, unten ein gewaltiges Holztor samt einer coolen Zugbrücke. Als wir sie überschritten, war unter uns im Wasser plötzlich mächtig was los. Wilde und geräuschvolle Bewegungen im Wassergraben. Ich erschrak heftig. Jérôme versuchte, mich zu beruhigen.

Er nahm mich in den Arm und säuselte: „Keine Sorge, das sind nur Hechte und Karpfen. Die vertragen sich nicht so gut und machen sich dauernd das Revier streitig."

Pffft, Hechte und Karpfen! Ich hatte ganz andere Sorgen, meine Gedanken waren gerade vollkommen woanders. Sinngemäß etwa: „Hätte ich den ganzen Krempel doch schon hinter mir!" Dieser innige Wunsch war das eine, zum anderen wurde ich irrsinnig nervös. Denn mein Plan, der an und für sich echt Spitze war, hatte noch einen ziemlich üblen Makel. Ich hatte nämlich noch keinen Schimmer, wie ich später die ganze Suppe – also die zu erwartende beträchtliche Menge an geflossenem Blut – beseitigen sollte, ohne ein ganzes Meer an Spuren zu hinterlassen. Dafür war mir noch immer keine Lösung eingefallen, ich würde wohl oder übel improvisieren müssen. Und das mag ich eigentlich überhaupt nicht.

Mein aufkommendes Nervenflattern hielt ich mit gezielten Atemübungen in Schach. Diese goldenen Atemtechniken hatte ich von Esther abgestaubt. Esther war ein Multitalent: apart, schlau, cool und verschwiegen. Ihr Professor hatte erst viel später herausbekommen, dass er und ich gleichzeitig was mit dem cleveren Huhn gehabt hatten. Dass sein ehemals bestes Skalpell nun schon seit 26 Jahren in meinem Besitz ist, hat er allerdings nie erfahren. Nicht so wichtig. Jedenfalls waren wir in Jérômes Bude angekommen, jeder von uns hielt einen süffigen Chardonnay in der Hand. Er wollte mir umgehend sein illustres Atelier offenbaren, seine künstlerische Intimsphäre sozusagen. Wir stiefelten also eine steinerne Wendeltreppe mit lausig schmalen Stiegen hoch, so wie in Burgtürmen eben üblich, und betraten seine heiligste Halle. Dort fiel mein Blick sofort auf den Boden. Halleluja, sein Atelier war sorgsam mit dicken Plastikplanen ausgelegt. Weil der penible Pinselschwinger den wirklich edlen Holzboden nicht mit seinen Kleckserein versauen wollte. Spontan entfuhr mir der Ausruf: „Weltklasse!" Jérôme glaubte, ich würde seine Bilder meinen, aber ich freute mich einfach nur wie Bolle über die fetten Plastikplanen. Als er mich dann, beinahe romantisch, erneut in den Arm nahm, wies er mich stolz auf seine neueste Arbeit hin. Ein äußerst düsteres Werk. Das Bild, ich schätzte ungefähr 2,40 Meter breit und 1,60 Meter hoch, zeigte einen entsetzlichen Schiffsuntergang, garniert mit zahlreichen entstellten Teufelsfratzen, die am Himmel das „Vaterunser" kreischten. **Altobelli,** echt überhaupt nicht mein Ding! Aber in dem Moment verspürte ich einen wahren Geistesblitz, der da lautete: „Jetzt aber mal Butter bei die Fische!"

Leider war ich noch sehr unerfahren mit meinem Topskalpell und dessen Handhabung. Mein ungelenker Schnitt durch die belgische Künstlerkehle erwies sich dann auch prompt als ziemlich misslungen. Da waren sogar meine anfänglichen Versuche an der halben Ente vielversprechender gewesen. Ich hätte bei Esther besser mal intensiver aufpassen sollen. Sie konnte die praktische Durchführung eines perfekten Schnittes phänomenal zeigen und erklären: verbal, untermalt von eingängiger Mimik, einer energischen Gestik und ein bisschen Klamauk. Tja, dafür war es nun aber zu spät.

„Okay, das lief ja nicht so toll", sagte ich zu Jérôme, der so erstaunt dreinblickte wie Heidi Klum, wenn ihr jemand widerspricht. Ich ahnte, dass aufgrund meines wirklich miesen Zickzack-Schnittes die Nummer nun deutlich anstrengender werden könne. Was sich flugs als zutreffend erwies. Denn plötzlich zappelte mein Gastgeber so was von rum! Er hüpfte von rechts nach links, wie zwei junge, begeistert spielende Hunde. Außerdem schien er plötzlich mehr als zwölf Tentakel zu haben, mit denen er permanent, aber ziellos herumfuchtelte. Furchtbar, ich beschloss, auf Zeit zu spielen. Das war eine intuitive, letzten Endes aber richtige Entscheidung. Kurze Zeit später kam ich dank Esthers anatomischen Hinweisen auf eine prima Idee. Ich entschied, dass wir, also Jérôme und ich, die Sache galant mittels seiner Oberschenkelarterien über die Bühne bringen sollten. Gesagt, getan, so ein Skalpell kennt da keine gravierenden Unterschiede. Ente, Hals oder Bein, das ist so einem Skalpell schlichtweg Latte. Diese elenden

15 Sekunden, die vergingen, bis Jérôme endlich Ruhe gab und reglos auf dem Boden lag, dauerten eine Ewigkeit. So wie am Roulettetisch, da werden die 15 Sekunden, die eine Kugel benötigt, um von der Umlaufbahn klackernd und hüpfend in den Roulette-Kessel zu fallen, gefühlt ebenfalls zu Stunden. Danach war ich total geschafft, das können Sie mir glauben. Aber natürlich auch ziemlich erleichtert, denn für einen von uns zwei Chardonnay-Genießern galt nun für immer und ewig: „Rien ne va plus!"

Ich setzte mich mit meinem Weinglas in eine Ecke des unaufgeräumten Ateliers, besah mir die Bilder und rauchte erstmal eine. Jérôme lag still herum wie ein Murmeltier im Winterschlaf. Sein Blut sammelte sich in einer prima Senke auf den dicken Plastikplanen. Nicht ein Molekül suppte auf den Holzboden, war alles easy zu beseitigen. Ich war nicht unzufrieden mit mir. Für die erste Nummer war das zwar keinesfalls monstermäßig toll, in der Summe aber durchaus beachtlich. Als Prüfer hätte ich mir dafür 'ne Drei minus gegeben, vielleicht sogar eine glatte Drei. Die Vorbereitung und das Einfädeln waren 'ne klare Zwei, die Durchführung leider nur 'ne Vier.

Allerdings stand mir ja noch die ganze Auf- und Wegräum-Prozedur bevor, zuzüglich meines unauffälligen Verschwindens. Egal, 70 Prozent hatte ich ja schon geschafft. Locker. Ich hatte bereits früh am Abend entschieden, den leblosen Lappen samt der übel versauten Plastikplanen keinesfalls auf seinem malerischen Anwesen zu verstauen. Der Bursche sollte sein Leben nach dem Tod weit weg von der Burg genießen. Aber ohne Motorrad, ohne Auto, was tun? Nicht weit von der Burg entfernt floss ein schmales, aber durchaus vitales Flüsschen vorbei. Dieses Gewässer war mein angestrebtes Ziel. Die Sache mit meinem leblosen, aber monströsen Gepäck löste ich binnen Minuten. Der gute Jérôme besaß als fleißiger Hobbygärtner bestimmt eine geräumige Schubkarre, dessen war ich mir sicher. Und in der Tat, er enttäuschte mich nicht. Ich fand eine neben einem Gartenschuppen und ackerte noch die halbe Nacht herum. Erstmal musste ich sein Handy finden und mitnehmen. Schließlich hatte er in der Dorfkaschemme ein paar blödsinnige Schnappschüsse von uns geschossen. Und es war beileibe nicht meine Absicht, auf diese Weise in eine belgische Zeitung zu gelangen. Oder gar auf ein dämliches Fahndungsplakat. Was aber noch viel mehr Zeit in Anspruch nahm, war die Verpackung. Einen ausgewachsenen Künstler ordentlich einzutüten und das ganze Paket dann so exakt zu beschweren, dass es im Fluss ungesehen davontrieb, das musste man als ungelernte Kraft auch erstmal hinbekommen. Die Nummer hatte echt was von „Learning by doing". Ich bin schließlich nicht Christo. Der hatte ja mal den kompletten Reichstag in Berlin verpackt, war echt 'ne beachtliche Nummer. Meine Verpackungstechnik war hingegen eher bemüht. Schlussendlich hatte ich jedoch alles einigermaßen passabel geschnürt, das Unter-Wasser-Davontreiben funktionierte jedenfalls. Künstlerische Aspekte konnte ich hierbei leider nicht berücksichtigen. Doch das würde Jérôme mir sicherlich nicht krumm nehmen. Und auch Christo hätte bestimmt Nachsicht gezeigt.

Die Nummer war erledigt, mein erstes Date war geschafft. Dass der Mogul de Luxe über alle Backen strahlen, mich unglaublich herzen, mir bis zu seinem Lebensende huldigen und mich ehren würde, daran zweifelte ich keine Sekunde. Und daran, dass er mich weiterempfehlen würde, schon gar nicht. Ich machte mich mitten in der Nacht aus dem Staub. Außer drei, vier bräsig rumliegenden und träge widerkäuenden Kühen sah mich niemand. Ich erreichte mein Motorrad, setzte mich darauf und fuhr los – ohne Helm. Der Fahrtwind packte mich, kühlte mich ab und zerzauste meine Haare. In diesem Moment fühlte ich mich wie Hannibal. Nein, nicht wie dieser Filmkannibale, dieser verrückte Lecter. Ich fühlte mich wie der echte Hannibal, der legendäre Feldherr aus Karthago. Tonnen von Adrenalin rasten unbarmherzig durch meine Adern. Mein Herz schlug so imposant, als hätte ich soeben die schneebedeckten Alpen überquert ... mit 50 000 Soldaten, 9 000 Reitern und 37 Elefanten. **Altobelli!**

5 English for runaways

Mein lieber Schwan, mein Debüt mit dem guten Jérôme ist jetzt schon eine Ewigkeit her. Wahnsinn! Im vergangenen Jahr habe ich bereits mein 25-jähriges Dienstjubiläum gefeiert! Ein Vierteljahrhundert als Lebens-Beender ohne jegliche Belästigung in Form irgendwelcher nervigen Anklagen oder gar Knast. Natürlich habe ich mich nicht lumpen lassen und für'n paar Leute eine kleine Party geschmissen. Quiet Earp und Heintje waren natürlich da, vor allem aber meine besten Kumpels, Didi und Wolle. Die beiden muss ich Ihnen unbedingt bald mal vorstellen. Big Mickey Mo konnte aus nachvollziehbaren Gründen leider nicht anreisen. Zu ihm kommen wir später auch noch.

Natürlich weiß Romy nichts von meiner wirklichen Profession. Die Aufgabe, jemandem diesen Beruf anschaulich zu erklären, ist nicht unheikel. Hier und da fallen da recht komische Zwischenfragen. Oder jemand in Ohnmacht, manchmal auch beides. Auch meine Eltern haben bis heute keinerlei Vorstellung, womit ihr Filius seine Brötchen verdient. Nach meinem ersten Job war damals oberste Priorität, die sauber verdienten und bar erhaltenen 5 000 Knicker vom Mogul de Luxe vor den beiden zu verbergen. Meine Mutter legt viel Wert auf Etikette und Manieren, sie ist eine feine und zartbesaitete Dame. Sie schafft es nicht mal, einen langweiligen „Tatort" zu gucken, ohne sich dauernd die Hände vor die Augen zu halten. Mein Vater, damals ein selbstständiger Optiker mit eigenem Ladenlokal, ist eine sehr belesene und überaus korrekte Gestalt. Hat sich mächtig engagiert, Ehrenämter im Schulwesen, in der Kirche und in einem Schachclub bekleidet. Für mein neues Hobby zum Geldverdienen hätte auch er sich nur schwerlich erwärmen können.

So kam es zu der sehr kuriosen Situation, dass ich mehr oder minder in Saus und Braus lebte, meine älteren Herrschaften sich aber Sorgen um mein finanzielles Auskommen als Student machten. Und so eröffnete mir meine Mom eines Tages, und zwar nicht ohne Stolz, dass „dein Vater gleich ZWEI Nachhilfe-Schüler für dich aufgetan hat." Für Englisch, und das sogar für das sagenhafte Honorar von 8,50 D-Mark pro Stunde. Also 17 Kracher pro Stunde, wenn man beide Teenies unterrichtete. Dann strich sie mir über den Kopf und sagte voller Zuneigung: „Du kannst dich immer auf uns verlassen, mein Junge. Wir lassen dich niemals im Regen stehen." Nein, dachte ich nur, ihr steckt mich direkt in die Traufe!

Am nächsten Samstag wackelten die zwei Strategen zum ersten Mal bei uns an: Hansjörg und Clemens. Beide 15 Jahre alt, beide besuchten ein und dieselbe Klasse und beide hatten in Englisch ein und denselben Notenschnitt. Eine saftige Fünf minus! Dabei erschienen mir die beiden Jungs auf den ersten Blick gar nicht so dämlich. Ich musste mich dahingehend allerdings baldigst revidieren. Wir gingen in mein Zimmer. Ich besorgte zwei weitere Stühle aus unserem Esszimmer und stellte sie so hin, dass unsere Plätze ein kommunikatives Dreieck bildeten. Dann begann ich einen munteren Smalltalk, der zur Auflockerung beitragen sollte.

„Kennt einer von euch London?", fragte ich die beiden Lümmel.

„Klar!", polterte Hansjörg grinsend los. „Die stellen doch die geilsten Präser her ... hähähä." Sein Kichern wirkte sehr nervös. Offensichtlich sprach er von dem gleichnamigen Hersteller von Präservativen.

„Ich meinte eigentlich die Stadt", präzisierte ich. Beide schüttelten den Kopf. Ich erzählte ein wenig von dieser wirklich aufregenden, multikulturellen Metropole. Allerdings offenbarten ihre Zwischenbemerkungen einen herben Mangel an Reife. Und an Bildung. Die „Themse" hielten sie für „ein Wellness-Bad mit voll heißem Wasser ... da kann man ohne Ende scharfe Hühner aufgabeln". Hier schluckte ich schon ein wenig. Als ich das legendäre Gefängnis, den „einzigartigen Tower" erwähnte, wurde es noch bunter.

„Von wegen einzigartig", maulte Clemens verächtlich, „so ein Ding steht schließlich an jedem verdammten Flughafen. Sogar in Paderborn. Den hab ich sogar schon mal aus der Nähe gesehen." Er blickte mich dabei sehr kritisch an, da er wohl vermutete, ich würde ihnen hier lauter Lügen und Märchen auftischen. Ich schaute zur Zimmerdecke und dachte an eine fünfminütige Pause, um ein paar Atemübungen zu machen. Die, die mir Esther beigebracht hatte. Stattdessen wagte ich noch, von den „Houses of Parliament" und vom „Big Ben" zu berichten. Ein gravierender Fehler.

„Big Ben!", prustete Clemens los, „hahaha, so nennen wir das Ding von Benedikt! Ist uns beim Duschen aufgefallen. Hähähä, mein lieber Scholli, der hat aber auch einen Hammer-Prügel! Wenn die Mädels das wüssten …" Beide lachten sich kaputt und schlugen die Hände à la „High Five" gegeneinander. Jener Benedikt war vermutlich ein Mitschüler der beiden mit einem offensichtlich stattlich ausgebildeten Gemächt.

Eigentlich hatte ich vor, mit den albernen Kumpanen fürderhin noch ein wenig über englische Grammatik zu sprechen, zum Beispiel über die Fälle. Die Tommys haben ja im Gegensatz zu uns nur drei, den Nominativ, den Genitiv und einen für den deutschen Dativ und Akkusativ zusammen. Diesen Plan verwarf ich jedoch ganz rasch wieder, denn bei Erwähnung des „Genitiv" hätten sich die beiden bis zum Abendessen nicht mehr eingekriegt. Ich nahm ihre Klamotten, forderte sie zum Aufstehen auf und geleitete sie zu unserer Haustür.

„Das mit der Nachhilfe lassen wir besser", eröffnete ich den beiden Teenies. Sie standen vor mir in der Diele und glotzten mich ungläubig an, sprach- und regungslos wie zwei Halteverbotsschilder.

„Wünsche euch aber trotzdem weiterhin viel Erfolg in der Schule." Dabei hüstelte ich leicht, was meine mehr als gravierendenen Zweifel diesbezüglich andeutete. Dann warf ich ihnen noch ein „Und grüßt Benedikt mal von mir" hin. Das war das Zauberwort. Verklemmt lachten sie los, stammelten „Hihihi … Big Ben … hihihi …" und verzogen sich. Ich spürte eine ungemeine Erleichterung. Und ich war heilfroh, dass ich mit den Clowns nicht über „Reales und Fiktives" gesprochen hatte. Vermutlich hätte ich wegen der unweigerlich folgenden Lachkrämpfe einen

Krankenwagen rufen müssen. Ich sah den beiden abzockelnden Seppeln nach, warf die Tür zu und schlenderte in unsere Küche. Dort unterhielten sich meine Eltern gerade über irgendwelche Nachbarn und deren Probleme.

„Apropos Probleme", begann ich. „Ich hätte da auch eines zu besprechen." Mit recht knappen Worten brachte ich ihnen bei, dass das mit dem Nachhilfelehrer für irgendwelche Trottel nicht so das Richtige für mich sei. Und da ich schon mal dabei war, erklärte ich ihnen, dass der komplette Lehrerjob nicht länger bei mir zündete. So schmerzvoll es war, ich musste ihnen sogar beibringen, dass das ganze Studium nicht zu mir passte. Ich würde es knicken und was ganz anderes machen. Punkt. Kurze Stille in der Küche.

„Aber was denn? Was stellst du dir denn vor? In welche Richtung soll es denn gehen?", fragte mein Vater besorgt. Und irgendwie auch voller Zweifel.

„Och, ich hab da schon 'ne Vorstellung …", antwortete ich wahrheitsgemäß. Den Mogul und die genaueren Parameter meiner neuen Tätigkeit wollte ich hier allerdings nicht erwähnen. Das hätten die beiden mutmaßlich nicht verkraftet.

„Ich werd auf jeden Fall was mit Menschen machen", sagte ich aufmunternd. „Es wird eine Tätigkeit, in der man sich sehr intensiv mit Leuten beschäftigt …" Dabei nickte ich andauernd mit dem Kopf.

„Du wirst doch wohl kein Psychiater?", fragte mich mein Dad relativ entsetzt. Denen stand er mindestens äußerst kritisch, eigentlich sogar ablehnend gegenüber.

„Aber nein!", beruhigte ich ihn, „es geht mehr in die

Richtung, wo auch … na ja, wo auch handwerkliches Geschick gefragt ist."

Das musste für Erste reichen. Ich konnte ihnen ja keinesfalls mein neues Motto „Ab und zu killen, massenhaft chillen" auf die elterliche Nase binden. Mein Vater murmelte noch etwas wie „Immerhin handwerklich … Gott sei Dank" und verließ die Küche. Meine Mutter blickte zunächst auf den Boden und zupfte sich mit einer Hand am Ohrläppchen. Dann sah sie mich an, kam auf mich zu und umarmte mich. Sie drückte mir einen Kuss auf die Wange und sagte nur: „Na dann. Du machst das schon!" Dabei hatte sie Tränen in den Augen. Ich spürte, dass sie mir fest vertraute. Meine Mom ist echt 'ne Wucht.

Was für eine prima Konversation, dachte ich in dem Moment. Im Grunde herrschte zwischen uns ja nun totale Einigkeit. Letztlich waren doch alle glücklich und zufrieden! Wann hat man das schon mal?

Viele Jahre später hörte ich, einer meiner kurzfristigen Nachhilfehonks würde in einer kleinen Versicherungsagentur arbeiten. Der andere wäre im Filmgeschäft. Präziser: Er würde kleinere Streifen mit wenig bekleideten Darstellern produzieren und vertreiben. Aber wer nun was genau machte, erfuhr ich leider nicht. Ich vermutete stark, Clemens wäre eher der Versicherungstyp, das hätte ganz gut zu ihm gepasst. Womit für Hansjörg nur die schmierige Rolle übrig blieb. Ob die beiden allerdings jemals London besucht hatten, entzieht sich meiner Kenntnis.

6 Der Aufzug-Hund

Romy kramte in irgendwelchen Schubladen. Sie suchte ihren Krempel zusammen, denn schon am Nachmittag würde sie losfliegen müssen. Es war Donnerstag und es ging wohl nach Hong Kong. Oder Shanghai. Keine Ahnung, irgendwann hatte ich es aufgegeben, genauer erfahren zu wollen, wohin sie eigentlich düste. Was mich aber immer extrem interessierte, war, wie lange sie wegbleiben würde. Vor allem, wenn ich berufliche Pläne hatte. Und diese Woche hatte ich Pläne.

„Ich bin Sonntagnachmittag zurück, wenn …", flötete sie aus dem Schlafzimmer, unterbrochen vom nervigen Geräusch des Schubladenknallens.

„Wenn was?", rief ich.

„Wenn alles glatt geht …", rief sie zurück. Mit „Glattgehen" meinte sie, falls kein Irrer den Jet nach Was-weiß-ich-wohin entführte. Oder kein Fluglotsen-Streik den Verkehr lahmlegte. Oder der Kapitän, eventuell auch der Co-Pilot oder gar beide, komplett betrunken oder vollgedröhnt aus einer Bar Richtung Cockpit torkelten. Alles schon vorgekommen, das hatte Romy mir glaubhaft versichert. Sie bestellte ein Taxi, verdrückte sich mit einem hastigen Kuss, denn sie war wie üblich spät dran. Es ist seltsam, aber wenn Frauen zur Arbeit müssen, wird es hinten raus oft hektisch. Das fiel mir hier nicht zum ersten Mal auf. In der Eile hatte mein Flöckchen ein Buch im Wohnzimmer liegen gelassen, irgendwelche Storys aus der griechischen Mythologie. Ich nahm es hoch und blätterte zum Lesezeichen. Dort ging es gerade um ein Huhn namens Medea. Ich begann zu lesen und bereits nach 15-minütiger Lektüre war eindeutig klar: Diese Medea war echt heftig drauf! Die sollte man sich besser nicht zum Feind machen. Ich las, dass ihr geliebter Mann Jason sie verstoßen hatte, um sich eine andere Schnepfe zu angeln. Keine gute Idee! Denn die solchermaßen verschmähte Medea betrachtete sich als „weggeworfene Geliebte". Mit großem Erstaunen las ich, dass Medea den Plan fasste, ihren untreuen und älter werdenden Mann „jung zu kochen". Zu allem entschlossen, stellte sie einen großen Bottich mit Öl aufs Feuer, das alsbald zu sieden begann. **Altobelli!** Da war ja ordentlich was los in der Antike! Eine letzte Ölung hatte ich mir immer anders vorgestellt. Anscheinend waren die edlen Damen der Antike deutlich abgefahrener, als ich je vermutet hatte. Auf die Nummer mit dem Öl (und darin anschließend jemanden zu kochen) war ich – trotz meiner recht erfindungsreichen Veranlagung – noch nie gekommen. Aber so was könnte man durchaus ja mal ausprobieren, fand ich. Allerdings würde ein so siedender Ölbottich bei meinem anstehenden Gig auch noch nicht zum Einsatz kommen, für den hatte ich bereits andere Ideen. Mein Job führte mich nach Hannover. Am nächsten Tag machte ich mich schon früh, bestens motiviert, auf den Weg.

Am späten Mittag suchte ich Thomas Soundso, so hieß der Gauner, auf dem Messegelände auf. Dort war es irre voll, irgendwas mit tollen Computern und Großrechnern wurde präsentiert. Ich stellte mich ihm als einen „potentiellen Kunden" vor. Meine Beute war etwas jünger als ich und arbeitete recht erfolgreich als Messebauunternehmer. Thomas wirkte eigentlich seriös, hatte jedoch vor einiger Zeit seine langjährigen Schrebergartenkumpels mächtig übers Ohr gehauen. Mit „mächtig" meine ich, dass wir hier von satten 960 000 Schleifen reden. Zu viert hatten sie jahrelang gemeinsam Lotto gespielt. Das Quartett hatte sich alle Kosten sowie die zugegebenermaßen kleinen Gewinne stets fair geteilt. Na ja, so Dinge gehen halt häufiger mal schief. Thomas gab immer die Lottoscheinchen ab. Als ihm die Zentrale eines Tages zu einem erquicklichen Gewinn von 1,28 Millionen Euro gratulierte, wollte der Lump von einer „Tippgemeinschaft" aber auf einmal nix mehr wissen. Nicht die Bohne! Pro Mann wären rund 320 000 Mäuse fällig geworden. Das Teilen war dem guten Thomas allerdings sehr zuwider. Eine Auszahlung an seine Mittipper empfand er als überaus unangenehm und unnötig.

„Absurd!", behauptete er beharrlich, „das waren doch alles MEINE Zahlen. Ich tippe immer alleine! Seit vielen Jahren." So weit, so gut. Die Laune der anderen drei tief in die Röhre guckenden Gesellen konnte man sich lebhaft vorstellen. Sie waren entsetzt, empört und fuchsteufelswild, um das mal eher dezent auszudrücken. Thomas Soundso ignorierte sie einfach. Als sie aber partout keine Ruhe gaben und weiter rumlamentierten, verklagte die Lottonatter die drei armen Teufel sogar noch wegen „Verleumdung und übler Nachrede". Da lief das Fass dann über, die Jungs kamen zu mir. Ich saß da und schaute in drei äußerst missmutige Gesichter. Die sich erst ein bisschen entspannten, als ich ihnen feierlich zusagte, die Welt binnen kürzester Zeit wieder in eine gerechtere Balance zu bringen. Die drei gehörnten Strategen zahlten brav im Voraus. Ich verkniff mir die Bemerkung, dass sie ihr Geld diesmal deutlich besser angelegt hatten als in einer stupiden Zahlenlotterie. Jedenfalls schlenderte ich strahlend auf Thomas zu und erklärte ihm, ich sei Produzent für Autositze. Einer, der händeringend einen neuen Messebauer suche. Mit dem Bisherigen seien wir überhaupt nicht mehr einverstanden usw. War 'ne vollkommen aalglatte Story, die ich dem Pappkopf da präsentierte. Er straffte sich und lugte interessiert in meine Richtung. Ich fuhr flüssig mit meiner Baron-Münchhausen-Vorstellung fort: „Unsere Fertigungsstätten befinden sich in Deutschland, Holland und Polen. Das Werk in Polen haben wir erst vor zwei Jahren eröffnet. Wir expandieren halt kräftig …", ergänzte ich und lächelte dabei gönnerhaft. Währenddessen zeigte ich ihm ein Foto auf meinem Smartphone. Darauf sah man irgendeine graue Matratzenfabrik in Zabrze (war bei dieser Gelegenheit vollkommen egal, die Butzen sehen eh alle gleich aus). Logisch, dass ich ein paar eindrucksvolle Visitenkarten zur Hand hatte. Die hatte ich letzte Woche zu Hause sorgfältig gestylt und anschließend gedruckt. Freundlich überreichte ich ihm ein erstes Exemplar. Das war die mit meinen Kontaktdaten, dem angeblichen CEO. Während er sie aufmerksam studierte, hielt ich ihm ein zweites Visitenläppchen hin. Eines von meinem „Prokuristen", der Typ würde alle unsere Messeauftritte koordinieren, verklickerte ich ihm. Unnötig zu erwähnen, dass der Prokurist frei erfunden war – wie eigentlich alles. Zufrieden registrierte ich, dass Thomas beide Visitenkarten sorgfältig wegsteckte. Die meinige lautete übrigens auf „Hagen von Lautersberg". Adelig klingt immer prima. Die Formel „Hagen von ..." ist eine Hommage von mir an die Nibelungen-Sage, die hat es mir schon seit jeher angetan. Als Prokuristen hatte ich einen gebürtigen Kanadier mit dem Namen „Jeff Daniels" erfunden – eine kleine Würdigung der ähnlich klingenden Whiskey-Marke. Ich trinke das Zeug so gut wie nie, aber den Namen fand ich schon immer cool. Na ja, auf jeden Fall standen wir da auf der Messe rum und mein Gegenüber war längst mächtig angefixt und – noch viel wichtiger – bereit für ein Treffen.

„Vielleicht können wir unsere geschäftliche Unterhaltung am Samstagabend in einem Restaurant fortsetzen?", schlug die Lusche vor. „Da haben wir deutlich mehr Zeit und Ruhe, über Einzelheiten zu sprechen."

„Nicht nur vielleicht", sagte ich und nickte einwilligend. „Eine reizende Idee. Ich hole Sie in Ihrem Hotel ab." Abholen deshalb, damit seine Karre später nicht blöd am Restaurant rumstand und ich sie noch entfernen musste. Ich notierte Namen und Adresse seiner Unterkunft. Die Wahl des Restaurants oblag freilich mir, darauf bestand ich. Ich hatte so meine Gründe, der unrühmliche Lottokönig war einverstanden. Ich war nicht unzufrieden, immerhin war der Bube Feuer und Flamme für ein Tête-à-Tête. Aber das reicht in unserem Metier leider nicht, man muss die Zielperson dazu bringen, auf ein Treffen geradezu hinzufiebern. Es darf auf keinen Fall passieren, dass die Schlingel es sich nochmal anders überlegen und aus einem fadenscheinigen Grund noch absagen. Dann war alles für die Katz. So was ist mehr als ärgerlich und ätzend, aber leider auch schon vorgekommen. Ich musste noch mal nachlegen, also ließ ich beiläufig fallen, dass mein supertolles Autositze-Unternehmen keine einzige der großen Ausstellungen in der weiten Autowelt ausließ.

„Die internationalen Automobilmessen genießen bei uns absolute Priorität", sagte ich, „deshalb präsentieren wir überall. Auf der IAA in Frankfurt, auf dem Pariser Autosalon, wir sind auf dem Genfer Autosalon und natürlich auch in Detroit."

Er machte plötzlich echt große Augen. Dann hüstelte er kurz und fragte spürbar erstaunt: „Sie sind ÜBERALL dabei?"

Ich konnte seine Euphorie, vor allem aber riesige, saftige Dollarzeichen in seinen Augen sehen. Dollar, Rubel, Yen, Euro, Rupien, Schekel … in seinen Knüsen waren sämtliche Währungen zu erkennen.

„Yep", meinte ich cool. Ich blickte kurz in die Ferne und machte eine bilanzierende Miene. „Ach so!", entfuhr es mir. „Die Tokyo Motor Show hab ich ganz vergessen, dort regeln wir alles mit dem asiatischen Markt." Fünf satte Messen, ihm stand der Mund offen. Ich blickte in ein rundes Loch, etwa so groß wie ein Jacuzzi-Pool. **Altobelli!** Nun, ich hatte ja auch mächtig aufgetextet. Den Bengel hatte ich im Sack, soviel war sicher. Unser heimeliges Restauranttreffen war safe. Da würde ich die Nummer locker und seriös zum Abschluss bringen. Genau so mag ich das, keine langen Zicken, der direkte Weg zum Tor ist immer der beste.

Am nächsten Abend holte ich ihn pünktlich ab und wir fuhren in das von mir ausgesuchte Restaurant. Dort quatschte und quatschte der Kerl, absolut wasserfallmäßig. Eben war er noch bei der Schilderung einer angeblich unheimlich lustigen Betriebsfeier, die er mit einer sehr öden Pointe beendete. Und nun erzählte er mir irrsinnig tolle Episoden von seinem Hund „Neil". Ich blickte auf meine Uhr. Es war Samstagabend, bald halb elf. Meine Geduld wurde gerade wirklich gehörig strapaziert.

„Neil", ein Golden Retriever, war offensichtlich der „Star" und Mittelpunkt der Familie. Thomas erzählte ausschweifend von seinem getreuen Freund. *Warum nennt man seinen Hund nur Neil?*, fragte ich mich. Wahrscheinlich war der Köter nach Neil Armstrong, dem ersten Menschen auf dem Mond, benannt worden. Ich fand das eine vernünftige Schlussfolgerung. Doch ich sollte mich gründlich getäuscht haben.

„Wir haben ihn nach Neil Diamond benannt." Ich blickte ihn erstaunt an. „Na, der Sänger!", rief er erklärend. Sein Bemühen, mich rasch aufzuklären, stand ihm ins Gesicht geschrieben.

„Meine Frau und ich haben uns bei einem seiner Songs kennengelernt. Nun ja …", er zögerte kurz und lächelte, „bei diesem Lied sind wir uns zum ersten Mal wirklich näher gekommen."

Wie interessant, dachte ich. Bestimmt würde mir in Bälde das unvergleichliche Vergnügen zuteil, das große und lang gehütete Geheimnis zu erfahren, um welchen Song es sich damals gehandelt hatte. Ich seufzte vernehmbar.

„All Night Long!", flötete er keine drei Sekunden später.

Nun stutzte ich, denn der Song war eindeutig von Lionel Richie. Also hätte er seinen Hund „Lionel" nennen müssen. „All Night Long ist von Lionel Richie", warf ich ein, „nicht von Neil Diamond. Also hätten Sie Ihren Hund eigentlich …"

Er unterbrach mich aufgeregt. „Quatsch, es war nicht ‚All Night Long'! Warten Sie … es war ‚Sweet Carolin'!" Jetzt machte er ein zufriedenes Gesicht. Es ist immer ein schönes Gefühl, wenn das eigene Hirn eine Irritation auflösen kann. Ich war leicht genervt, ließ mir aber nix anmerken. So ging das in einem fort. Der Köter, also „Neil", holte nicht nur von Montag bis Samstag die Zeitung rein und ließ sie dann aus dem Maul neben das Sofa fallen. Nein, er „steuerte" zuweilen sogar den Aufzug. Man glaubt es kaum, welch atemberaubende Wahnsinnsstory. Ich war total beeindruckt. Diese Viecher werden ja ordentlich groß, normale Retriever haben eine sogenannte Schulterhöhe von deutlich über 60 cm. Ist auch egal, einfacher ausgedrückt: Wenn die dämlichen Köter hochspringen, können sie mit ihrer Pfote locker irgendwas in 1,40 Meter Höhe antatschen. Neil, dieser verkappte Hochsprung-Olympiasieger, konnte es angeblich. Thomas quatschte munter weiter. „Wir marschieren in den Aufzug hinein und dann springt Neil hoch. Natürlich nur auf mein Zeichen", fügte er beschwichtigend hinzu. „Springt hoch, stellt sich auf die Hinterbeine und drückt zielsicher mit der Pfote die E-Taste. Genau drauf! Das ist die Taste für das Erdgeschoss – unglaublich, oder?" Der Spacko schaute mich in dem Restaurant voller Begeisterung an. Ich hoffte kurzzeitig, mein Gegenüber würde jeden Augenblick platzen vor Stolz. Dann wäre mein Job schon hier und jetzt erledigt. Dazu kam es aber leider nicht.

Wissen Sie, als Auftragskiller braucht man einen ziemlich dicken Geduldsfaden. Ich hab mal gelesen, man lernt das mit der Zeit. Aha, mag sein. Allerdings habe ich es trotz meiner nun 26 Berufsjahre immer noch nicht so mit der Geduld. Fakt ist, Sie können die Nummern nicht einfach so beschleunigen, wie Sie's gerne hätten. Wenn Sie am Gras ziehen, wächst es auch nicht schneller. Man kann da nix erzwingen. Eindeutig eine der markantesten Schwachstellen meines Berufes. Und über was die Leute so alles faseln, denke ich oft. Obwohl ihnen, sofern wir in der Gegend sind, meist nur noch wenig Redezeit bleibt. Sobald wir den Deppen gegenübersitzen, brauchen sie üblicherweise kein Geld mehr für die Parkuhr, denn nur die wenigsten haben dann noch mehr als 20 Minuten auf diesem Planeten. Und trotzdem schwatzen sie so unaufhaltsam wie bei einem Klassentreffen. Was ich da schon für einen langweiligen Nonsens ertragen musste! Mein Lottogauner hier war ein Paradebeispiel dafür.

Ich hatte es an diesem Abend zwar nicht supereilig, aber so langsam wollte ich doch mal zum Finale kommen. Der Messebauclown entpuppte sich aber weiterhin als ordentliche Quatschtüte. Als Nächstes landete der Lurch bei seinem „absolut legendären" Besuch eines Formel-1-Rennens – dem „Großen Preis von Monaco". Thomas war dazu von irgendeinem hohen Tier mit Connections eingeladen worden, sogar mit VIP-Tickets. Während er also von den tollen Erlebnissen in Monte Carlo berichtete, beschloss ich, nun ein allerletztes Bier zu bestellen. Danach müsste ich mich aber wirklich mal an die Arbeit machen. Ehrlich, so nett das auch manchmal ist, aber ich kann mir nicht die ganze Nacht mit den Jungs (oder Mädels) um die Ohren hauen.

Ich dachte an Romy. Bald würde ich sie vom Flughafen abholen, vielleicht sogar mit einem hübschen Strauß Blumen in der Hand. Deswegen musste ich jetzt langsam mal auf die Tube drücken. Doch mein Lottogauner war ja noch in bester Plauderstimmung über sein Formel-1-Abenteuer in Monaco. Ich überlegte kurz und entschied, dass nun ein günstiger Zeitpunkt sei.

„Mit der Formel 1 haben wir uns auch schon gedanklich beschäftigt", unterbrach ich ihn, „wir überlegen, unsere Sitze auch dort zu vermarkten." Bei diesem Exkurs versuchte ich, meiner Stimme einen visionären Unterton zu verleihen. Hatte ich mir aus dem Fernsehen abgeschaut. Ich fuhr fort: „Kostet zwar eine ordentliche Stange Geld, aber es könnte sich durchaus lohnen. Wegen der hohen Werbeeffekte … Sie wissen schon." Dabei strich ich mir elegant über meine nigelnagelneue Krawatte, eine mit vielen kleinen, lustigen Golfschlägern drauf. Der Ochse wollte gerade was sagen – vermutlich hatte er sich die nächste langweilige Geschichte zurechtgelegt –, da fuhr ich in meinem geschäftsmäßigen Fernsehton fort. Es war einfach an der Zeit, den fetten Köder auszuwerfen. Deshalb schwang ich jetzt meine Angel. Ich beugte mich leicht vor und eröffnete mit den Worten: „Wissen Sie, ich führe eine Art ‚Vorvertrag' mit mir. Für unsere künftige Zusammenarbeit. Die Papiere habe ich vorhin noch im Hotel vorbereitet." Es folgte eine künstlerische Pause meinerseits. So einen Kracher musste man erstmal sacken lassen. Nach handgestoppten acht Sekunden fuhr ich unaufgeregt fort: „Es handelt sich um … nun ja … ich habe eine schriftliche Absichtserklärung für eine partnerschaftliche Zusammenarbeit aufgesetzt." Punkt. Er glotzte mich mit kreisrunden Kuhaugen an. Als hätten sich der echte Neil Diamond, der echte Neil Armstrong und Pamela Anderson an unseren Tisch gesetzt und wir fünf würden lustige Narrenkappen aufsetzen. Thomas räusperte sich und starrte in den Abendhimmel, so als könne er das eben Gehörte kaum glauben. Ich hingegen vernahm innerlich laut und deutlich das prägnante Geräusch einer Filmklappe, das unmissverständlich bedeutete: „Uuuund Action!"

„Nun, ich habe die Formulare im Auto", sagte ich ziemlich lässig, fast schon beiläufig. Mein Gesprächspartner sprang sofort auf und rief: „Das ist ja fabelhaft!" Es war mehr ein jubilierender Singsang, als er ein auffordernes „Dann mal nichts wie los!" trällerte. Ich blickte abermals auf meine Uhr. Zehn vor elf, damit war ich noch ganz passabel in der Zeit. Der Rest war Kinderkram. Ich setzte mich in den Wagen, er ließ sich auf den Sitz neben mir fallen. Ich gaukelte einen minimalen Vergesslichkeitsanfall vor. „Wo hab ich denn die Formula… ach ja, im Handschuhfach", sagte ich erleichtert. Ich beugte mich vor, nestelte in dem Fach herum und holte triumphierend etwas heraus. Doch wo er lukrativen Papierkram erwartete, kam nur eine stabile, handelsübliche Spritze zum Vorschein. In dem Moment fühle ich mich immer – auch heute noch – wie der Mann im schwarzen Umhang. Der mit dem Stab in der Hand und 'nem Kaninchen im Hut.

Das Hervorholen der Spritze ähnelt wirklich einem kleinen Zaubertrick. Mit dem kleinen Unterschied, dass ich nie frenetischen Applaus dafür bekomme. Geschweige denn, dass mir vielleicht mal jemand anerkennend Blumen auf die Bühne werfen würde. Ich hab meine Spritzen schon auf die verschiedenste Art und Weise hervorgezückt, aus den verschiedensten Verstecken. Mal aus einer Manteltasche, mal aus einer Tageszeitung. Einmal hatte ich das Ding tief in einer Popcorntüte verborgen und kramte relativ lange darin herum. Aber auch da hatte ich es genau im richtigen Moment zur Stelle. Ich versichere Ihnen, das mit dem Spritzenzauberstückchen funktioniert immer. Weil sie alle komplett überrascht sind! Thomas war es jedenfalls, er machte ein mehr als erstauntes Gesicht. Zeit zum Reagieren hatte er natürlich nicht, da war und bin ich immer ziemlich fix. Schwupps, war die Nadel auch schon seitlich in seinen Hals eingedrungen.

Tolle Sache mit den Spritzen und diesem Betäubungsmittel namens Carfentanyl. Leute, das ist echt geiles Zeug. Hatte mir seinerzeit Quiet Earp empfohlen und besorgt. Seitdem kommt mir nix anderes mehr ins Haus. Kurze Info: Carfentanyl ist ursprünglich nicht für Menschen konzipiert worden, wird also nicht in der Human-Anästhesie verwendet. Dafür ist die Substanz viel zu heftig. Die Wildhüter aller Kontinente betäuben damit die mächtig großen Exemplare, zum Beispiel Löwen oder Elche oder sogar Eisbären. Für einen mittelprächtigen Messeheini reichte es also allemal. Wupps, war Thomas auch schon eingeschlafen, binnen weniger Sekunden. Vor uns lag noch eine längere Tour, die schon eine halbe Stunde dauern würde. Schließlich fuhren wir ja keineswegs in seinem bevorzugten Formel-1-Tempo durch die Gegend. Unser Kurs führte letztlich zu einem Steinbruch, in einiger Entfernung vor den Toren der Stadt gelegen. Ich startete den Wagen und registrierte einige Minuten später, dass wir auf unseren Weg auch an der Messe vorbeifuhren. *Das ist doch mal eine passende Geste,* dachte ich. Denn so schloss sich quasi der Kreis unserer Bekanntschaft. Aber mein tief- und festschlafender Beifahrer wusste die feine Petitesse natürlich nicht zu würdigen. Er lag ziemlich schief in seinem Sitz. Wenigstens schnarchte er nicht.

Als wir angekommen waren, hebelte ich den Kerl aus dem Auto und nahm ihm meine beiden Visitenkarten wieder ab. Erstens wegen der Fingerabdrücke, zweitens hatte er sowieso keine Verwendung mehr dafür. Als ich die Dinger herausfingerte, fiel ein Foto aus seiner Jacketttasche. Es zeigte Thomas auf einer Wiese mit, wie konnte es anders sein, seinem Golden Retriever „Neil". Anschließend verarztete ich ihn final und verstaute den schlappen Kameraden sorgsam im Steinbruch. Etwa so, wie man verfrüht gekaufte Weihnachtsgeschenke wochenlang vor den Kindern versteckt, sehr gewissenhaft also. Das Foto mit „Neil" hatte ich ihm zuvor wieder in die Jacke gesteckt. Künftig würde der Hund ja nun alleine Aufzug fahren müssen. Aber die Sache mit dem „E-Taste"-Drücken hatte der Köter ja nachweislich drauf. Darüber musste man sich also keine Sorgen machen.

Auf der Rückfahrt dachte ich ein wenig über die wilde, böse Medea aus der Antike nach. Ihre Idee mit dem siedenden Öl hatte was. Letztlich war ihr abtrünniger Gatte

Jason aber gar nicht in dem kochenden Bottich gelandet. Zu Medeas Leidwesen hatte das nämlich nicht hingehauen. Daraufhin wurde Medea noch wütender. Als Ausgleich hatte die abservierte Furie – und da war sie dann echt knallhart – auf bestialische Weise eine ganze Reihe von Leuten umgebracht: zuerst die zukünftige Ehefrau ihres Gatten, also ihre Nebenbuhlerin; danach deren Vater, immerhin ein König; zum Schluss sogar ihre zwei eigenen, mit Jason gezeugten Kinder. Nur, um den Kerl zu bestrafen. Die eigenen Kinder! **Altobelli!** Also wirklich, das hielt jetzt sogar ich für reichlich übertrieben. Zumal die Beendigung einer Liebesbeziehung ja auch bei weitem nicht das Kaliber eines derben Lottobetruges besaß. *Merkwürdig,* dachte ich, *wie manche Menschen überreagieren.* Muss es denn immer gleich Schwarz oder Weiß sein? Heavy Metal oder Kirchenchor? Gab's denn keine moderate Grauzone dazwischen?

Bis nach Hause waren es noch rund drei Stunden, bis zu Romys Ankunft noch etwa 14. Ich freute mich unheimlich auf meinen Hasen. Ich würde ihr einen netten Blumenstrauß mitbringen und sie fragen, ob sie sich mit dressierten Retrievern auskennen würde. Und ob die Köter wirklich Buchstaben auf einer Taste lesen könnten. Oh, es würde ein sehr schöner Restsonntag werden, ich würde mein Flöckchen nach Strich und Faden verwöhnen. Dennoch musste ich mit Romy demnächst mal ein ernstes Wort reden: über Medea, deren abgefahrene Kochideen und über die ungehobelten Sitten der Antike generell. Ich wusste überhaupt nicht, dass mein Hase ein Faible für dermaßen brutale Literatur besaß. **Altobelli!**

7 Die waghalsige Hebamme

In letzter Zeit arbeite ich eher unregelmäßig, so wie's halt kommt. Mal mehr, mal weniger. Das „Weniger" liegt mir außerordentlich. Dann verbringe ich meine Zeit meist mit Romy, mit intensivem Chillen, ausgiebigem Bücherlesen, Filmegucken und natürlich mit meinen Freunden – Wolle Seuss und Didi „Danger" Herrenbrück. Die zwei sind langjährige Kumpels. Na ja, eigentlich sind sie meine besten Freunde. Beide wirken ebenfalls in unserer Branche, sie sind somit auch geschätzte Kollegen. Wir drei hängen regelmäßig im „Fiasko" ab, das ist eine schummrige Eckkneipe. Dort quatschen wir und spielen ab und an Karten.

Wolle und ich kennen uns – ohne Flachs – von einem „Erste-Hilfe-Kurs". Klingt jetzt natürlich etwas absurd, ist aber so. Wir hatten vor Ewigkeiten, das war im Sommer 1990, zur gleichen Zeit den Führerschein gemacht und dabei zufällig dieselbe Erste-Hilfe-Veranstaltung besucht. So ein Kurs war damals vorgeschrieben, ich nehme an, das ist heutzutage auch noch so. Wolle und ich hatten dort die „stabile Seitenlage" und erste „Wiederbelebungs-Maßnahmen" gepaukt. Haha, ausgerechnet wir! Wo doch später genau das Gegenteil für uns von Nutzen sein sollte.

Wolle ist 'ne Ecke größer als ich, so um die 1,85 Meter. Er stammt aus Bonn, zu Zeiten seiner Kindheit war das noch die gefeierte Bundeshauptstadt. Er besitzt volles, braunes Haar, das er sich stets nach hinten kämmt. Eine oder zwei Strähnen sind allerdings immer recht widerspenstig und fallen zurück in seine Stirn. Wolle ist mein Jahrgang, ergo 1971 geboren.

Seine Geburt gestaltete sich als nicht gänzlich gelungen, denn er war der Hebamme aus den Händen geglitten. Nur Sekunden nach Verlassen der heimeligen Mutterhöhle – also noch ganz schleimig und glitschig – versuchte die übernächtigte Geburtshelferin das Baby (also Wolle) hochkant zu halten und der erschöpften Frau Mutter zu präsentieren. Sie hatte den Trick offensichtlich nicht ausreichend trainiert, denn Klein-Wolle machte den Sittich und knalle anschließend mächtig auf den Fliesenboden. Er schlug mit dem Kopf und der Schulter zuerst auf, es machte ein lautes „Flaaatsch". Der Rest war totales Geschrei aller Beteiligten im Kreißsaal.

Kann man aus solch einem Sturz schon erste Schlüsse ziehen? Ich halte das für ein extrem vorurteilsbehaftetes Klischeedenken. Wolle rennt keinesfalls komplett deformiert durchs Leben. Der Schulter ist nix Nachhaltiges passiert, lediglich eine, allerdings recht ordentliche Delle an seiner linken Kopfhälfte zeugt von dem Missgeschick der Hebamme. Ein ewiges Souvenir sozusagen. „Eine kleine Einbeulung", so nennt er das immer leicht verharmlosend. In Wirklichkeit kann man sie durchaus mit einem schicken, flachen Aschenbecher vergleichen.

Wolle hat noch einen älteren Bruder namens Björn. Der hatte drei Jahre zuvor unter Mithilfe genau derselben Hebamme das Licht der Welt erblickt. Mit dem feinen Unterschied, dass ihr damals eine perfekte, tolle Präsentation gelungen war. Bruder Björn war nicht knallhart auf dem Fliesenboden gelandet. Manchmal habe ich den Eindruck, Wolle ist deshalb ein wenig eifersüchtig auf ihn. Unter anderem auch aus diesem Grunde sollte man ihn nicht unbedingt auf das Kopfdellen-Thema ansprechen. Da wird Wolle manchmal etwas ungehalten. Ich hab's trotzdem mal getan.

„Lass das doch mal richten. Ist heutzutage bestimmt kein Problem mehr", versuchte ich ihn vor einigen Jahren mal zu ermuntern. „Kannst ja nicht ewig mit der Delle rumlaufen."

„Wieso nicht? Diese kleine Einkerbung unterstreicht nur eindrucksvoll meinen Charakter", meinte er, um angriffslustig hinterherzuschicken: „Und warum machst du denn keine Haar-Transplantation?"

Gute Gegenfrage, fand ich, denn mittlerweile habe ich am Hinterkopf schon eine ganz ordentliche Tonsur. Umgangssprachlich kann man es auch Halbglatze nennen. Damit war das Thema erledigt, für immer.

Als Kollegen beim Umfideln habe ich Wolle schon sehr früh schätzen gelernt. Der Bursche hat eine bemerkenswert ruhige Hand, was in unserem Job weiß Gott kein Nachteil ist. Und ein sehr gutes Ballgefühl: Wolle spielt Tennis und seit einigen Jahren durchaus passabel Golf. Summa summarum ist er ein humorvoller Kerl, mit dem man Pferde stehlen kann. Allerdings ist er zuweilen wirklich sehr begriffsstutzig. Manchmal steht Wolle auf 'ner Leitung, die von Füssen nach Kiel reicht. Ich kenne wirklich niemanden, der auch nur annähernd so dämliche Fragen stellt wie er. Aus ihm sprudeln unfassbar bescheuerte Sachen, und das andauernd. **Altobelli!** Aber so ist er halt.

Wolle hatte zunächst Lackierer gelernt. Seine Ausbildung hatte er in einer kleineren Firma absolviert, später wechselte er zu einem Unternehmen, das sich auf Fahrbahn-Lackierungen spezialisiert hatte. Zu Beginn war das ganz okay, Wolle hatte dort mächtig gut verdient. Doch so nach und nach stellten wir leichte Veränderungen bei ihm fest. Er wurde unleidlicher, schnell nervös und stellte noch häufiger seine blöden Fragen. Wir machten uns so langsam Sorgen. Zu Recht, denn bald eskalierte die Sache. Nachdem Wolle cirka 270 Zebrastreifen, 500 Parkbuchten und 91 Behinderten-Parkplätze auf den Asphalt gemalt hatte, bekam er einen echten Weißlack-Koller. Ich wusste bis dahin auch nicht, dass so etwas existiert, inzwischen ist es ein anerkanntes Krankheitsbild.

„Immer, wenn ich gerade fertig bin und alles sieht spitze aus, tappt ein verdammter Köter mit seinen Riesentatzen auf die frische Farbe! Oder dämliche Kinder latschen drauf herum!", beklagte er sich nicht nur einmal. Außerdem flippte Wolle regelmäßig im Zoo aus, wenn er an das Zebragehege kam. Höchste Zeit, dass er seinen Zivilberuf wechselte, darin waren wir uns alle einig. Denn nur „Leute umpusten" geht halt nicht. Man muss, zumindest offiziell, aus Gründen der Tarnung nebenher noch irgendwas Legales machen.

Deshalb hatte Wolle vor etlichen Jahren einen kleinen Laden für Tee, Bio-Müslis, ätherische Öle und derlei Krempel eröffnet. Passt ganz prima, denn Wolle ist von Natur aus ein Hardcore-Espresso-Trinker, -Steak-Fan, -Raucher und hat' nen leichten Hang zum Bourbon. Für den Laden hatte er sich eigens eine Vollzeitangestellte gesucht, die dort jeden Tag den Ökoquatsch in die Regale räumt, die Kunden berät, den Kram verkauft und die Abrechnungen macht. Er selbst ist nicht besonders oft dort. Entweder ist er gerade „richtig arbeiten" oder dreht eine Runde auf dem Golfplatz. Verlangt jemand nach ihm, sagt Iris, seine Angestellte, stets dienstbeflissen: „Herr Seuss befindet sich zur Zeit auf einem Außentermin." Aha. Fragt man, wann er denn wieder zurück sei, zuckt Iris nur mit den schmalen Schultern. Sie hat mittellange, rotgefärbte Haare, die dank einer saftigen Gelschmiere in scharfen Zacken nach oben stehen. Der Anblick ihres Kopfes erinnert unweigerlich an die Freiheitsstatue. Dazu trägt sie meist weite Khakihosen. Auf ihrer Nase thront eine Brille mit kreisrunden Gläsern. Eigentlich hat sich Wolle 'ne Art Pumuckl mit Statue-of-Liberty-Attitüde in seinen Laden gestellt. Iris ist mehr ein skurriles Kunstwerk als eine Angestellte.

„Warum hast du denn eigentlich so einen komischen Laden aufgemacht?", hatte ich ihn einfach mal aus einer Laune heraus gefragt. Wir waren damals gerade auf dem Wochenmarkt am Carlsplatz was essen.

„Mark, ganz ehrlich, das frag ich mich auch. Der Laden nervt mich zeitweise extrem. Ich dachte, er ist 'ne geile Tarnung. Das isser ja auch, ich komm aber schon mit dem komischen Geruch nicht klar. Das ganze Geschäft riecht immer ganz fürchterlich! So nach …, so voll nach Gesundheit. Aber eine miefende Gesundheit, weißt du?" Ich nickte, aber eigentlich wusste ich nicht genau, was er meinte.

„Außerdem kann ich mittlerweile das ganze Palaver kaum noch ertragen!" Dabei machte er ein recht betrübtes

Gesicht, während er weiter missmutig auf seinem Schinken-Käse-Baguette rumkaute.

„Was denn für'n Palaver? Meinst du damit Pumuckl?"

„Wer ist denn Pumuckl?" Wolle fragte das ehrlich überrascht, als hätte er noch nie von Iris' Spitznamen gehört.

„Na, deine Angestellte natürlich …"

„Wie? Die heißt doch Iris!", entgegnete er. „Sag mal, Mark, wieso kannst du dir eigentlich nicht mal 'nen einfachen Namen merken?"

„Okay", sagte ich und rollte innerlich die Augen. „Was für'n Kram nervt dich denn sonst noch in deinem Laden?"

„Hast du mal die Logistik für ein Geschäft mit total verrückten Biokunden gemacht? Hast du mal die irrwitzigen Waren für sie bestellt?"

Ich musste verneinen.

Er fuhr mit steigender Lautstärke fort.

„Das kannst du dir nicht vorstellen, das ist die Hölle! Diese Vögel wollen immer genau das, was gerade nicht da ist. Neulich zum Beispiel Tee für Schwangere. Du besorgst das Zeug für ein Heidengeld, manchmal direkt eine ganze Palette davon. Und dann? Plötzlich verlangt kein Mensch mehr danach. Nein, denn plötzlich kommen nur noch Hühner in den Laden, die alle Tee für die Wechseljahre wollen!" Er schnappte nach Luft. „Wie kann sich das so rasend ändern? Eben noch schwanger und jetzt sind sie schon vom alten Eisen? Wie soll ich das alles auf die Schnelle besorgen?" Die Hälfte von seinem Baguette lag noch auf dem Tisch herum und blickte mich traurig an. Es schien sein bevorstehendes Schicksal in Ansätzen zu ahnen. Ich versuchte, ihn zu beruhigen, aber es war zu spät.

„Und wenn ich dann 150 Packungen Tee für die Wechseljahre im Regal habe, sackt die Nachfrage auf null. Von den 150 hab ich ganze vier verkauft. Warum? Weil plötzlich alle was für die Darmflora wollten. Oder Eisenpräparate. Es ist zum Wahnsinnigwerden!" Wolle griff sich das wehrlose Baguette und feuerte es in den Mülleimer, der neben unserem Stammkiosk stand. Schwupps, das war es mit der französischen Köstlichkeit. Den Rest würden sich Insekten und fleißige Schimmelbakterien teilen.

„Ich besorge also den Blödsinn für jede Art von Darmflora dieser Welt und plötzlich fängt irgendeiner an, von Manuka-Honig zu schwärmen. Ob wir den hätten … Alter, der wird aus Neuseeland importiert! Und alle Hühner drumrum so: „Oh ja, das ist eine fantastische Idee, Manuka-Honig! Den möchte ich auch." Jetzt muss ich sehen, wo ich den Kram herbekomme. Manchmal könnte ich sie echt alle …"

„Aber um das zu regeln, hast du doch Pumuckl", warf ich ein, „die kann doch die Leute erstmal hinhalten oder wenigstens die Nachfrage ein wenig steuern."

„Von wegen! Pffft, die macht sich da 'nen Lenz und mixt sich lieber horrend teure Müslis. Entweder das mit den Bioflohsamen, oder sie stopft sich eins von diesen Fertigmüslis rein. Jetzt war er so richtig in Rage. „Iris? Pah … macht sich jeden Tag mindestens zwei Kannen chinesischen Nebeltee. Geht's noch? Kein Wunder, dass die ständig stolpert und 'ne Brille mit dicken Gläsern braucht. Fehlt noch, dass ich im Laden ein Nebelhorn installieren muss."

Ich stellte meine Beruhigungsversuche ein, da ging nix mehr. Aber irgendwie hatten sich die beiden, Wolle und die rothaarige Freiheitsstatue, letztlich doch arrangiert. Arbeiten nun schon seit vielen Jahren zusammen, abgesehen von einer Unterbrechung, als sie ein Kind bekommen hatte. Da hatte sie 'ne ausgiebige Zeit im Mutterschutz verbracht. Die miese Nachricht für Wolle seinerzeit war, dass er währenddessen eine Vertretung benötigte, also eine oder einen Ersatz-Pumuckl. Hatte Wolle aber, wenn auch mit einiger Mühe, gefunden. Die gute Nachricht war, dass in der Zeit des Mutterschutzes der Verbrauch an teurem Nebeltee stark zurückging und auf ein erträgliches Maß sank. Alles so ein bisschen Yin und Yang.

Über Wolle hatte ich später dann Didi Herrenbrück kennengelernt. Wir wurden uns damals – das war vor 14 Jahren oder so – auf einem Darts-Turnier vorgestellt. Darts spielten wir drei eine Zeit lang total gerne. Aber seit einigen Jahren geht das bedauerlicherweise nicht mehr. Das liegt daran, dass die tumbe Pflaume im „Fiasko" keine Dartscheibe mehr hat. Als er noch eine besaß, hatte er allerdings auch nie Pfeile dafür. In der Hinsicht ist das „Fiasko" echt ein Trümmerhaufen.

Egal, Didi ist einen Tick jünger als wir, etwa fünf Jahre. Wir beide sind auf Augenhöhe, er hat in etwa meine Größe. Als wir uns kennenlernten, war Didi noch als junger Anwalt tätig. Der Bursche ist ein richtig studierter Jurist, dekoriert mit beiden Staatsexamen. Hatte seinerzeit in einer netten Kanzlei rumgelümmelt, aber da speisten ihn seine Chefs ständig mit lausigem und uninteressantem Kleinkram ab: Verkehrssachen, alberne Scheidungen und dergleichen. Eines Tages war ihm das schlichtweg zu banal. Zu der Zeit bemerkte er, durch den ein oder anderen

Mandantenausraster, von welch überirdisch großer Wut die Menschen häufig beseelt waren. Deutlich mehr als nur eine Handvoll Klienten wünschte dem verhassten Prozessgegner die Pest oder gar ein rasches Lebensende an den Hals. Und das alles in Didis Gegenwart. Diese Erlebnisse hatten unseren Kumpel sehr inspiriert.

„Prima, daraus könnte man ja was Konstruktives machen", dachte sich Didi angesichts der vielen Meuchelwünsche. Damals wusste er noch nicht genau, was Wolle und ich hauptberuflich so trieben. Aber er schien zu ahnen, dass wir professionell Typen wegpusten. Didi besitzt einen ausgeprägten Instinkt für solche Sachen. Deshalb kam er irgendwann sehr vertraulich auf uns zu und ersuchte um ein aufklärendes Gespräch. Er erhoffte sich von uns jede Menge Einstiegsinfos. Zu Beginn zögerten wir natürlich, schließlich saß uns da ein gewiefter Advokat gegenüber. Doch nach einer gewissen Bedenkzeit willigten wir ein. Wir trafen uns mit dem juramüden Anwalt und quatschten mit ihm Tacheles. Da musste Didi so um die dreißig gewesen sein. Ich erinnere mich gut an diesen Tag, das Gespräch verlief sehr ungezwungen und Didi beeindruckte uns, weil er genau die richtigen Fragen stellte. Schnell merkten wir, er ist einer von uns.

Tja, von da an dauerte es nicht lange und Didi war mit an Bord. Logisch, dass er mit kleineren Jobs begann. Der erste war ein einfältiger Lkw-Fahrer, der besoffen zwei Jugendliche überfahren hatte, aber mit Bewährung davongekommen war. Danach bekam unser Kumpel einen der üblichen Oma-Aufträge. Mit diesen, eher langweiligen Übungsjobs, müssen fast alle Neulinge anfangen. Aber

Didi machte sich gut und entwickelte sich schnell zu einem versierten Kaltmacher. Heute absolviert er überwiegend Klassejobs. Privat ist er ein sehr lieber und fürsorglicher Kerl. Er ist nach wie vor mit Linda, seiner Ehefrau, zusammen, die beiden scheinen gut zu harmonieren. Sie war damals übrigens ebenfalls in der Anwaltskanzlei tätig. Die beiden hatten geheiratet, als er noch als schnöder und gelangweilter Jurist unterwegs war. Linda hatte seinen Branchenwechsel seinerzeit übrigens absolut befürwortet. Didi hatte sie ins Vertrauen gezogen und seine Frau wusste ihn überzeugend zu unterstützen. Eine sehr mutige und vertrauensvolle Aktion, wie ich fand. Als er sich noch unsicher war, ob „Leute abmurksen" tatsächlich der maßgeschneiderte Berufszweig für ihn sei, sagte sie nur: „Aber natürlich, Baby! Willst du denn als Anwalt versauern? Auf zu neuen Ufern … " Zumindest hatte es uns Didi so berichtet. Er ist voll stolz auf Linda, sie ist auch ein echt cooles Huhn. Mittlerweile haben sie vier Kinder. Das letzte, ein Junge, kam vor etwa zweieinhalb Jahren zur Welt. Der Kurze, er heißt Leonard, ist immer in Bewegung, total verspielt und unheimlich wild. Im Garten jagt der Filius voller Hingabe Frösche und Kaninchen, manchmal auch den Dackel des Nachbarn. Dem rennt er hinterher, schreit wie ein Indianer im Angriffsmodus und fuchtelt dabei mit einem kleinen Holzschwert herum.

Didi verhält sich manchmal ein wenig eigenartig. Er hält sich für eine Art „Star". Ihm waren mal ein paar zugegebenermaßen gelungene Nummern zu Kopf gestiegen. Unter anderem hatte er zwei Ärzte so cool terminiert, dass es aussah, als hätten die beiden sich gegenseitig aus dem

Weg geräumt. Die Nummer hatte er in einem Wellness-Schuppen abgezogen, wo die zwei Docs ständig abhingen. Didi hatte die beiden Vögel nacheinander in zwei verschiedenen Entspannungsbecken ertränkt, sie danach jedoch zu einem Whirlpool geschleppt und dort gemeinsam versenkt. Der Trick war, dass er die beiden kalten Kameraden ordentlich mit massig vielen Kampfspuren versehen hatte. Dazu hatte er ihre schlappen Arme und Fäuste benutzt, unter den Nägeln des einen klebten jede Menge Hautpartikel und Haare des anderen. Ergo sah die Nummer am Ende so aus, als hätten die Trottel im Whirlpool einen heftigen Disput ausgetragen, den sie letztlich beide verloren hatten. War eine starke Idee, zudem glänzend umgesetzt. Als wir einige Tage später in unserer Kneipe „Fiasko" saßen, hatte er uns nach einer Reihe kräftiger Drinks ziemlich überraschend eröffnet: „Männer! Es gibt Neuigkeiten. Ich heiße ab sofort Didi Danger!" DANGER – nicht etwa deutsch ausgesprochen, sondern englisch, also „Dähnjer", das Wort für „Gefahr". Wolles und meine Reaktion bestand aus einem „Du tickst ja nicht sauber". Aber Didi blieb dabei, knochentrocken. Am Telefon meldet er sich bis heute so. Zum Beispiel: „Hey, hier ist Danger! Mittwoch schon was vor?" Eine sehr seltsame Nummer, aber eben nicht ganz überraschend.

Didis zweites besonderes Merkmal ist jedoch noch um einiges prägnanter. Und deutlich nerviger. Der Bursche ist mega hypochondrisch veranlagt. Das bedeutet, Didi bildet sich andauernd ein, er habe irgendein schlimmes Leiden. Das kann eine Verletzung, 'ne Krankheit, ein verlorenes Organ oder auch mal eine Seuche sein. Das eine

Ungemach ist noch nicht ganz auskuriert, so schüttelt ihn bereits das nächste. Zudem kommen permanent neue Leiden hinzu, manche davon sind in der medizinischen Wissenschaft noch nicht mal bekannt! **Altobelli!** Die Gebrechen, über die Danger so hingebungsvoll klagt, sind aber keinesfalls lebensbedrohlich. Dafür sind sie umso schmerzvoller und müssten deshalb seiner Ansicht nach irrsinnig schnell und intensiv behandelt werden. Vorrangig natürlich von 'nem Chefarzt, am besten von einem mit Medizin-Nobelpreis.

Soweit also unser munteres Trio. Wolle, Didi „Danger" und meine Wenigkeit. Früher trafen wir uns häufig zu viert im „Fiasko". Damals war noch „Doppelkopf" unser bevorzugtes Zockerspiel. Doch für „Doppelkopf" benötigt man nun mal vier Akteure, deswegen waren wir gezwungen, auf Skat umzusteigen. Der ehemals vierte Kumpel im Bunde war Big Mickey Mo. Dessen Geschichte trägt etwas düstere Züge. Na ja, Mos Werdegang ist reichlich kurios und beinhaltet wirklich sehr eigenartige Szenarien. Zum Ende hin wurde es regelrecht tragisch, sogar überaus tragisch. Am besten, ich erzähle Ihnen die Story von Big Mickey mal eben …

8 Big Mickey Mo

Big Mickey Mo hatte sich vor längerer Zeit bedauerlicherweise bei einem Auftrag erwischen lassen und sitzt seit … warten Sie, er sitzt jetzt schon bestimmt seit elf Jahren in Fuhlsbüttel ein. Kennt in Santa Fu mittlerweile jeden Quadratzentimeter. An diesem Unbill war der Knabe letztlich komplett selbst schuld. Das Ding muss Big M. ganz alleine auf seine Kappe nehmen, aber das weiß er auch. Er heult auch nicht groß rum und macht keinem einen Vorwurf. Trägt es echt mit bewundernswerter Fassung.

Big Mickey Mo war beauftragt, irgendeinen Hamburger Steuerfahnder von der Bildfläche zu schaffen. Also recherchierte er den üblichen Krimskrams und hatte sich bereits nach ein paar Tagen ein supergeeignetes Konzept mit tollem Fluchtweg zurechtgelegt. Der Plan hatte allerdings einen saftigen Fehler, eine überaus markante Schwachstelle. Das lag schlicht daran, dass Big Mickey Mo nie eine ernsthafte Leidenschaft für die Kinoleinwand entwickelt hatte. Seine Vorgehensweise war an und für sich schon okay, das darf man durchaus konstatieren. Er wollte das Ding in einem Hamburger Kino über die Bühne schaukeln. Big M. hatte erfahren, dass seine Beute an jenem Tag einen Kinobesuch plante. Der Steuerschnüffler wollte alleine (schon mal sehr gut, da eine absolute Grundvoraussetzung) in die nur spärlich besuchte (der zweite gewichtige Vorteil) 17:15-Uhr-Nachmittags-Vorstellung (im Gegensatz zu 20 Uhr eine prima Zeit, da mit variablen Fluchtmöglichkeiten versehen) gehen. So weit, so gut. Leider hatte sich Big M. nicht genau informiert, WELCHEN Kinofilm seine Beute zu besuchen beabsichtigte. Der Titel war unserem Kollegen schlichtweg egal. Motto: „Ich weiß ja, wo und wann der Typ auftaucht, das reicht locker." Ein absolut mörderischer Fauxpas, wie sich später herausstellen sollte! Der Fahnderfuzzi hatte sich noch Popcorn besorgt und setzte sich in eine der hinteren Reihen. Big Mickey Mo nahm schräg hinter seiner Beute Platz und wartete. Der Typ hockte beinahe solo in einer kompletten Sitzreihe, schaufelte sein Popcorn in sich rein und glotzte die Werbung. Es lief also prima. Der Film begann pünktlich und erwies sich von Beginn an als überaus unterhaltsam. Deshalb lümmelten alle Kinobesucher sehr gechillt in ihren Sitzen. Gut für Big M., da es einen unschätzbaren Vorteil darstellt, wenn sich eine Beute in der entscheidenden Sequenz unserer Arbeit ruhig und entspannt verhält. Sind die Leute ängstlich oder angespannt, kann das durchaus in einem faustdicken Abenteuer münden. Ich verweise hier vorsorglich schon mal auf mein Erlebnis mit Joao in Trondheim. Mehr dazu in einem späteren Kapitel. Bis dato verlief Big Mickeys Job also echt easy, im Grunde sogar optimal. Der ahnungslose Steuerschnüffler genoss komplett entspannt die Vorführung, unser Freund ebenfalls. Big Mickey fand den dargebotenen Film – den dritten Teil von „Fluch der Karibik" – richtig klasse. Besonders von diesem Captain Jack Sparrow war unser Kumpel voll angetan. Und so schaute er gebannt, lachte hier und da und dachte nicht im Traum daran, für seine bereits kassierten Mäuse auch was zu tun. Irgendwann fiel bei Big M. dann aber doch der Groschen. Er erinnerte sich, warum er überhaupt ins Kino geschlendert war. Hatte er beinahe vergessen. Also machte Big M. sich bereit, holte einen dünnen, aber extrem belastbaren Würgedraht aus der Tasche und fing endlich an zu arbeiten. Big Mickey würgte nach alter Henkersitte von hinten los, dem Steuerochsen fielen die 3-D-Brille und das Popcorn herunter. Für einige Sekunden konnte der noch leise und dezent röcheln, dann wurden seine hektisch den Hals abtastenden Hände schlapper. Zufrieden holte Big Mickey Mo tief Luft und mutmaßte: „Yep, das war's dann wohl." Ganz nach Killervorschrift wollte unser Kumpel nun noch ein letztes Mal kräftig zupacken, um damit auch die letzten Zweifel an einer gelungenen Erledigung zu beseitigen. Plötzlich ging im gesamten Kinosaal das Licht an, an der Decke sowie an den Seitenwänden. Im selben Moment betrat der Eisverkäufer den Saal und wedelte mit seinem Hörncheneis und Konfekt. Das volle Programm! Tja, leider hatte der Film „Fluch der Karibik" eine PAUSE. Diese Kleinigkeit hatte Big Mickey Mo bedauerlicherweise außer Acht gelassen. Schlicht vergessen, sich zu informieren. Und jetzt hatte er den Schlamassel. Der Saal erstrahlte also in taghellem Licht. Alles, auch die feinsten Konturen, wurden sichtbar. Die Leute standen auf, um Popcorn zu holen oder auf die Toilette zu gehen. Mittendrin die zusammengesackte Beute und unser Kumpel, seine Hände noch immer über Kreuz hinter dem Kopf des Steuerheinis. Die Finger, fest verkrampft, einen ziemlich bluttropfenden Würgedraht fixierend. Was fortan in dem Kinosaal los war, kann man sich lebhaft ausmalen. Entsetzt kreischende Frauen waren noch das Wenigste. Aus der Nummer kam Big M. nun wirklich nicht mehr raus.

Dieser Tag war für alle äußerst unerfreulich. Der Hamburger Steuerhansel hatte definitiv sein letztes Popcorn gegessen, auch seine schöne 3-D-Brille würde er nun nicht mehr benötigen. Big Mickey Mo war seine Freiheit los und die übrigen Kinogäste waren von der Nachmittagsvorführung auch nicht über alle Maßen begeistert. Zumal sie ja nur die erste Hälfte des Films gesehen hatten, mehr wurde aus nachvollziehbaren Gründen ja nicht gezeigt. Nun trennten sich ihre Wege. Die Leute schlichen nach ihrer jeweiligen Zeugenaussage entsetzt schweigend und recht bedrückt nach Hause. Den schlappen und triefenden Fahnder verfrachtete man ins nächstgelegene Kühlhaus und Big Mickey Mo landete in Untersuchungshaft. Obwohl, so wirklich viel zu untersuchen gab es bei der Nummer eigentlich nicht. Der Fall lag ziemlich sonnenklar. Dennoch, dieser für Big Mickey Mo so tragisch verlaufene Tag entbehrte nicht einer gewissen Ironie. In einem Film, dessen Titel mit dem Wort „Fluch" beginnt, sollte man sich mit derlei Aktionen besser zurückhalten. Zum zweiten lautet der vollständige Titel des dritten Teils der Captain-Jack-Sparrow-Reihe „Am Ende der Welt". Auch da hätte man vielleicht stutzig werden können. Denn damit war offensichtlich nicht nur das Kühlhaus für den Steuerknilch gemeint, für Big M. sind seither die Mauern und Gitter von Santa Fu das Ende der Welt. Die Haftanstalt liegt aber leider nicht in der schönen Karibik, sondern im nördlichen Hamburger Stadtteil Fuhlsbüttel.

Überflüssig zu erwähnen, dass aus Big Mickey Mo bis heute kein leidenschaftlicher Filmliebhaber geworden ist. Kinos mag er seitdem noch weniger. Und Johnny Depp kann er überhaupt nicht leiden ...

Wir sollten vielleicht noch kurz erwähnen, wie unser Kumpel überhaupt an seinen etwas seltsamen Rufnamen Big Mickey Mo geraten ist. Big M. wurde ursprünglich auf den Namen Carsten Grams getauft, in Gütersloh. Vor vielen Jahren war Carsten dann aus diesem verstaubten Kaff in unsere Gegend gezogen, ins fidele Rheinland. Zu Beginn war der Gute reichlich schüchtern. Wirkte etwas unsicher und gab sich meist wortkarg. Aber so nach und nach fand Carsten sich in dieser bunten, lebhaften und fröhlichen Umgebung immer besser zurecht. Düsseldorf war für ihn, nach dem öden Gütersloh, natürlich eine komplett neue Welt. Carsten wurde sogar regelrecht keck und begann auszugehen, also in Clubs, Kneipen, Discotheken und so. Irgendwann lernte Carsten hier in unserer Stadt ein ... sagen wir ... recht rustikales Huhn kennen. Carsten war sofort hin und weg, sozusagen „schockverliebt". In Dorothee, wohlgemerkt mit zwei E. Das betonte sein Huhn bei jedem, dem sie sich vorstellte. „Hi, ich bin Dorothee." Dann klimperte sie kurz mit den Augen und hauchte: „Dorothee mit Doppel-E." Eine sehr seltsame Angewohnheit. Warum sie nicht gleichermaßen das Doppel-O betonte, ist mir bis heute ein Rätsel. Eigentlich müsste sie immer hinzufügen: „... und mit zwei O. Eins vor dem R, eins nach dem R." Eine dermaßen penible Kleinkariertheit über die Schreibweise ihres ohnehin doofen Namens hätte ich ja noch verstanden. Aber dann doch bitte gleiches Recht für alle. Ich finde, bei Dorothee wird das E abgefeiert, das O jedoch irgendwie diskriminiert. Egal, das nur nebenbei. Die beiden Turteltauben hatten sich in einer Disco kennengelernt. Ich persönlich steh ja nicht so auf Discobesuche. Sie laufen meist nach diesem Checkerschema ab. Die Hühner checken uns ab, gerne auch die Ausdehnung des jeweiligen Portemonnaies. Und wir checken sie ab: ihre Augen- und Haarfarbe, ihre Figur, ihren Charakter ... Das Übliche eben. Na ja, jedenfalls war Carstens Neuerwerbung in mehrfacher Hinsicht ziemlich strange. Optisch sowieso. Dorothee kannte sich detailliert mit Piercings und Tattoos aus, stellte dies auch gerne und offen zur Schau. Auch sprachlich hatte sie so ihre Eigenheiten. Die Ausdrucksweise von Carstens Flamme wirkte, ob nun beabsichtigt oder nicht, regelrecht kindisch. Dazu passte, dass Dorothee von alten Disney-Comics fasziniert war. Da fuhr sie wirklich voll drauf ab, vor allem auf die frühen Exponate. Am höchsten im Kurs standen bei ihr natürlich Erstausgaben. Liebevoll hatte Dorothee eine stattliche Sammlung zusammengetragen. Wobei der Erwerb dieser frühen Disney-Ausgaben einen schnell in eine saftige finanzielle Schieflage bringen kann. Freunde, diese Exponate sind so was von teuer! Mir war das bis dato gänzlich unbekannt, aber offensichtlich sind diese alten Originalhefte weltweit ungemein begehrt. Eine Disney-Figur verehrte Carstens Huhn ganz besonders. Ihr absoluter Favorit (und damit meine ich, sie war wirklich komplett verrückt danach) war Mickey Mouse. „Fanatischer Fan" trifft es nicht mal annähernd. Carsten hatte davon offensichtlich Wind bekommen. Eifrig bemühte er sich um derlei Hefte, aber das war zum Scheitern verurteilt. Die gängigen Comics hatte das Huhn ja bereits, die erlesenen Schätzchen aber (wir reden hier von 70 Jahre alten Ausgaben und solchen Kalibern) waren definitiv unerschwinglich. Deswegen kam Carsten auf eine sehr originelle, manche würden auch sagen, recht abstruse Idee. Was wahre Liebe zuweilen für seltsame Blüten treibt. **Altobelli!** Carsten hatte sich ein paar Wochen aus unserem Kreis zurückgezogen, keiner wusste genau, was er so trieb. Eines Tages tauchte er plötzlich auf und überraschte seine Flamme – gemeinsam mit ihr auch uns – mit einem grell illustrierten, amtlichen Tattoo auf seiner Brust. Wir starrten auf Mickey Mouse! Fünffarbig, versteht sich! Ockergelbe Schuhe, rote Hose, weiße Hände, hellbraunes Gesicht, Rest schwarz. Gerührt blickte sein Schneckchen auf die etwas grobgestochene Disney-Figur, derweil der verliebte Carsten ihr voller Hingabe in die Augen sah. Uns stockte erstmal der Atem, so spooky fanden wir die Nummer. Aber Dorothee warf dem ihr ergebenen Burschen einen irrsinnig stolzen Blick zu und streichelte andächtig mit den Fingerspitzen über seine „Mickey Mouse-Brust". Aber was heißt hier seine „Brust"? Das Mäuse-Tattoo erstreckte sich von Schulter zu Schulter, von den Schlüsselbeinen bis runter zum Gürtel, hat also ungefähr die Ausmaße einer Wohnzimmertapete. Big Mickey Mo war geboren! Kein Mensch nannte ihn seither mehr Carsten Grams. Halt, das stimmt nicht! Einer schon. Der Richter in Hamburg, der ihn seinerzeit zu 20 Jahren verknackt hatte. Seinem ohnehin strengen Urteil fügte der fiese Möpp „im Namen des Volkes" noch eine Besonderheit an.

In den ersten zehn Jahren der Haftverbüßung ist dem Verurteilten Grams, Carsten, geboren in Gütersloh, ausdrücklich untersagt, den vollzugseigenen Kinosaal zu betreten. Aber damit kommt Mickey einigermaßen klar.

9 Quiet, Köchlein und Kosaken

Ach ja, der gute Mickey! Eigentlich müssten wir ihn ja mal wieder besuchen. Haben wir früher auch regelmäßig hinbekommen, ein- bis zweimal im Jahr sind wir nach Santa Fu gecruist. Aber so nach und nach hat das schwer nachgelassen. Sind auch immer sehr öde, diese Knastveranstaltungen. Big M. freut sich anfangs immer wie ein Alkoholiker auf den ersten Schluck. Wir palavern dann so über dies und das, aber immer im Beisein eines Aufsehers. Die echt coolen Storys kannst du da nicht raushauen. Wir probieren zwar so eine Art Codesprache, aber wirklich unterhaltsam sind diese Santa Fu-Trips nicht. Übrigens ist Big M. immer noch mit Dorothee liiert. Wahnsinn! Sein Huhn kommt ihn alle 14 Tage besuchen. Meist reden die beiden über Disney-Figuren, über Comics im Allgemeinen oder über ihren Job. Dorothee ist mittlerweile als Arzthelferin tätig. Bei einem Hautarzt in Essen. Der Typ lasert auch Tattoos weg, das ist sogar eine seiner Spezialitäten. Aber Dorothee hat ihm schon gesagt, von der Mickey Mouse auf der Brust ihres Freundes sollte er besser die Finger lassen. Auch nach Big M.s Entlassung käme das auf gar keinen Fall in Frage. Logischerweise kann ich Romy nix von Mickey, von Dorothee, unserer echt langen Bekanntschaft, seinem Ultrabock im Kino und der anschließenden Knacki-Karriere erzählen. Die gesamte Big-

M.-Story, vor allem das Finale, würde sie eventuell ein wenig verstören. Zumindest würde sie mich ziemlich blöde anstarren. Eventuell sogar verlassen, wer weiß. Und das, obwohl wir jetzt schon fast vier Jahre ein Herz und eine Seele sind.

Hab ich eigentlich schon erzählt, wie ich meinen Hasen kennengelernt habe? Sie ist zwar Stewardess, angesprochen habe ich sie allerdings nicht während eines Fluges, sondern vielmehr in einer Galerie. Wir standen zehrend lange nebeneinander vor einem Gemälde, das einen alten, zerknitterten Greis auf seinem Totenbett zeigt. Der Opa ist umringt von seinen fünf Enkeln, die sich von ihrem Großvater verabschieden. Eine sehr berührende Szenerie.

Unsere Konversation begann mit meiner bedeutungsvollen Bemerkung: „Meine Güte, das ist aber wirklich schrecklich!"

„Was? Das Bild?" Ihr Ausdruck verriet eine ziemliche Empörung.

„Aber nein! Das Bild ist sehr passabel, auf eine ergreifende Art schön. Mit ‚schrecklich' meine ich, dass so ein letzter, endgültiger Abschied eine ungemeine Verzweiflung auslösen muss." Sie blickte mich angesichts meiner vor Sensibilität triefenden Bemerkung interessiert an und nickte leicht mit dem Kopf. Ich weiß noch, dass ich mich dabei allerdings ein wenig unwohl fühlte. Schließlich hatte auch ich schon das ein oder andere Mal dafür gesorgt, dass sich ergreifende Abschiedsszenen abspielten. Na ja, egal, auf jeden Fall begann das mit uns nun mal so.

„Ja, das ist wahr", bemerkte sie gerührt, „es muss eine schmerzvolle Erfahrung sein zu wissen, dass man seinen

Nachkommen ein allerletztes Mal begegnet."

Das war ein Satz, den ich so nicht stehen lassen konnte. Ich atmete tief ein und sagte: „Es sei denn, es sind ganz fette, hässliche Nachkommen ..."

Sie musste lachen, drehte sich zu mir um und sagte: „Boah, Sie sind aber ein schamloser Zyniker!"

„Wieso?", erwiderte ich entrüstet, „es gibt eine Menge Leute, die vollkommen nervige, aufsässige und dicke Gören haben. Da fällt der Abschied doch gleich leichter." Nach diesen Worten lud ich sie zu einem Cappuccino ins Museums-Café ein.

„Ich heiße Romy", eröffnete sie das Gespräch neu.

„Ist das eine Kurzform von Rosemarie?", wollte ich wissen.

„Weiß nicht, kann sein", antwortete sie, „aber Romy ist mein originaler und offizieller Name. Er stammt daher, dass meine Eltern ... dass sie mich ... nun ja, dass ich das Ergebnis einer überaus romantischen Urlaubsnacht in Rom bin. So jedenfalls hat es mir meine Mutter einmal erzählt." Ihr Gesicht zeigte, während sie sprach, ein ununterbrochen versonnenes Lächeln.

„Da können Sie aber froh sein, dass Ihre Eltern damals keinen Urlaub in Dover gemacht haben."

Sie lächelte etwas matt. Vielleicht hatte sie den Spruch schon mal gehört. Eigentlich wollte ich noch fragen, ob sie Geschwister habe und einer/eine davon vielleicht in Darmstadt gezeugt worden war. Aber das ließ ich besser bleiben.

Die Sache mit uns kam recht schnell in Gang. Zwei rosarote Brillen wurden verteilt und ehe man bis drei zählen konnte, waren wir ein Paar. Und derzeit habe ich fest vor, dass das auch so bleibt. Mindestens so lange, wie mein Hase auf keine verrückten Ideen kommt – heiraten oder derlei gruselige Aktionen. So was wie eine spießige Ehe kommt bei mir nicht in die Tüte. Ich hab schließlich schon genug an der Backe, da muss ich nicht noch vor einem Altar einem Pfaffen feierlich Rede und Antwort stehen. Ganz zu schweigen von dem ganzen Rest. Aber derzeit verhält sich Romy diesbezüglich erfreulich unauffällig.

Quiet hatte mich mal – wie üblich leise wispernd – gefragt, warum wir eigentlich nicht heiraten würden. „Ich könnte euch nämlich extrem coole Trauringe besorgen", fügte er augenzwinkernd hinzu.

„Aber bestimmt wieder nur als Leihgabe", scherzte ich zurück.

„Nee, die könnt ihr sogar behalten. Ich mach dir 'nen zivilen Preis."

„Quiet, heiraten ist ungefähr eine genauso tolle Idee, wie Monsanto zu kaufen", antwortete ich. Damit war das Thema durch.

Apropos Quiet Earp. Vor ein paar Monaten schlenderte ich so durch unseren Stadtteil, vorbei am Schwanenspiegel Richtung Altstadt. Ich wollte ein paar Einkäufe erledigen und in einem Musikladen rumstöbern, unter anderem nach Vinylplatten. Diese alten Schätzchen begeistern mich nach wie vor. Gottseidank erleben die Dinger aktuell eine coole Renaissance. Vor zwei Jahren hab ich mir extra wieder einen Plattenspieler zugelegt. Ein Topmodell. Die erste Scheibe, die meine neue Saphirnadel abtasten durfte, war eine uralte LP von Reinhard Mey. „Die heiße Schlacht am kalten Buffet" – ein absoluter Spitzensong, der den wahrhaft geschulten, gleichermaßen bösen Blick des Künstlers auf unsere Gesellschaft verrät. Wie auch immer, am Ende latschte ich noch ins „Fiasko", stellte meine Tüten neben den Barhocker und bestellte bei Tanja einen Cappuccino. Die Maschine heulte auf und während ich so rechts von mir nach einem Zuckerstreuer fingerte, stand links neben mir plötzlich Quiet Earp – wie immer vollkommen aus dem Nichts. Ich bekam fast einen Herzanfall.

„Quiet, verdammt! Kannst du nicht mal irgendwas rufen? Oder wenigstens lauter gehen? Du bringst einen mit deiner Anschleicherei noch ins Grab!", fluchte ich.

„Lustig, dass du das sagst, Mark. Genau darum geht es …", flüsterte er.

„Wie? Um die hohe Kunst des Anschleichens? Hättest Indianer werden sollen." Meine Wut war noch nicht verraucht. Tanja stellte den Cappuccino vor mich hin.

„Für Sie auch etwas?", fragte sie Quiet freundlich.

„Bitte eine Cola", wisperte er.

„Wie bitte?", fragte die Kellnerin.

„Eine Cola, bitte." Sein leises Flüstern war nach spätestens zwölf Zentimetern nicht mehr zu orten, geschweige denn zu entschlüsseln.

„Er möchte eine Cola", half ich aus. „Worum geht's denn, Quiet?" Ich sprach ganz normal.

„Hab einen coolen Job für dich. Es geht, wie ich schon andeutete, um ‚ins Grab bringen'."

Bei ihm musste man sich niemals ängstlich umdrehen, ob es etwaige Mithörer oder Zeugen geben könnte. Quiets Wisperei verstand sowieso keiner.

„Dann lass mal hören." Ich rührte Zucker in meinen Cappuccino und war ganz Ohr. Eher zwei bis drei Ohr, damit ich ihn verstand. Auf jeden Fall hatte sich bei ihm ein Mittelsmann gemeldet. Ein schmieriger russischer Schmock wollte unbedingt seinen Chef loswerden. Dieser Schmock war der Stellvertreter eines großen russischen Industriellen und wollte sich so weite Teile des feisten Unternehmens unter den Nagel reißen. Eine eher alltägliche Story.

„Und der Haken an der Sache?", fragte ich Quiet. Solche Klamotten hatten immer einen Haken.

Quiet zögerte auch keineswegs und kam sofort rüber mit dem Haar in der Suppe.

„Du müsstest nach St. Petersburg und dort mit zwei Ukrainern arbeiten und … na ja … ihr müsstet euch die Mücken teilen."

Nun, das war kein Haar, da schwamm eine ausgewachsene Perücke in der Suppe. Hatte ich schon erwähnt, dass die Kollegen aus den östlich gelegenen Ländern mit äußerster Vorsicht zu genießen sind? Ausgenommen die Spezies aus der Ex-DDR. Wir nennen sie immer „Zonen-Cowboys" – und glauben Sie mir, die Jungs können echt stark performen. Sie sind spitze bei der Recherche, haben prima Techniken beim Wegfideln und auch das Aufräumen ist bei denen voll solide. Na ja, natürlich kommt den Cowboys ihre Erste-Sahne-Ausbildung bei der Stasi entgegen. Der Umholzen-Unterricht bei der Stasi war hochprofessionell, zackig und niveauvoll. Freunde, was hätte ich dafür gegeben! Wenn du da gelernt hast, gilt das bis heute als echtes Qualitätssiegel. Als Ausbilder waren die aalglatten Kadetten von Mielke & Co. eine Wucht! Die hatten Sachen drauf ... **Altobelli!** Auch in den wirklich haarigen und komplizierten Disziplinen hatten die Stasi-Schergen Außergewöhnliches geleistet. Beispielsweise konnten diese Ossi-Tüftler diffizilste Probleme wie „absolute Lautlosigkeit beim letzten Atemzug" oder „effektive Vermeidung intensiver Blutungen" lösen. Bis zum Mauerfall, gegen den sie trotz immenser Leidenschaft und der zur Verfügung stehenden Ressourcen letztlich keine Chance hatten, setzten die strengen Stasi-Koryphäen regelrechte Maßstäbe. In deren Lehrbüchern kannst du überragende Nummern nachlesen. Unter anderem, wie man einen gestandenen Kerl mittels einer Büroklammer für immer verstummen lässt. Auch Schüsse aus astronomischer Entfernung, quasi um den halben Erdball, hatten sie brillant gelehrt. Eine absolute Hammerlektüre! Und wenn jemand in Not war, zeigte sich der Verein immer hilfsbereit, so „St. Martin"-mäßig. Zum Beispiel hatte die Stasi unseren lausigen RAF-Lumpen tüchtig geholfen. Die schmierige Ossi-Befehlsetage hatte unsere Terrorhansel mit offenen Armen aufgenommen und sie mehr als feudal betreut – natürlich auch munter finanziert und ausgerüstet. Und wir „Normalos" hier in der guten, alten Bundesrepublik? Wir waren diesbezüglich ziemlich arm dran mit unserem komplett maroden BND und dem wahrhaft albernen Bundesgrenzschutz. Wir hatten da mal gar nix zu melden, wenn überhaupt, ein paar halbgare und verstaubte Tricks mit auf den Weg bekommen. Die meisten Zonen-Cowboys lachen uns dafür herzhaft aus. Mit Recht!

Wir – besser gesagt ich – musste mich in meinen ersten Berufsjahren als absoluter Autodidakt durchschlagen. Ich darf Ihnen versichern, ein Vergnügen war das nicht. Egal, ist lange her. Jedenfalls sind die Sportsfreunde aus Russland, der Ukraine, Serbien oder Bulgarien leider genau das Gegenteil der Zonen-Cowboys. Mag jetzt echt abgedroschen klingen, aber die glauben wirklich, mit ihren aufgepumpten Muskeln, den stets frisch rasierten Glatzen und ihren kyrillischen Tattoos den Hals rauf und runter könnten sie einen auf knallharter Kerl machen. Bei uns heißen die ganzen Rambos nur „Kosaken". Diesen Kandidaten mangelt es spürbar an Intellekt. Was man ihnen selbst, vor allem aber ihrer Arbeit anmerkt. Oh Mann, die Kosaken sind oft unfassbar verpeilt. Ohne Scheiß! Lässt man sich mit ihnen beruflich ein, hat man von vorne bis hinten nur Theater. Behaupte ich hier nicht einfach so, sondern hab ich von etlichen Kunden so gehört. Die hatten alle relativ schnell die Schnauze voll und kamen mit ihren Sorgen letztlich doch zu uns. Die genervten Klienten haben mir erzählt, es finge schon damit an, dass die Kosaken im Vorgespräch – und dieses Gespräch ist wirklich eminent wichtig – nie richtig zuhören, geschweige denn mal was mitschreiben. Die Spacken notieren sich nicht mal die entscheidenden Details. Du musst diesen Jungs alles zwei- bis dreimal erklären. Vollkommen nervig. Ich hatte nicht die geringste Lust darauf, mit Kosaken zusammenzuarbeiten.

„Was soll der Ausflug denn bringen?", fragte ich an jenem Tag trotzdem aus reiner Neugier. Quiet zeigte die fünf Finger seiner linken Hand. „Lächerlich!", polterte ich. „Sind lausige 17 Tonnen pro Mann. Minus Reisekosten ... Pffft."

„Nee, 50 für jeden!", verbesserte mich Quiet sehr leise.

Also 50 000 Schleifen pro Kopf. Ich hatte trotzdem kein Interesse, mit den dämlichen Kosaken vermeide ich möglichst jegliche Schnittmenge. Quiet zuckte emotionslos die Schultern. Während ich unsere Getränke bezahlte, fiel mir noch was ein. Ich drehte mich um und fragte ihn ... nichts mehr. Er hatte sich längst in Luft aufgelöst. Hatte sich so unmerklich verzogen, wie er erschienen war. Es gibt kaum einen, der seinen Namen so dermaßen zu Recht trägt wie Quiet.

Und was soll ich sagen? Acht Tage später hatten die Kosaken in St. Petersburg den Falschen in die Halle der Kalten befördert. Präziser: Sie hatten den bedauernswerten Koch des reichen russischen Industriellen weggefidelt, anstelle des Industriellen. Bei den Russen heißt es übrigens interessanterweise, wenn einer ins Nirwana überwechselt, er habe „die Schlittschuhe abgegeben". Ohne Quatsch. Eine ganz coole Metapher, wie ich finde. Allerdings klingt die Formulierung „Jemand hat in der Sarg-Lotterie gewonnen" auch nicht so schlecht. Didi meinte neulich nach einem Gig, er „habe sich um die Ernährung der Regenwürmerpopulation verdient gemacht". Auch nett, aber ziemlich um die Ecke formuliert. Na ja, auf jeden Fall hatten die zwei ukrainischen Dilettanten den Verkehrten um die Ecke gebracht und ihren fetten Faxpas mit dem Köchlein nicht einmal bemerkt. Waren einfach abgehauen, ohne sich zu vergewissern. **Altobelli!** Boah, bin ich froh, nicht beteiligt gewesen zu sein. Folgende

Merkmale zeichnen die Kosaken besonders aus: atemberaubende Faulheit gepaart mit beschränkter Aufnahmefähigkeit. Die Kosaken lehnen es schlichtweg ab, sich mit anständiger Recherche zu beschäftigen. Ist offensichtlich unter ihrer Würde. Dabei war die Nummer in St. Petersburg im Grunde keineswegs kompliziert. Sofern man ein gewisses Maß an Zeit und Verstand investiert hätte. Schon eine Nuance davon hätte genügt, dann hätten sie registriert, dass die rösige Ehefrau des russischen Industriellen, Madame Rosalie, seit Monaten ein heißes Techtelmechtel mit dem südeuropäischen Koch des Hauses hatte. Der arme Tropf war ein gutaussehender Italiener mit überschaubarem Talent. Immerhin besaß er eine glühende Leidenschaft für perfekte Pasta. Mittags servierte der Schmalzkopf Madame Rosalie häufig einen kleinen Nachtisch in ihr Schlafzimmer … und weitere kleinere köstliche Gefallen. Als er das Schlafgemach seiner umtriebigen Gespielin wieder verließ und in den Flur trat, machte es Bum. Mit derlei Ungemach nach einer erquicklichen Liebessequenz konnte das ahnungslose Köchlein nun wahrlich nicht rechnen, der bedauernswerte Gigolo fiel um und benötigte nie wieder einen Topf. Oder edlen Balsamico. **Altobelli!** Die „eigentliche" Beute, der russische Industrielle – den ja sein schmieriger Schmock von Stellvertreter zum Teufel schicken wollte – ging noch fast drei Wochen unbeirrt seinen dubiosen Geschäften nach. Bis ein finnischer Kollege, Spitzname „der Angler", sich dieses Auftrages annahm, ein festes Date vereinbarte und der Sache sehr geräuschlos ein Ende bereitete. Da, und erst da waren die korrekten Schlittschuhe abgegeben worden. Ich hörte, „der Angler" habe sechsstellig kassiert. Yep, der zweite Anlauf ist halt immer deutlich kostspieliger. Alte Bauernregel.

Ich weiß noch genau, dass ich die Witwe Rosalie binnen drei Wochen gleich zweimal (!) mächtig heulend auf einer Beerdigung im Fernsehen sah. Jeweils in einem anderen Trauergewand, aber stets ganz vorne am Sarg. Beim ersten Mal, als das Köchlein beigesetzt wurde, schien sie mir allerdings etwas intensiver zu schluchzen. Trotzdem, binnen 23 Tagen gleich zweimal in ein schwarzes Trauerkostüm zu schlüpfen – wow! So was gibt's auch nicht alle Tage, nicht mal in meinem Metier. Aber Mitleid ist in diesen gesellschaftlichen Kreisen vollkommen unangebracht. Neulich las ich in der Yellow-Press, dass eine offensichtlich wieder glänzend erholte Madame Rosalie einen voluminösen Texaner geheiratet hat. Voluminös bezogen auf Körperumfang und Kontostand, versteht sich. Beides war auf dem Zeitungsfoto eindeutig zu erkennen. Ich freute mich, Madame Rosalie zur Abwechslung mal nicht in Schwarz, sondern in Champagnerfarben gewandet zu sehen. Geheult hat sie auf dem Bild aber trotzdem wieder.

Klar, dass Wolle die Köchlein-Nummer damals auch mitbekommen hatte. Und mein Kumpel wusste von Quiet natürlich auch von dessen Angebot an mich. „Gut, dass du den Schwachsinn abgelehnt hast", meinte er trocken. „Mit den Nieten macht man sich immer zum Deppen."

„Ja", sagte ich knapp. Wäre das Angebot allerdings nicht für St. Petersburg, sondern für Chicago gültig gewesen, hätte ich vermutlich angenommen. Einmal auf dem

Terrain des alten Schurken Al Capone wirken zu dürfen, ist eine Art Lebenstraum von mir. Ehrlich, Leute, auf solch heiligem Boden einen klarzumachen, ist der Olymp! Mehr geht nicht. In Chicago verrät ja quasi jeder Bürgersteig, jede Ampel, jede Haustür, jeder Stein etwas von dieser legendären Historie. Diese Stadt wirkt noch heute wie eine riesige, zauberhafte Filmkulisse. Denken Sie nur an den Valentinstag 1929! Da ratterten in einer schnöden Autowerkstatt drei Thompson-Maschinenpistolen in formvollendetem Klang und ließen sieben Mitglieder der North Side Gang zu Boden sacken. Halleluja! Ganz so, wie es im „Tapferen Schneiderlein", einem von Grimms Märchen, heißt: „Sieben auf einen Streich". Na ja, ich müsste dort ja nicht gleich sieben Lümmel auspusten, das verlangt ja keiner. Zwei wären ja auch schon okay, von mir aus auch nur einer. Aber kein Schwein ruft mich an und sagt: „Kaber, komm schnell rüber. Wir brauchen dich hier in Chicago!" Auf so einen Anruf warte ich jetzt schon seit über 20 Jahren. Aber ich gebe die Hoffnung noch nicht auf und werde geduldig weiter warten. Vielleicht haben die Ami-Köppe meine Nummer einfach nicht.

10 Drei Bündel und ein Pellchen

Mein Hase, also Romy, treibt sich pro Woche ungefähr zwei, maximal drei Tage bei mir rum, je nach Flugplan. Manchmal sehen wir uns auch zehn Tage lang überhaupt nicht. Es kommt vor, dass sie nach längerer Abwesenheit in meiner Wohnung von einer unheimlichen Neugier gepackt wird. Ich hatte mal gelesen, dass diese Neigung bei Frauen mittleren Alters besonders ausgeprägt sei. Kann ich aber nicht abschließend beurteilen. Dafür kenne ich einfach zu wenige Frauen mittleren Alters.

Nun ja, auf jeden Fall war Romy letztens mal wieder auf ihrem Neugiertrip. Sie schlenderte mit aufreizend langsamen Schritten und einem prüfenden Blick durch mein Büro. So in der Art, wie ein profunder Kunstkenner durch eine Galerie schreitet. Hier und da blieb sie vor irgendeinem Utensil stehen, manchmal schaute sie es wie zufällig nur ganz kurz an. Manchmal jedoch verengte sie ihre braunen Augen wie eine Katze und nahm das Objekt sehr gewissenhaft in Augenschein. Im erwähnten Fall galt ihr gesteigertes Interesse meinem Skalpell, genannt „Pellchen". Es war das originale Schätzchen, das mir damals die Medizinstudentin Esther besorgt hatte. Genau das, mit dem der Maler Jérôme und ich vor vielen Jahren allerbeste Bekanntschaft gemacht hatten. Ich hatte es vor einiger Zeit in Rente geschickt, nachdem es mir etliche Jahre exzellente Dienste geleistet hatte. „Pellchen" hatte mich nie enttäuscht, wirklich niemals. Und deshalb hatte es einen Ehrenplatz in meinem Büro erhalten. Es liegt zwischen unzähligen Büchern und einem Globus in einem kleinen Kasten auf einem Regal.

„Warum liegt hier ein Skalpell?", fragte sie. Etwa so, wie ein fünfjähriges Gör fragt: „Woher kommen eigentlich die Babys?"

Ich stand auf, dachte kurz nach und seufzte leise. Es half nix, ich würde wohl oder übel auf einen „Frank Abagnale" zurückgreifen müssen. Wieder einmal. Erstens konnte so was ziemlich anstrengend werden, zweitens war der Letzte noch gar nicht so lange her.

„Hab ich mal von meinem Vater bekommen", antwortete ich knapp.

„Aber dein Vater war Optiker, wofür brauchte der denn ein Skalpell?"

„Na ja, ein Kunde hat es ihm als Tausch angeboten. Der Typ war Arzt und benötigte von meinem Dad exzellent geschliffene Brillengläser. So wirklich außergewöhnlich gute halt … und er hatte wohl nicht genug Geld dabei." Ich spürte, wie meine Nase immer länger wurde und quasi einen dreiviertel Meter in den Raum ragte. Romy schaute mich zweifelnd an. Leider entfaltete mein „Frank Abagnale" bis hierhin noch nicht seinen wahren Zauber. Meine ausgefallensten Flunkerstorys habe ich nach dem US-Hochstapler aus den 60er-Jahren benannt. Frank hatte sich in Amerika als Pilot, Arzt und dergleichen ausgegeben. Seine Story wurde sogar verfilmt unter dem Titel „Catch me if you can" mit Leonardo di Caprio und

Tom Hanks in den Hauptrollen. Der di-Caprio-Bengel verkörperte den ausgefuchsten Frank Abagnale. Mir kam der Gedanke, dass Romy auf das Gesabbel des echten Leo di Caprio vielleicht reingefallen wäre. Von meinen diffusen Antworten hingegen zeigte sie sich nicht überzeugt.

„Aha, dein Vater hat also seine Brillen gegen Skalpelle getauscht."

„Nicht nur", meinte ich lässig, „er hat sie auch gegen Wildschweinbraten, Amulette oder einen Schnellkochtopf hergegeben." Sie kicherte. „Und einmal gegen einen echten Astronautenanzug!", ergänzte ich im Flüsterton, so als würde ich ein riesiges Geheimnis ausplaudern.

„Waaas?" Sie war hin- und hergerissen zwischen Ungläubigkeit und Für-bare-Münze-Nehmen. „Also gehörten auch Astronauten zu den Kunden deines Vaters?"

„Oh ja!", antwortete ich noch eine Spur lässiger, „allerdings erst in den Siebzigern. Und nicht nur Astronauten! Auch John Lennon, Björn Borg und Frank Sinatra. Vor allem aber der Schah von …"

„Du Spinner! Jetzt hör auf!" Sie schleuderte ihre Entrüstung wie einen dicken Felsen in meine Richtung.

Ich atmete durch, das Thema „Pellchen und seine Herkunft" war offensichtlich erledigt. Ich war froh, dass sie an diesem Tag nicht weitere, doofe Görenfragen stellte. Schließlich gab es noch viele weitere Exponate in meinem Büro, die eine abenteuerliche Historie besitzen. Mein antiker Schreibtisch zum Beispiel wurde 1872 angefertigt. Ich hatte ihn mal anstelle einer Barzahlung angenommen, von einer zwar recht vermögenden, aber eben nicht flüssigen ungarischen Baronin. Die Dame wohnte … nein, sie residierte auf einem alten Landgut, umgeben von ein paar prächtigen Ländereien samt einem stattlichen Wald. Ihr Mann, der Baron, war bereits lange verstorben. Ihr erwachsener Stiefsohn war auf den Nachlass mächtig scharf. Und zwar auf das ganze Programm. Jahrelang hatte dieser Bengel mit legalen und illegalen, vor allem aber mit perfiden Psychotricks versucht, die ältliche Frau Baronin von dort zu vertreiben. Bis mich der Anruf eines Bekannten aus Budapest erreichte, der mir vom Ungemach der Frau Mama und von der Unverschämtheit des Bengels berichtete. „Ob ich nicht vielleicht einen Ausweg …?" Seinerzeit konnte ich zufällig ein kleines Zeitfensterchen öffnen und reiste flugs nach Ungarn. Waren ereignisreiche vier Tage. Seitdem hat der Knirps sein eigenes Stück Land! Eine 2,50 mal 1,20 Meter große Parzelle. Er residiert ungefähr 1,50 Meter unter dem Laub. Zum Dank schenkte mir die Baronin diesen herrschaftlichen Schreibtisch.

Zu meinen zwei Wandgemälden war ich auf ähnliche Weise gekommen. Beide hatte Jérôme, der zugegebenermaßen wirklich ein beachtliches Talent besessen hatte, angefertigt. Mittlerweile sind die Dinger echt ordentlich was wert. Der schiefzahnige Bob hatte sie mir als kleinen Bonus überlassen. Er und seine obskure Sachverständigenrunde hatten damals, vor 26 Jahren, wahrlich keinen Müll erzählt. Diese zwei lieblichen Exponate, die mich von zwei meiner vier Bürowände anstrahlen, erinnern mich immer an die alten Zeiten mit dem „Mogul de Luxe". Und natürlich an mein Debüt mit 22 Lenzen! Herrje, was waren wir mal jung und ungezügelt.

Ich sitze oft in meinem Arbeitszimmer und hänge einfach ein wenig ab. Schwelge versonnen in Erinnerungen. Viele meiner Besucher empfinden mein Büro als durchaus schön und stilvoll eingerichtet. Ihnen gefallen die Atmosphäre und die großzügige Geräumigkeit. Kurzum, es macht was her. Den ein oder anderen mag es vielleicht verwundern, aber auch in unserer Branche wird Wert auf eine gepflegte Umgebung gelegt. Dort lässt es sich viel angenehmer und konzentrierter arbeiten. Die Immobilie besitze ich schon seit mittlerweile zwölf Jahren. Zentral in Düsseldorf gelegen. Das Ding, ein Altbau mit Stuck und hohen Decken, Baujahr 1912, hatte ich recht günstig geschossen. Ups, das habe ich vielleicht etwas missverständlich ausgedrückt. Ich meinte damit, der Kaufpreis erscheint mir noch heute als durchaus günstig. Falls Sie jetzt vermuten, der Hauskauf stehe mit irgendeinem Abmurksen in Verbindung, liegen Sie komplett daneben. Ich hab's einfach ganz normal erworben. Manchmal gibt's so was sogar bei uns. Der Kauf des Hauses ging damals bemerkenswert angenehm über die Bühne. Zum einen wurde meine Absicht, den dreigeschossigen Kasten in bar zu bezahlen, von Verkäuferseite hocherfreut aufgenommen. Man könnte sogar sagen, er wurde begeistert akzeptiert. Möglicherweise hatte das auch was mit deren Bilanzen und dem Finanzamt zu tun. Weiß ich nicht genau, war ja auch deren Bier. Auf jeden Fall hatten sie einen hübschen Koffer voller Moppen von mir bekommen, im Gegenzug wurden mir ein Paket Besitzurkunden, eine notarielle Bescheinigung sowie einige Grundrisse und Baupläne überreicht. Am Ende waren beide Parteien hochzufrieden.

So sollte es schließlich auch sein. Zum anderen hatten wir alles unter vier Augen geregelt, völlig komplikationslos und ohne jegliches Zutun eines raffzahnigen Maklers. Viele dieser Spackos erachte ich als ehrloses Gesindel. Mein erklärtes Ziel ist stets, sie weit draußen vor der Tür zu halten. Aus meiner Sicht existieren kaum verwerflichere Berufe. Da sind zuweilen sehr obskure Luschen unterwegs: unaufrichtig, auf den eigenen Vorteil bedacht und nie um einen üblen Taschenspielertrick verlegen.

Seitdem ich dieses Haus bewohne, habe ich dort auch mein Büro eingerichtet. Am Anfang hatte ich länger drüber nachgedacht, eine Sekretärin einzustellen. Oh ja, so eine adrette Dame mit den entsprechenden Fähigkeiten wäre ohne Frage eine große Hilfe gewesen. Sie hätte vor allem meine Termine, Besprechungen und Reisen koordinieren können. Schlussendlich hatte ich davon aber doch Abstand genommen. Das Risiko, dass sie am Ende doch mit allerlei Infos an ungeeigneter Stelle, möglicherweise bei einem Blödian der Staatsanwaltschaft, ins Plaudern käme, war mir schlicht zu groß. Also hab ich den gesamten Kram immer alleine erledigt. Mein 1912er-Häuschen hat, wie erwähnt, drei Etagen plus Speicher. Die untere beherbergt ein spitzen Ladenlokal, sehr hell und geräumig. Das hat seit etlichen Jahren Jozefa, die fleißige polnische Friseurtante, von mir gemietet. Im ersten Stock habe ich sowohl meine Wohnung, als auch meine Firma eingerichtet. Es sind insgesamt fünf Zimmer, die Küche und das Bad nicht mit eingerechnet. Mein Schlafzimmer geht nach hinten raus. Der weitaus großzügigste Raum ist in zwei Zimmer unterteilt: Das größere nutze ich ausschließlich als Büro, das kleinere dient als Besprechungsraum für Unterhaltungen bzw. Verhandlungen mit meinen Klienten. In dem Zimmer mit den meisten Fenstern habe ich ein schmuckes Wohnzimmer eingerichtet, mit Flatscreen und so weiter. Im letzten Zimmer steht ein geiler Billardtisch. Ohne Quatsch, so einen wollte ich schon als Kind. Romy findet das nach wie vor ziemlich albern, meint, es wäre verschenkter Platz. Sie hat es nicht so mit Billard. Ich jedoch finde es herrlich, einen eigenen, grün befilzten Pooltisch zu besitzen. Von der Decke hängen megacoole Lampen und erleuchten perfekt die Spielfläche. Diesen Traum hatte ich mir direkt nach meinem Einzug erfüllt. Ab und an spiele ich auch mal mit meinen Kumpels, allerdings nie mit einem Klienten. Die Wohnung darüber habe ich an eine dreiköpfige Familie vermietet. Die Nothens sind echt nette Leute, machen keinen Stress. Der Kleene ist jetzt sieben oder acht, sein Vater ist als Kfz-Mechaniker tätig. Ich hatte schon immer was übrig für handwerkliche Typen. Deswegen knöpfe ich denen auch nur eine recht moderate Miete ab.

Meine Geschäftsräume stellen, ganz offiziell betrachtet, ein Antiquariat dar. Diese Tarnung hatte ich mir bereits vor Ewigkeiten zugelegt. Aus nachvollziehbaren Gründen stapeln sich in meinem Büro natürlich hunderte alte Buchexemplare, auf denen mehr Staub liegt, als die Bücher überhaupt wiegen. Gelesen habe ich von den Schinken über die Jahre vielleicht zwei Prozent. Ich weiß nicht mal genau, ob und was die wirklich wert sind. Aber eine Gutenberg-Bibel ist jedenfalls nicht darunter, das hätte ich dann doch bemerkt. Mein Tarnberuf ist ganz clever gewählt, jedenfalls hat noch nie jemand dieses Konstrukt angezweifelt. Zumal ja regelmäßig Kunden bei mir auftauchen, die einen seriösen Eindruck hinterlassen. Fast jedem meiner Klienten würde man ein hohes Interesse an antiquarischen Büchern zutrauen. Dass sie letztlich dringliche Lebens-Beendigungen bei mir bestellen, ahnt kein Mensch. Und das ich ab und zu mal etwas derber zupacke oder einen ausgewachsenen Kadaver wegräume, auch nicht.

Den Werdegang zum Antiquar hatte ich übrigens auch meinen Eltern aufgetischt. Ich hatte den beiden beim Abbruch meines doofen Studiums ja erzählt, ich würde „irgendwas mit Menschen" machen wollen, verbunden „mit handwerklichem Geschick". Als ich später das Antiquariat eröffnet hatte, machte ich also „irgendwas mit Menschen UND Büchern, unterstützt von einem handwerklichem Aspekt". Meine Mutter ist echt zufrieden mit meiner Tätigkeit. Generell empfindet sie aufrichtige Freude an meiner, wie sie sagt, „seriösen Lebensführung". Meine dezenten Spuren an Kreativität scheine ich von ihr geerbt zu haben. Von meinem Vater habe ich sie jedenfalls nicht. Der erachtet meine berufliche Situation zumindest als einigermaßen „okay" – mehr nicht. Aber mein Haus hat es ihm total angetan. Das bezeichnet er als „großartig, überaus stilvoll und einen echten Glücksfall". Selbstredend habe ich ihm die wahre Kaufsumme bis heute nicht verraten. Mein Vater würde sicher mehr als misstrauisch werden.

Einmal wurde es für mich allerdings recht prekär. Mein Dad, der nun wirklich selten aufkreuzt, war vor einigen Monaten vollkommen überraschend im Büro vorbeigekommen. Er war ohnehin in der Stadt unterwegs, hatte sich irgendeine moderne Kunstausstellung angeschaut. Meine Mutter steht nicht so auf „Modern Art", deshalb war er allein auf Tour und hatte spontan beschlossen, mich zu Hause zu besuchen. Ich begrüßte ihn mit großer Herzlichkeit. In dem ganzen Trubel hatte ich leider völlig vergessen, dass ich drei größere Geldbündel auf dem Schreibtisch hatte liegen lassen. Der Zaster stammte von dem Date mit Thomas, dem gaunernden Lottokönig, der nun im Steinbruch Zeit zum Nachdenken hatte. Also in Wahrheit stammten die Flocken natürlich von den drei Klienten, die den Schurken wegen seines deftigen Betruges zum Teufel gewünscht hatten. Wir gingen hinein. Ich nahm die Jacke meines Vaters und bot ihm etwas zu trinken an.

„Ja gerne, ein Kaffee wäre schön, nicht zu stark." Dabei deutete er mit dem Finger auf sein Herz, verbunden mit einer Miene, die ein „Du weißt schon" ausdrückte.

Ich ging in die Küche, derweil er sich auf meine Couch sinken ließ. Noch im Fallen befindlich, ließ mein Vater seinen Blick scannend durch den Raum schweifen. Na ja, und da lagen eben drei recht opulente Geldbündel herum. Mein Dad, er ist jetzt 74, hat als gelernter Optiker immer noch ein sehr geschultes Auge und einen unglaublich scharfen Blick, müssen Sie wissen. Natürlich entdeckte er mit seinem Adler-Fokus die saftigen Bündel in Bruchteilen einer Sekunde. Als ich, beladen mit Kaffee, aus der Küche zurückkehrte, nahm er sie vom Tisch und wedelte aufgeregt mit ihnen herum. Er wurde furchtbar ungehalten und bezichtigte mich zwielichtiger Geschäfte. Ich hörte so was wie „Geldwäsche" oder gar „Drogenhandel". Dass ich mich bestimmt mit „Abschaum" und „schlimmem Gesindel" einlassen würde und dergleichen. Er konnte sich gar nicht beruhigen. Flugs sah ich mich auch hier zu einem außerordentlichen „Frank Abagnale" gezwungen. Mit einem gewöhnlichen „Münchhausen" würde ich hier nicht weit kommen. So viel war klar.

„Wie kommst du denn auf so was?", fragte ich ihn. „Drogen? Das ist völliger Unsinn. Ich hab das Geld von einem Kunden erhalten, der schon länger bei mir in Zahlungsrückstand war, und zwar mächtig in Rückstand." Ich atmete tief durch. „Und eben dieser Typ hat neulich bei einem Casinobesuch in Bad Neuenahr ordentlich abgeräumt. Gestern kam er vorbei, um seine Schulden bei mir zu begleichen. Bis auf den letzten Cent. Ende!"

Mein Vater blickte mich an wie eine Jack-Nicholson-Puppe. Seine Augen waren hinter winzigen Augenschlitzen verborgen. Es war furchterregend. **Altobelli!** Klar, eine Story, in der ich die Piepen selbst beim „Black Jack" gewonnen hätte, wäre natürlich viel gechillter und glaubwürdiger gewesen. Aber die Variante konnte ich hier leider erst recht nicht auftischen. Mein Vater ist nämlich strikt gegen das Glücksspiel. Er findet, es ist ein dekadenter und unwürdiger Zeitvertreib. Hätte ich also fabuliert, ich hätte die Mäuse selbst im Casino abgeräumt, hätte es noch mehr Palaver gegeben.

„Sag mal, wie viele antiquarische Werke hat dieser Kunde denn bei dir gekauft?", fragte er mich. Immer noch in einem sehr misstrauischen Ton, mit runtergezogenen Jack-Nicholson-Augenbrauen.

„Mhm … das müssen um die 90 Stück gewesen sein. Allein in den letzten sechs, sieben Monaten", antwortete ich gewissenhaft.

„Mein lieber Schwan, du handelst aber wirklich mit teurer Ware!", entfuhr es meinem Vater, der staunend die Geldbündel in seiner Hand betrachtete. „Was kostet denn so ein antikes Buch bei dir?"

„Tja, das kommt drauf an", antwortete ich ausweichend. Er hielt locker so rund 45 000 Mücken in den Fingern. Dann gab er mir zwei der drei Moneten-Päckchen zurück. Mit dem dritten wedelte er weiterhin gefährlich drohend durch die Büroluft. Ich rechnete fix und kam auf 500 Kröten pro Buch.

„Geht so bei 350 los. Manche Exemplare kosten aber um die 800 Keulen, äh, also Euro. Paps, ich bin immer bemüht, hier ein gepflegtes und ziemlich exklusives Angebot vorrätig zu halten. Denn nur damit kann man Kunden locken, sie zufriedenstellen und sein Geld verdienen. Und ich hab echt klasse Kunden."

„Ja, das sehe ich", sagte mein alter Herr verächtlich, „solche, die erst nach über einem halben Jahr bezahlen." Dann kam er auf mich zu. Er legte seine Hand auf meine Schulter, wobei er leicht gegen meinen angewinkelten Arm stieß. Die Kaffeetasse schwappte über, das heiße Zeug lief mir über die rechte Hand. Ich machte keinen Mucks und biss mir auf die Unterlippe. Denn ich wusste, was nun kam. Mein Vater würde mich ernstlich mahnen.

„Junge, du musst da sehr aufpassen! Lass so was bloß nicht einreißen." Seine Stimmlage klang jetzt deutlich versöhnlicher, eben richtig väterlich. „Deine Bücherleute sollen immer direkt bezahlen. Auf Heller und Pfennig."

Genau das machen sie auch seit über 20 Jahren, geisterte mir durch den Kopf. Ansonsten rege ich nämlich keinen Finger. Jemanden auf Kredit umnieten, gibt's nicht. Jedenfalls nicht bei mir. Dann könnte ich meinen Kunden die Jobs ja gleich auf 'nen Deckel schreiben – für jede Nummer ein schlankes Kreuz. So schreibt Tanja bei uns die Altbiere immer auf. Aber das konnte ich meinem Vater in dem Moment schlecht sagen. Also lächelte ich ihn damals nur freundlich an und versprach, künftig besser aufzupassen. Seither räume ich den Zaster immer sofort und sorgsam in meinen alten, ungarischen Schreibtisch, den von der netten ungarischen Baronin mit dem schönen Anwesen und dem widerlichen Stiefsohn. Rumliegen lasse ich nix mehr. Auf die Idee, das kleine Kästchen mit meinem „Pellchen" wegzupacken, war ich aber noch nie gekommen. Bedauerlicherweise. Das hätte mir bei Romy 'nen vollkommen unnötigen „Frank Abagnale" erspart. Gottseidank hat sie mich bis dato noch nie auf die zwei coolen Bilder von Jérôme angesprochen. Über kurz oder lang muss ich mir für meinen Hasen aber auf jeden Fall eine Hammer-Story über die Gemälde einfallen lassen.

Als mein Vater damals meine Wohnung verlassen hatte, seufzte ich tief und laut und lang. Wieder einmal war mir bewusst geworden, wie ärgerlich, ja wie frustrierend es ist, nicht mal mit seinen Liebsten und Nächsten offen über den Job sprechen zu können. Das liegt an diesen verfluchten Klischees und daran, dass die Leute uns Auftragskillern mit den übelsten Vorurteilen begegnen.

Viele erachten unser Handwerk als „brutal" oder gar „blutrünstig". Das ist absoluter Blödsinn. Wir erledigen unser Handwerk überwiegend sehr galant, falls möglich sogar rücksichtsvoll. Deshalb schmerzt mich diese mangelnde Anerkennung sehr. Bei uns ist es ein bisschen wie bei Schauspielern. Da behaupten die Menschen, die seien alle arrogant und mindestens fünf- bis achtmal verheiratet. Auch das ist natürlich völliger Humbug. Und es gibt noch eine Gemeinsamkeit zwischen uns. Das Publikum bejubelt frenetisch die strahlenden Filmauftritte der Stars, doch kaum einer sieht das elende, mühevolle Auswendiglernen der Texte, die Stellproben, das ständige Schminken. Kurzum: die viele harte Arbeit, die dahintersteckt. Und bei uns? Ist das genauso, die Leute sehen auch immer nur das gelungene Resultat, also das lässige Umfideln. Keiner ahnt, wie viel ermüdende Recherche, intensives Beobachten der Beute und langwieriges Austüfteln der Methode dem vorausging. Das ist ziemlich ätzend. Deshalb habe ich mich den Schauspielern schon immer sehr verwandt gefühlt. Ja, ich bin sogar überzeugt, dass wir in etwa die gleichen Gene und Talente besitzen. Komischerweise wollen die Leinwandheinis davon aber nix wissen.

11 Inspiration für Käpt'n Ahab

Zu dem Zeitpunkt konnte Romy aber gar keine weiteren neugierigen Fragen stellen, denn mein Hase war mit zwei Freundinnen lustig auf den Bahamas unterwegs: mit Strand, Wellness, Shoppen und dem ganzen Brimborium. Ich war echt froh, dass ich nicht mitmusste. Mittlerweile hatte der Sommer begonnen und ich ein neues, megacooles Projekt am Start. Bereits im März hatte ich mir ein Hausboot gekauft. Keinen blöden Kutter, so wie der im „Weißen Hai". Nee, ein herrlich langes, gemütliches Boot, das auf dem schönen Vater Rhein liegt. Natürlich nicht mitten auf dem Rhein, der Kahn war vielmehr an einem lauschigen Fleckchen am Ufer festgemacht. Mit Liegelizenz und allem Drum und Dran. Das Ding ist ein ehemaliger Lastkahn, den ich komplett hatte umbauen lassen. Mein Boot hat zwei kuschelige Schlafkajüten, einen schniekken Wohnraum samt Küche und ein kleines, aber feudales Bad. Und jede Menge großer Bullaugen mit freiem Blick auf die Natur. Spitzenklasse! Im Moment werkelten auf meinem Kahn allerdings noch die Handwerker rum. Umso mehr freute ich mich, als mich alle drei heiß ersehnten Anrufe erreichten. Mein Zimmermann, mein Innenausstatter und mein Installateur riefen innerhalb weniger Tage bei mir an und meldeten ein schlankes „Fertig! Alles erledigt!". Ab sofort war mein neues Schätzchen also bewohnbar. Das neue Projekt hatte mich natürlich ein hübsches Sümmchen gekostet. Aber erstens habe ich ja ordentlich viele Bündel im Büro rumfliegen – die meisten davon noch dicker als die, die mein Vater erspäht hatte – und zweitens wollte ich so einen Pott schon immer haben. Ich taufte ihn feierlich auf den Namen „Capone". Frei nach Al, einem meiner Idole. Ehrensache, dass ich meine Kumpels zu einer zünftigen Einweihungsparty eingeladen hatte. Quiet Earp war leider verhindert, aber Wolle und Didi hatten fest zugesagt. Also stand ich kerzengerade an Bord und hielt nach ihnen Ausschau. Wolle kam an diesem Abend am Ufer angetrabt, erhob seinen Arm wie ein Baseballprofi, schwang ihn kräftig und feuerte eine volle Flasche Sekt gegen den Bug meines Schiffes. Dabei brüllte er keuchend: „Ich taufe dich auf den Na...". Den Taufnamen konnte ich nicht verstehen, da die blöde Pulle mit einem Heidenkrach am Bug zersplitterte. Kopfschüttelnd klärte ich Wolle darüber auf, dass mein Kahn doch längst getauft war.

„Okay. Das Ding heißt also „Capone". Gut, dass du es nicht „Bounty" getauft hast", kicherte er, „von wegen Meuterei und so." Dabei grinste er mich an.

Wir stiefelten über meine Gangway aufs Boot. Eine echte Klasse-Gangway: edles Holz mit Halteseilen an beiden Seiten. Dafür musste ich 'ne hübsche Stange hinblättern, weil sie nämlich nachweislich avantgardistischen Stil besitzt. Wolle fragte mich nach den Kosten und fand es viel zu teuer. Aber Landratten verstehen so was nicht. Wir stiegen hinunter in die Kajüten. Didi brummte etwas wie „Netter Humpen, sieht prima aus". Aber seine Tonlage verriet, dass es ihm anscheinend nicht besonders gut ging.

„Was ist los, Danger?", wollte Wolle wissen. „Bist du schon seekrank?" Die Jungs waren gerade mal anderthalb Minuten auf meinem Boot.

„Quatsch, ich hab übles Sodbrennen!", maulte Didi. „Ich glaub, meine Speiseröhre löst sich langsam auf. Wahrscheinlich hat sie jede Menge Risse und Löcher. Ich denke, ich muss dringend zum Arzt." Er griff sich theatralisch an den Hals. „Hey Mark, hast du irgendein Zeug hier, was dagegen hilft?" Hatte ich natürlich nicht.

„Alter, wo sind denn die Schwimmwesten?" Wolle durchsuchte gerade intensiv den Wohnraum. „Wir stechen doch gleich in See! Und ohne Schwimmweste fahre ich mit dem Kahn hier keinen einzigen Meter."

„Seit wann stechen wir in See?", fragte ich. „Ich kann das Boot doch überhaupt nicht fahren."

„Wie jetzt? Hast du nicht so 'n Kapitänspatent?"

„Wofür denn? Mensch Wolle, das Ding liegt doch immer hier am Ufer."

Wolle drehte sich zu mir um. „Ich dachte, du bist jetzt so 'ne Art Käpt'n Ahab …"

Ich schüttelte den Kopf. „Ja klar. Ich jage jetzt Wale oder was? Wenn meine ‚Capone' bewegt werden muss, hole ich mir 'nen gelernten Schiffsführer. Ich weiß ja gar nicht, wie man das Ding überhaupt steuert."

„Ach so." Wolle stand die Enttäuschung förmlich ins Gesicht geschrieben.

„Hat jetzt einer was gegen Sodbrennen oder nicht?", erneuerte Didi seinen sehnlichsten Wunsch.

„Trink einfach ein Bier", bemerkte ich lakonisch und warf ihm eine Büchse zu.

„Getränke gibt's reichlich, aber keine einzige Schwimmweste." Wolle hatte seine Suche mittlerweile aufgegeben. Der Abend begann zwar etwas seltsam, aber er entwickelte sich. Später war es echt nett und lustig auf der „Capone". Manchmal sind meine Kumpels halt ziemlich schräg drauf. Aber ich war bester Dinge, denn ich hatte vor, mal zwei oder zweieinhalb Monate nix zu machen und lediglich auf meiner „Capone" die Füße hochzulegen. Das Schicksal solch toller Pläne ist leider, dass man sie getrost in den Mülleimer schmeißen kann. Denn nur zwei Tage später flatterte ein Auftrag herein.

Der Klient war ein großer, schlaksiger Typ mit langen, ausladenden Armen. Sein Name war Rolf. Etwas wackelig hatte Rolf sich über meinen avantgardistischen Steg an Bord geschleppt und störte meinen Käpt'n-Vormittag. Aber ich war ja selbst schuld. Ich hatte zu Hause einen Zettel an meine Bürotür geheftet, wo man mich in den nächsten Wochen antreffen könne. Na ja, jedenfalls überraschte der Typ mich bei meinem Spaziergang an Deck, gab mir die Hand und folgte mir in die Kajüte. Während ich mir ein Jackett überwarf, klappte er sich zusammen und setzte sich auf meine Sitzbank. Anschließend stierte er zunächst unsicher durch meine neue Behausung, dann musterte er mich. Er hatte eine Halbglatze und trug eine gerahmte Brille. Ein Kassenmodell, so viel war sicher: dicker, hornmäßiger Rahmen mit mächtigen Gläsern. Meine Güte, so was trug man in den Siebzigern. Endlich begann Rolf, über sein Anliegen zu faseln. Ich sollte einen ziemlich bekannten Musiker in die Halle der Kalten befördern. Aber keinen von der Sorte Schlagersänger, Rockmusiker oder Punk. Oder gar einen, der blöde Heimatliedchen trällert. Meine Beute machte in klassischer Musik. Sie wissen schon, Chopin, Beethoven, Mozart, Haydn und ähnliche Strategen. Der Kamerad war Mitglied eines ziemlich angesehenen Symphonieorchesters, ein fester Bestandteil des Ensembles. Ein hochdekoriertes Mitglied, nicht irgendein Triangel-Spacko. Nein, der Vogel spielte Harfe. Und zwar so, dass einem Hören und Sehen verging! Wenn er sein Solo spielte, sah man nur noch Sternchen. Yep, dachte ich. Dann also mal ein Harfespieler, das hatte ja durchaus was. Ich streckte mich, denn als Nächstes mussten wir uns noch über das Honorar einigen. Ich wollte ihm gerade den Preis nennen, da griff Rolf bereits in eine Plastiktüte und stopfte mir gleich vier prächtige Bündel in mein Jackett. Genauer: in die beiden Außentaschen, die sich daraufhin so mächtig ausbeulten, als hätte ein vorwitziger Rotzlümmel darin dicke Luftballons aufgeblasen. Ohne den Zaster auch nur ansatzweise zu betatschen oder ihn gar nachzuzählen, wusste ich, diese Bündel würden locker für den Job ausreichen. Nun war ich es, der ihn genauer musterte. Rolf sah zwar etwas spooky, aber letztlich keinesfalls hinterlistig aus. Aber Vorsicht, Freunde! Manchmal haben genau solche Klienten ziemlich obskure Vorstellungen. Bis heute versichere ich mich gerne im Voraus, ob die anstehende Nummer etwaige Haken besitzen könnte. Deshalb fragte ich meinen bebrillten Kunden, der einen überaus entschlossenen Eindruck machte, ganz unverfänglich: „Was genau haben Sie sich denn so vorgestellt für den Harfespieler?" Er schaute mich erbost an. Nein, eigentlich blickte er mir sogar voller Entsetzen in die Augen. Ich glaubte, ihn mit meiner Frage vielleicht überfordert zu haben.

„Sagten Sie Harfespieler?", rief er mit beträchtlicher Verachtung. „Hörte ich da gerade wirklich Harfespieler?" Jetzt schrie Rolf mich an. Und das auf meiner „Capone".

Ich verstand die ganze Aufregung nicht. Anscheinend hatte ich einen empfindlichen Nerv getroffen. „Hab ich da eventuell was missverstanden?", fragte ich vorsichtig nach. Der Typ saß mir in meiner Wohnraumkajüte direkt gegenüber, auf einer himmelblau gepolsterten Sitzbank. Sein mittlerweile knallrotes Gesicht bildete somit einen heftigen Kontrast dazu. Der Knilch wirkte immer noch überaus wütend. Irgendwas MUSSTE ich falsch verstanden haben. Ich fragte ihn: „Oder handelt es sich um einen Geiger? Oder einen Typen am Kontrabass?" Rolf zeigte keinerlei Reaktion. Nicht die Bohne. „Vielleicht um einen Schlagzeuger?" Jetzt wurde der Bursche erst so richtig sauer. Gottseidank hatte ich meine vier Bündel schon im Halfter.

„Es heißt nicht Schlagzeuger, es sind Paukisten!", schallte es zu mir herüber. Sodann klärte er mich wild gestikulierend auf. In oberer Tonlage, wobei sich seine Stimme ab und zu überschlug. „Sagen Sie niemals wieder Harfespieler!" Dabei schüttelte Rolf angewidert den Kopf, als hätte er soeben eine Tasse Tee mit vier Löffeln Salz in einem Zug geleert. „Wir heißen HARFENISTEN! Jeder von uns ist ein Harfenist, und zwar ein brillanter!"

Das saß. Erstens heißt es Harfenist, hatte ich soeben

gelernt. Zweitens hatte er „wir" gesagt, somit klang es unzweideutig so, als würde mein wütendes Gegenüber ebenfalls in der Harfenbranche arbeiten. Also auch exzellent an den Saiten zupfen.

„Sie sind auch ein … äh … Harfenist?" Ich versuchte, mit extremer Vorsicht zu formulieren. Hätte ich mich erneut versprochen, hätte er mutmaßlich mein komplettes Hausboot versenkt, mitsamt meiner Person.

„Natürlich", erwiderte er bestimmt, „ich bin der Zweite Harfenist in unserem Ensemble." Er räusperte sich. „Leider!", warf der Knabe noch bedauernd hinterher.

Ich verstand. Mein Klient spielte offensichtlich die berühmt-berüchtigte „Zweite Geige". So was ist immer ein blödes Gefühl und nagt ja auch am Selbstvertrauen. Aber das war keinesfalls der ursächliche Grund für seinen Besuch auf meinem Boot. Der nun schon fast eine halbe Stunde meiner kostbaren Zeit in Anspruch nahm. Das ausschlaggebende Argument für seinen Entschluss, die Number One der Harfenstreichler in die ewigen Musikerjagdgründe zu schicken, war die anstehende Tournee des Orchesters. Und was für 'ne Tournee da im Raume stand. **Altobelli!** Die geplante und bereits gebuchte Tour ihres Symphonieorchesters war, dezent ausgedrückt, eine 7-Sterne-Reise. Der Hammer! Es ging von Prag nach Moskau, von dort über Singapur nach Shanghai und Peking. Nach weiteren Konzerten in Osaka und Tokyo kamen dann die Stationen New York sowie Boston an die Reihe. Danach Montréal, Vancouver und San Francisco. Den Schlusspunkt bildeten Sydney (die dortige Oper ist ja allein von der Optik schon ein Augenschmaus), Melbourne sowie Auckland. Ich kam aus dem Staunen gar nicht mehr heraus. Die Klassikcombo würde folglich 15 der aufregendsten Städte der Welt besuchen. Die Tournee würde knapp vier Monate dauern. *Mein lieber Scholli,* dachte ich. *Da wäre ich auch verdammt gerne dabei!* Immerhin hatte ich ja mal Blockflöte gelernt. Für eine aussichtsreiche Bewerbung würde das aber vermutlich nicht ausreichen. Ergo beneidete ich Rolf. „Aber das klingt doch prima. Meinen Glückwunsch!", plauderte ich munter los. Der Typ hatte sich gerade erst von meinem „Harfespieler"-Fauxpas erholt, wobei die Betonung hierbei auf „hatte" lag. Denn nach meiner neuerlichen Bemerkung flippte der Spacken nahezu völlig aus. Dass ich ja überhaupt keine Ahnung hätte, war dabei noch das Geringste, was er mir an den Kopf warf. Als Nächstes fragte er sich lauthals, warum er sich in seiner Lage überhaupt an so einen dämlichen Volldilettanten wie mich gewandt habe. Ich bekam ordentlich mein Fett weg. Deshalb stand ich auf und holte eine Flasche Cola aus dem Kühlschrank. Und Eiswürfel. In solchen Situationen erscheint es mir immer ratsam, aus den Augen des Cholerikers zu entschwinden. Ansonsten kommen sie überhaupt nicht mehr runter. Brüllen sich nur weiter in Rage. Auf jeden Fall ergab sich, dass meine Glückwünsche höchst unangebracht waren. Damit hatte ich dann wirklich einen Nerv, besser DEN Nerv, getroffen. Denn die lustigen vier Monate in der großen, weiten Welt verbrachte die prominente Kapelle, wohl auch aus Kostengründen, mit nur EINEM Harfenisten. So langsam kapierte ich das schmerzvolle Drama des rumschreienden Rolf. Er war nur der Ersatzspieler. War als Nummer 2 bei der anstehenden Reise folglich so was von raus. Ich konnte seinen Frust naturgemäß nachempfinden.

„Sollte diese Nummer 1 an der Harfe ..." Ich zögerte, da ich keinen erneuten Wutanfall provozieren wollte. „Sollte also der Erste Harfenist ...", verbesserte ich mich schnell, „jedoch krank werden oder aus sonstigen Ursachen die Tournee nicht antreten können, so wären Sie sein direkter Vertreter, oder?", fragte ich ihn. Er nickte.

„Aber dann müssen wir doch nur über eine Möglichkeit nachdenken, wie der Einser-Harfenist kurz vor dem Tourneestart unpässlich sein könnte. Eine Krankheit, hohes Fieber, ein kleiner Unfall oder irgend so was ..." *Cool, dann brauchen wir ja überhaupt keine kalte Keule,* dachte ich. Meine Laune wurde besser, denn so ein Krankheitskram war ein Leichtes. Das ging ratzfatz, ohne Aufräumen, ohne Risiko, super easy. Leider hatte ich mich abermals getäuscht.

„Nein", bedeutete mir Rolf bestimmt, „nein, das kommt gar nicht in Frage. Jetzt ist endgültig Schluss mit dem Kerl!" Dabei strich er mit beiden Händen über seine Oberschenkel und glättete so seine Anzughose. Seine Stimme verriet allertiefste Verachtung.

Ich verspürte nicht die geringste Lust auf weitere Diskussionen. Außerdem machte ich mir langsam Sorgen um meine „Capone", zumindest um meine schicke Inneneinrichtung. Die hat mächtig was gekostet. Noch so ein spontaner Wutanfall und ich könnte erneut losziehen, um ein Heer an Schreinern, Innenausstattern und Polsterern zu beauftragen, eventuell auch noch einen Glaser. Da ich keine weiteren Exzesse des Ersatz-Harfenisten heraufbeschwören wollte, gab ich nach und verabschiedete ihn mit den versöhnlichen Worten: „Ganz wie Sie wünschen. Ist überhaupt kein Problem. Schon so gut wie erledigt ..." Oh Mann, war ich froh, als der Knallkopp wieder an Land war.

Nun, ich hatte Rolf nicht die ganze Wahrheit gesagt. Vor allem die Passage mit „überhaupt kein Problem" stimmte nicht zu 100 %. Denn unsere gemeinsame Beute war kerngesund, überaus sportlich und vor allem ständig unter Leuten. Meine Recherche kam zu dem Ergebnis, dass sich die vielversprechendste Gelegenheit bei einem Zahnarztbesuch ergeben könnte. Besser gesagt, bei einer ganzen Reihe an Zahnarztbesuchen. Harfenist Nummer 1 ließ sich gerade das komplette Gebiss überholen. Ich checkte das und erfuhr, dass er kommende Woche eine neue Füllung unten links erhalten sollte. *Nicht übel,* dachte ich. Vor Jahren hatte ich mal in einer „Columbo"-Folge – das ist der TV-Krimi mit dem schusseligen Glasauge Peter Falk – gesehen, wie ein cleverer Bösewicht, ein Zahnarzt, seiner Beute eine mit Gift präparierte Zahnfüllung eingesetzt hatte. Das Zeug führte zum Herzstillstand, aber eben erst sieben Stunden später. Ergo prima für das Alibi. Der Trick bestand darin, dass die menschliche Spucke die den Zahn abdeckende Membran erst einige Stunden später auflöste, das Gift aus der Füllung trat und Kawumm, um den Strolch war es geschehen. Natürlich hatte Inspektor Columbo den listigen Zahnarzt am Ende erwischt. Aber darüber machte ich mir keine ernsthaften Sorgen, so was passiert immer nur im Fernsehen. Was mich extrem an der Idee störte, war die immens komplizierte Logistik. Wie sollte ich so kurzfristig an eine giftgetränkte Füllung kommen? Selbst Quiet Earp konnte auf die Schnelle nichts Adäquates herbeizaubern. Und das will was heißen, denn Quiet kann eine Menge organisieren. Problem Nummer 2: Da ich nun mal keine Zahnfüllungen einzusetzen imstande war und es wohl auch binnen einer Woche nicht lernen würde, müsste ich einen echten Zahnarzt für die Nummer gewinnen. „Gewinnen" war in diesem Fall mit „zwangsverpflichten" gleichzusetzen. Aber was machte ich danach mit dem Doc? Den müsste ich nach getaner Arbeit ja auch verschwinden lassen. Was für ein irrsinniger Aufwand. **Altobelli!** Ich musste einsehen, die „Columbo"-Taktik war leider nicht der Weisheit letzter Schluss.

Ich lag oben an Deck meines lauschigen Hausbootes und grübelte. Ein paar Wellen klatschten gegen die Backbordseitenwand und brachten die „Capone" leicht ins Schaukeln. Am Ufer gingen ein paar Jugendliche vorbei, einer mit einem fetten Ghetto-Blaster, aus dem „Beat it" röhrte. Der Song brachte mich auf eine Idee, eine im wortwörtlichen Sinne „atemberaubende Idee". Durch „Beat it" hatte ich Michael Jacksons Leben vor Augen – vor allem aber sein Ableben. Sie erinnern sich bestimmt an den Juni 2009. Die Geschichte über das plötzliche, unerwartete und auch etwas verwirrende Dahinbleichen des „King of Pop". Okay, das mit dem „Dahinbleichen" ist jetzt eine etwas unglückliche Wortwahl, schließlich blich die Hautfarbe des Superstars ja ohnehin von Jahr zu Jahr mehr aus. Aber Sie wissen bestimmt, was ich mit „Dahinbleichen" meine. Jedenfalls verabschiedete sich Jackson durch eine

Überdosis am Narkosemittel Propofol, und genau so etwas schwebte mir auch für den guten Harfenisten samt seinem Zahnarzt vor. Das Coole damals: Sie haben Jacksons Leibarzt verknackt. Der Trottel hatte dem Popstar ordentlich was gespritzt und ging dann telefonieren. Das Gespräch hätte er besser mal verschoben, denn wegen „schlampiger ärztlicher Betreuung" (Zitat des Richters) bekam der Quacksalber später saftige vier Jahre Bau. Genau so 'ne Nummer schwebte mir auch für den guten Harfenisten bei seinem Zahnarztbesuch vor: ein sauberes Wegfideln, das man locker jemand anderem in die Schuhe schieben konnte.

Und so dachte ich intensiv über die Kombination Arzt-Patient nach und wie man daraus kreativ, geschickt und ohne viel Tamtam Kapital schlagen könnte. Als ich die Zahnarzttermine des Harfenisten gecheckt hatte, ergab sich ein erstes Halleluja. Meine Beute würde wenige Tage nach der blöden Füllung unten links seinem Zahn-Doc einen weiteren Besuch abstatten. Um sich bei ihm (Achtung, jetzt kommt der Knüller) unter Vollnarkose noch zwei Weisheitszähne entfernen zu lassen. Hierbei lautete das Zauberwort unzweideutig „Narkose". Manchmal ist einem der Killergott wirklich gnädig, denn so wurde die ganze Party nunmehr zu einem Kinderspiel. Mein Harfengott ging also in die Praxis, legte sich, wie ihm geheißen, in einen kleinen OP-Raum und ließ sich dort von einer netten Anästhesistin eine leichte Anfangsnarkose verpassen. Ich saß derweil im Wartezimmer und beobachtete alles. Im richtigen Moment rief ich dann Frau Dr. Marcella Nüsser, so hieß das Anästhesiehuhn, auf ihrem Handy an und lockte sie mit einem geschmeidig gefakten Notfall aus dem Zimmer. Das klappte komplikationslos, in großer Eile stöckelte sie an mir vorbei und verließ die Praxis. Somit lag mein Harfenist nun ganz allein in dem kleinen OP-Raum, in den ich mich vorsichtig hineinschlich. Alles, was ich nun noch benötigte, waren gute zwei Minuten ungestörter Ruhe, um den schnarchenden Musiker final kaltzustellen. Um mir diese wertvollen Sekunden zu ermöglichen, hatte ich eigens einen Studenten angeworben. Natürlich war das nicht irgendein beliebiger Student, den ich einfach so vor der Uni angequatscht hatte oder so. Das wäre ziemlich abenteuerlich gewesen. Nee, der Typ ist der Cousin von Wolle. Möglich, dass er nach seinem BWL-Examen in unsere Zunft einsteigt. Mal sehen. Na ja, auf jeden Fall hatte ich dem Cousin einen prima Termin direkt vor Beginn der Weisheitszahn-OP besorgt. Das ging nur über ein paar besänftigende Geldscheinchen, die ich, zusammen mit der „dringenden Terminbitte", an die Praxisorganisatorin schickte. Hatte sich aber gelohnt, denn der von mir engagierte Cousin kam pünktlich dran und hielt anschließend den Zahn-Doc mächtig auf Trab. Während ich mich still und leise in den OP-Raum schlich, nervte er den guten Zahnarzt mit immer neuen „Beschwerden" à la „Könnten Sie sich bitte nochmal den Backenzahn anschauen? Der macht bei kühlen Getränken immer Zicken." usw. Zu meiner Erleichterung waren wir bei einem überaus hilfsbereiten und geduldigen Zahnarzt in Behandlung. Der Bursche war absolut vorbildlich. Zu dieser Zeit spritzte ich meinem „Patienten" volle Möhre das gute, alte Propofol. Mit der Dosis hätte man auch drei ausgewachsene Sumo-Ringer zu Schlafkätzchen gemacht. Als der Zahnarzt dann endlich mit dem nöligen Cousin fertig war und einigermaßen verspätet den OP-Raum betrat, fand er dort den bereits verblichenen Harfenisten Nummer 1. Das unangenehme Heraushebeln der Weisheitszähne konnte man sich also sparen. Während der entsetzte Dentist den Notarzt alarmierte, saß ich schon längst beim Italiener und hatte eine Tagliatelle mit Rindfleischstreifen bestellt. Und so startete der begnadete Musiker von der Zahnarztpraxis aus seine ganz eigene Tournee. Aber eine, die nicht nur vier Monate dauern würde. Sie würde auch nicht in 15 tollen Städten Station machen. Voller Würde betrat er den Musikerhimmel. Ganz sicher wartete dort schon eine märchenhaft schöne Harfe auf ihn. Eine, in die man seinen Namen eingraviert hatte. Vielleicht sogar eine mit göttlichen Saiten. **Altobelli!** Die preisverdächtige Pointe an meinem inszenierten Date war, dass es genauso kam wie im Falle des „King of Pop" in den USA, im „Land der unbegrenzten Narkose-Möglichkeiten". In der Tat erwischte es am Ende auch hier das Anästhesiehuhn. Dr. Marcella Nüsser konnte sich die abnorme Überdosis an Narkosemittel nun überhaupt nicht erklären. Der Staatsanwalt allerdings noch viel weniger, der Richter schon gar nicht. Schwups, die Sache war gelaufen. Die Narkosetante war aber noch ganz passabel davongekommen, es gab nur 'ne launige Bewährungsstrafe. Allerdings praktiziert sie wohl nicht mehr. Das hatten sie ihr, bei aller Liebe, dann doch nicht erlaubt. Ich erachtete mein Werk als recht gelungen. Rolf, der cholerische Reserve-Harfenist, wurde zu guter Letzt also doch noch Teil der Reisegruppe und trat mit dem Symphonie-Ensemble überglücklich den Trip um die Welt an. Als neue Nummer 1 an der Harfe! Genoss mit den Orchesterkollegen den allabendlichen Applaus in 15 der wundervollsten Metropolen. Die Tournee war übrigens ein Riesenerfolg, ich hatte das im Internet verfolgt. Postkarten hat der Spacken aber keine geschickt, nicht eine einzige.

Das mit dem Terminus „Harfenist" hatte ich übrigens in der Folge nochmal nachgeschlagen. Das stimmt so. Eine weibliche Spielerin bezeichnet man als „Harfenistin". Ich las weiter und fand noch mehr über das Thema raus. Man könnte die Musiker an der Harfe laut Duden auch „Harfner" nennen, die Hühner an der Harfe analog dazu „Harfnerin". Allerdings, so erklärt der Duden, seien dies sehr althergebrachte Bezeichnungen, sogar stark veraltet, sozusagen aus grauer sprachlicher Vorzeit. Ich bin heute noch überglücklich, dass ich Rolf, den alten Wüterich, bei unserem Auftragsgespräch in meiner Kajüte nicht „Harfner" genannt hatte. Man kann nur mutmaßen, was dann auf meinem Hausboot passiert wäre.

12 Das Tretboot

Zwei Tage nach der Harfen-Nummer war Romy – schwer beladen mit etlichen neuen Sommerkleidchen, Tüchern, Armreifen … – von den Bahamas zurückgekehrt. Als Erstes zeigte ich ihr natürlich voller Stolz die „Capone", vom Bug bis zum Heck. Und zwar so ausführlich, dass meine muntere Führung eine dreiviertel Stunde dauerte. Ich streichelte quasi jede Planke und demonstrierte ihr auch die allerletzte Schublade. Nun ja, mein Hase war zwar einigermaßen angetan, teilte aber bei weitem nicht meine Euphorie. „Was hältst du davon, den Sommer über auf dem Kahn zu wohnen?", wollte ich wissen.

„Was ist, wenn es regnet?", fragte sie zurück.

„Dann sperren wir die Kajüte zu und gucken einen Film." Logisch, dass ich einen coolen Flatscreen samt Blu-ray-Player an Bord geschafft hatte. „Wir kochen was Tolles und machen es uns gemütlich."

Romy sah nicht überzeugt aus. „Aber duschen darf ich zu Hause, ja?"

Aha, da lag der Hase im Pfeffer. Hatte schon seinen Grund, dass früher Tausende von Piraten, aber kaum Piratinnen die Weltmeere durchkreuzten. Bestimmt hatte das am fehlenden Wellnessbereich auf den Piratenschiffen gelegen.

„Aber die Dusche ist erste Sahne!", protestierte ich halbherzig, denn auch ich musste zugeben, überbordend groß war sie nicht. Stehen konnte man in ihr ganz gut, die Höhe war okay. Aber um sich dort richtig einzuseifen, hätte ein mittelalterlicher Mönch erstmal ordentlich abspecken müssen.

„Dieses Düschchen? Na ja, geht so!", erwiderte Romy knapp.

Meiner blendenden Laune tat das allerdings keinen Abbruch, denn am darauffolgenden Wochenende würde ich auf einer Spitzenparty in London sein. Killian hatte uns eingeladen. Der Bursche ist ein netter, wenngleich auch ein etwas merkwürdiger Kollege. Er wollte an dem Samstag in großer Runde eine mächtige Sause steigen lassen, um seinen „Three-Lions-Day" zu feiern. *Aha*, hatte ich gemutmaßt, *hat also irgendwas mit der englischen Fußballnationalelf zu tun, die wird „The Three Lions" genannt.* Aber damit hatte die Party überhaupt nix zu tun. Killian wurde an diesem Tag genau 33 Jahre, 3 Monate und 3 Tage alt. Ehrlich, diese Engländer greifen sich die seltsamsten Anlässe zum Betrinken und Abfeiern. Jedenfalls hatte er zu diesem Zweck einen kompletten Pub in Fulham angemietet: „The Crabtree" auf der Rainville Road. Killian ist ein ziemlich cooler Kerl, ein überdurchschnittlicher Kraftprotz, Modell „Türsteher". Sein Vater ist Engländer, seine Mutter stammt aus Dublin. Er hat schulterlanges, rotblondes Haar und zwei unterschiedlich gefärbte Augen. Das eine ist grau, das andere braun. Wenn er dich anguckt, kannst du dich nie entscheiden, in welches seiner Augen du jetzt gucken sollst. Ständig guckst du hin und her. Wenn wir uns treffen, stecke ich mir immer eine an. Also ich rauche eine Zigarette, das erleichtert die Sache unheimlich. Ich kann mich auf meine Kippe konzentrieren und schaue ständig auf sie herab. So begegnet man diesem Blicke-Tohuwabohu am besten. Als ich ihn kennenlernte, war Killian der Hiwi von so 'nem dämlichen Kaltmacher, einem Typen namens Graham. Der Fiesling war so eine Art killender Platzhirsch in London. Aber eines Tages hatte unser Gastgeber seinen Ausbilder abserviert. Graham wohnte daraufhin auf einer Müllkippe, ganz unten wohlgemerkt. Damals schrieb sich unser Freund noch „Kilian", das war ja auch sein Geburtsname. Doch nach zwei Jahren im Killermilieu waren mit ihm die Gäule durchgegangen. Seitdem schreibt er sich mit zwei L, also „KILLIAN". Na ja, muss er ja wissen.

Jedenfalls hatte er uns eine prima Einladung geschickt. Wolle, Didi und ich wollten gemeinsam anreisen. Ich war gerade dabei, Flüge für uns drei rauszusuchen, als Wolle mich davon abhielt. „Fliegen? So 'nen Quatsch, wir fahren mit dem Auto. Wir nehmen mein Cabrio, der Motor muss eh mal wieder hochgejagt werden. Steht ja die ganze Zeit nur rum!" Das war natürlich absoluter Blödsinn, denn eigentlich wollte er unbedingt mal durch den Eurotunnel fahren.

„Warum denn? Mit der Fähre ist es nur halb so teuer", maulte Didi, der an seinem Laptop surfte. „74 Knicker für die Fähre, der bescheuerte Tunnel kostet doppelt so viel."

„Aber es wird ein unvergessliches Erlebnis, ihr werdet sehen!", beharrte Wolle.

„Sei nicht so kniepig, Didi", sagte ich. „Hast doch gut zu tun und kassierst mächtig."

„Alter, mit vier Kindern schmilzen die Bündel wie Schnee in der Mikrowelle!" Gerade als Didi ansetzen wollte, uns genauer über den komplexen Kostenapparat einer sechsköpfigen Familie ins Bild zu setzen, schritt Wolle noch rechtzeitig ein.

„Also, beschlossen. Wir kacheln durch den Tunnel. Ich hole euch gegen neun Uhr ab."

Auf der Fahrt nach Calais quatschten wir darüber, wer denn noch so alles zum „Three-Lions-Day" von Killian eingeladen war. Unter anderem würde unser niederländischer Kollege Heintje kommen. Wir nennen ihn schon immer „Heintje", bürgerlich heißt er Jan van der Kroft. Er selbst bezeichnet sich als „Flying Dutchman", dabei reist er fast nur mit dem Zug oder Auto. Wie soll man in seinem Miniaturland auch sonst reisen? „Flying" klingt somit etwas seltsam. „Außerdem treffen wir auch Ole und Melvin aus Schweden", wusste Didi zu ergänzen. Wolle nickte. „Cool", sagte er, während er das Steuer fest in seinen behandschuhten Händen hielt. Wolle hatte sich eigens für die Fahrt braune Lederhandschuhe gekauft. Die ganze Szene erinnerte mich irgendwie an „Driving Miss Daisy". Außerdem winkte er jedem anderen Cabriofahrer gönnerhaft zu. Die rechte Hand ausgesteckt über Kopfhöhe in einer leichten Bewegung – genau in der Weise grüßt der Papst aus seinem Papamobil die Gläubigen.

„Was soll denn das?", wollte ich wissen.

„Ist'n altes Ritual unter uns Cabriotisten." Ich staunte, das Wort hatte ich noch nie gehört und ich bezweifelte stark, dass es den Ausdruck überhaupt gab. „Und unter euch Idiotisten", ergänzte Didi von der Rückbank.

Na ja, jedenfalls hatte Killian auch Jean-Claude aus Frankreich eingeladen. Ich mag den Franzkopp nicht besonders, er ist ein affektierter und arroganter Typ. Zusätzlich war noch eine zweite Einladung nach Frankreich gegangen, an Laurent aus Marseille. Aber den hatte es vor drei Wochen erwischt. Laurent hatte einen begüterten Heini in La Rochelle platt gedrechselt, aber beim Aufräumen ist er dann selbst über den Jordan gegangen. Mann, der Kollege hatte sich reichlich dämlich angestellt! Laurent hatte seiner Beute ganz vorschriftsmäßig final das Genick lädiert und wollte es lässig nach einem Unfall aussehen lassen. Er verfrachtete den leblosen Lumpen hinters Steuer seines Jaguars, deaktivierte die Airbags und hatte vor, die Karre mit 70 Sachen gegen eine Mauer zu setzen. Die Idee ist nicht neu, aber immer wieder brauchbar. Laurent hatte sich auf den Beifahrersitz gesetzt und brachte die schnieke Kiste von dort aus auf ein ordentliches Tempo. Logisch, dass der fidele Franzacke noch vor dem Aufprall rechtzeitig rausspringen wollte, um sich, wie in einem Actionstreifen, gekonnt fünfmal abzurollen. Sein Verhängnis war allerdings, dass die Zentralverriegelung zugeschnappt war und dafür sorgte, dass kein Fahrgast die lustige Reise vorzeitig verließ. So schepperten alle drei gegen die Mauer – der Jaguar, nun edler Schrott, und die beiden Insassen, ebenfalls Schrott. Tja, gut gedacht, aber lausig gemacht.

Als wir in Calais eintrafen, erfuhren wir, dass der Eurotunnel aufgrund technischer Wartungsarbeiten gesperrt war. Wolle war am Boden zerstört und machte ein extrem langes Gesicht, das er minutenlang in seinen neuen braunen Lederhandschuhen vergrub. Wir trösteten unseren Chauffeur und nahmen stattdessen die Fähre. Gegen 17 Uhr, also nach knapp acht Stunden Fahrzeit, trafen wir endlich in London ein. „Fliegen wäre vielleicht doch besser gewesen", seufzte Wolle. Wir glotzten ihn entgeistert an.

„Aber DU wolltest doch partout mit dem Wagen fahren!", motzte Didi.

„Ja, wegen des Eurotunnels und ... na ja ... weil ich mir extra diese Handschuhe gekauft habe."

Wir verdrehten unsere Augen so dermaßen, dass wir beinahe unsere Schädeldecke von innen sehen konnten. **Altobelli!**

Die Party in dem Pub in Fulham begann recht kurzweilig. Aus Deutschland waren noch zwei Lumpen gekommen. Zum einen „Igor, die Zange", ein kauziger Zonen-Cowboy aus Sachsen-Anhalt. Ich weiß bis heute nicht, was der Zusatz „die Zange" genau zu bedeuten hat. Ich glaube aber nicht, dass er ein Geschäft für Werkzeuge betreibt, denn wie einer aus dem Einzelhandel sieht Igor nicht aus. Zum anderen war Lars aus Flensburg gekommen, ein aufstrebendes Talent, das voller Humor steckt. Trotz seiner erst 31 Lenze hatte der Bub schon ein paar nette Nummern absolviert. Zudem drückte sich der belgische Spacko Lucien, eher für seine uninspirierten und derben Methoden bekannt, auf der Party herum. Der Knilch trank bereits seinen x-ten Wodka-Lemon und plauderte wichtigtuerisch mit Heintje. Zu Beginn hielt Killian stets seine Freundin Toots im Arm, die eine durchaus hübsche Erscheinung ist. Neben den beiden standen seine Eltern, sehr nette Leute. Sie hatten nicht die leiseste Ahnung vom Beruf ihres Sohnes. Killian hatte uns als „Freunde, Bekannte und Geschäftspartner" vorgestellt, die er auf seinen diversen Reisen kennengelernt hatte. Artig spielten wir alle dieses Spielchen mit. Ich schlenderte mit meinem Bier in der Hand zufrieden durch den urigen Pub, das „Crabtree" war jetzt etwa zur Hälfte gefüllt.

Durch Zufall kam ich beim Rauchen mit Steven ins Gespräch. Er entpuppte sich als Killians fünf Jahre älterer Bruder. Auch er trug schulterlanges, allerdings schon ergrautes Haar. Nach dreißig Sekunden wusste ich, Steven ist keiner von uns. Eher das Gegenteil. Er war Dirigent. Echt jetzt! Einer von der Sorte, die im schnieken Frack mit wilder, wehender Mähne das ganze Ensemble auf Vordermann bringt und es gekonnt durch die diversen Partituren hetzt. Einer, der den Musikern eiserne Disziplin vorlebt und keine falsche Note durchgehen lässt. Nicht mal einen Halbton!

„Hören Sie in diesem ganzen Lärm wirklich alles?", wollte ich von Steven wissen.

„Alles", meinte er lässig, „ich habe jedes der 62 Instrumente im Ohr."

Altobelli, dachte ich. Ich musterte ihn genauer, konnte an ihm jedoch keine besonders geformten Ohren entdecken. Ich selbst kann kaum eine Geige von einem Cello unterscheiden. Zudem wusste ich nicht einmal, dass ein Orchester so unglaublich viele Instrumente besitzt. 62? Die Zahl erschien mir angeberisch hoch, sodass ich beschloss, auf meinem nächsten Konzertbesuch mal genauer nachzuzählen. Romy könnte mir prima dabei helfen. Als ich mich gerade von Steven verabschieden wollte, zog der mich am Ärmel mit sich und gruppierte alle Gäste um Killian herum. Was nun folgte? Klar, er dirigierte uns Dilettanten und wir sangen ein vielstimmiges, aber schiefes „For He's a Jolly Good Fellow". Es klang schrecklich, aber das „Crabtree" erhielt dadurch 'ne ziemlich feierliche Stimmung.

Und dann kam Didi mit einem Typen auf mich zu, den er mir als Liam vorstellte. Liam war Anfang vierzig und sah aus wie ein Staubsaugervertreter.

„Du glaubst nicht, was der Bursche hier treibt?", appellierte Didi an meine Neugier.

„Noch ein Dirigent?", bemerkte ich zweifelnd, denn Liam fehlte eindeutig die dafür notwendige wilde Mähne.

„Nein, Liam lebt in Manchester und betreibt genau wie du ein Antiquariat. Ansonsten tobt er sich in unserem Metier aus ... was für ein Zufall, oder?" Während Didi sich noch freute wie ein Kind, schaute ich mich nach Killians Eltern um. Sollten sie sich nähern, musste man bei seinen Gesprächen unbedingt aufpassen. Schließlich wollten wir sie ja nicht verschrecken. Didi wandte sich wieder unserem Berufskollegen zu.

„Liam, let's talk about your great number you did last winter." Liam wand sich ein wenig, aber schließlich rückte er doch mit der Sprache raus. Er putzte seine Brille, nahm seinen Gin und erzählte uns in recht knappen Worten, auf welche Weise er letztes Jahr im November jemanden weggefidelt hatte. Es war eine wahrlich überragende Nummer, die sich in Großbritannien, wahrscheinlich in ganz Europa, noch nie zugetragen hatte. Seine Beute war ein schmieriger Investmentbanker. Liam musste länger an ihm rumbaggern, aber sobald er ihm ein fettes, aus Schwarzgeld bestehendes Investment vor die Nase gehalten hatte, war der geifernde Geldschneider sofort zu einem geheimen Treffen bereit. Liam traf sich mit dem Hansel in einem Bootshaus. Dort breitete er nicht nur gefakte Unterlagen vor ihm aus, sondern mixte ihm auch eine ordentliche Betäubungsdosis in den Drink, sehr solides K.o.-Zeugs. Und dann? Hatte Liam ihn original unter ein Tretboot gebunden, so richtig feste angetackert. Anschließend war er mit dem Kameraden seelenruhig 'ne dreiviertel Stunde über den See getuckert. Also Liam oben auf dem Sitz, seine Beute 'nen halben Meter unter Wasser. Was für ein abgefahrener Trip! Schlussendlich hatte Liam das „bemannte" Tretboot einfach neben einigen anderen an einer Böschung geparkt, hatte seine Siebensachen zusammengerafft und war abgehauen. **Altobelli!** Andere würden von solch einer fantastischen Nummer beifallheischend berichten, aber Liam erzählte das alles sehr nonchalant, ohne die Dinge besonders auszuschmücken oder gar aufzupeppen. Ich war unheimlich beeindruckt. Aber das Schärfste war, dass Liam das Date Mitte November (also vor über sieben Monaten) durchgezogen hatte, bei gerade mal vier Grad über Null. Der Bootsverleih war da längst in der Winterpause und somit geschlossen. Den Betrieb hatte er erst wieder Anfang Mai aufgenommen. So war es über Monate selbstredend schwierig gewesen, die Beute aufzuspüren. Die Schnüffler von der Polizei hatten über ein halbes Jahr nach dem verschwundenen Investmentheini gefahndet. Hatten wirklich überall rumgekaspert, mit Suchtrupps, Hunden, Wärmebildkameras und allem Zipp und Zapp. Nicht mal 'nen Schnürsenkel hatten sie gefunden. Eine wirklich geniale Performance, wie ich fand. Ich drückte Liam fest die Hand und gratulierte ihm. Mindestens für heute Abend war er eindeutig mein Held.

Gegen halb elf hatten Killians Eltern und die meisten seiner alten Schulfreunde die Party verlassen. Ab da waren wir halbwegs unter uns. Logisch, dass auch die übliche kleine Schlägerei ausgetragen wurde. Killian hatte Lucien mächtig was auf die Mappe gehauen, da dieser offensichtlich Toots, Killians Freundin, angebaggert hatte. Die Keilerei war gegen elf Uhr, der Wirt schritt ein und zeigte sich da bereits generell äußerst besorgt. Um Mitternacht sei hier endgültig Schluss, ließ er unmissverständlich wissen. Aber natürlich nicht mit uns. Igor und Melvin nahmen der Spaßbremse das Handy ab und sperrten ihn in den Vorratsraum. So floss der Fusel weiterhin in Strömen. Ich sah Killians Bruder Steven, der vor einer Lautsprecherbox stand und mit weit ausladendenden Armen die Oasis-, U2- oder Guns n' Roses-Songs dirigierte. Mittlerweile hatte sich das „Crabtree" in ein Tollhaus verwandelt. Gegen zwei Uhr morgens steuerte die Stimmung ihrem Siedepunkt entgegen. Auf eine improvisierte La-Ola-Welle folgte die nächste, eine Polonaise jagte die andere. Immer angeführt von Killians Freundin Toots, die stets grölend und johlend vornewegschritt bzw. stolperte. Eine Polonaise führte sogar um den gesamten Häuserblock, alle Anlieger wurden somit rund zehn Minuten bestens unterhalten. Keine Frage, der sonst eher gemächliche Stadtteil Fulham erlebte ein nächtliches Feuerwerk der Freude. Wolle hatte ein wenig Sorge um sein Cabrio, das direkt mit heruntergelassenem Verdeck vor dem Crabtree stand. „Wehe da kotzt einer rein!", hörte ich ihn nicht nur einmal rufen. Er stand voll angespannt vor dem Pub, jederzeit bereit, geschmeidig wie ein Panther abzuspringen, um sich zwischen einen Suffkopp und sein Auto zu werfen. Vor ihm auf dem Bürgersteig tanzte das Gros der Gäste, die Musik dröhnte von innen nach außen. So waren Wolles ängstliche Ermahnungen kaum zu verstehen. Ab und zu schrie er flehentlich: „Please, don't puke into my beautiful car! Be careful!" Der volltrunkenen Feiermischpoke war das herzlich egal. Gegen halb drei hatte Wolle immerhin das Glück des Tüchtigen. Ole, der schwedische Elch, reiherte nur haarscharf neben das Cabrio. Wolle blieb wie erstarrt stehen. Dann zog er sich seine Lederhandschuhe über, taperte zum Wagen und wischte einige wenige Spuren von der silbernen Stoßstange des Alfa Romeo.

Ich stand da, auch längst nicht mehr nüchtern, und beobachtete die Szenerie. Ich befand mich in außerordentlich gelöster Stimmung. Dann fielen mir an Wolle aber wieder diese albernen, neuen Handschuhe auf. Meine Gedanken schweiften ab, denn Handschuhe erinnern mich stets unweigerlich an Trondheim. Und natürlich an meine dortigen Erfahrungen. Die Nummer dort war ein einschneidendes Erlebnis. Trondheim, das liegt weit oben in Norwegen, nochmals satte 400 Kilometer nördlicher als Oslo. Trondheim ist ein nettes Städtchen mit rund 190 000 Einwohnern, darunter 30 000 Studenten, die die dortige Technische Universität besuchen. Die drittgrößte Stadt Norwegens ist nicht nur schön, sie besticht durch eine außerordentlich gepflegte Architektur. Eine wahrhaftig idyllische Metropole, ein wunderschöner, ein heimeliger Ort. Doch von der Schönheit und der Anmut dieser norwegischen Kommune wird das folgende Kapitel leider nicht handeln. Nicht im Entferntesten! Trondheim steht in meinem Leben für vollkommen anders geartete Ereignisse ... in Trondheim traf ich Joao.

13 Eiskaltes Trondheim

Vor sechs Jahren trat eine sehr obskure, freilich auch ausgesprochen zahlungskräftige albanische Wettmafia an mich heran. Sie hatten totalen Punk, also beträchtlichen Ärger, mit einem prominenten Fußballschiedsrichter. Kennen Sie sich ein wenig mit Fußballwetten aus? Ist im Grunde ganz einfach. Gewöhnlich setzen alle auf den Favoriten. Da liegt man zwar meist richtig, der Ertrag ist aber nicht besonders toll. Sollte man jedoch ganz mutig sein und auf den Außenseiter gesetzt haben, schaut man zugegebenermaßen häufig in die Röhre. Gewinnt der Außenseiter aber mal, gibt's für die Wagemutigen dann aber auch direkt 'ne fette Prämie. Zuweilen lockt eine 12:1-Quote oder so. Dann ist richtiger Zahltag! Für einen 50-Knicker-Einsatz scheffelt der Mutige satte 600 Knödel – steuerfrei ausgezahlt. Man kann sich leicht ausrechnen, was man bei einem Einsatz von 50 000 Schleifen herausholt. Derlei Zockereien liebt die Wettmafia. Da sie aber verständlicherweise wenig Lust verspürt, satte 50 000 Mücken in den Sand zu setzen, sichern sich die umtriebigen Compañeros gerne ab, zum Beispiel durch die Bestechung eines Schiedsrichters. Der freut sich ausgiebig über 20 000 zusätzliche Kracher und pfeift den Underdog in der Folge ganz lässig zum Sieg. Die Mafia kassiert somit nicht nur astronomische Beträge, sondern dank der Bestechung ist ihr Gewinn sogar gänzlich ungefährdet. Eine Art „Win-win-win-Situation", schließlich hatten sich die

Mafiosi eine solide Gewinnergarantie gekauft. Das lief schon im Alten Ägypten unter Cleopatra so. Und hat sich seitdem nie geändert.

Die recht humorlosen Mafiahansel hatten also diesen Schiedsrichter, einen überaus lebenslustigen Portugiesen, der Wein, Weib und Gesang gleichermaßen schätzte, immer wieder massig Kohle zugesteckt. Mit der Auflage, die Spiele bitte nach Mafiagusto zu pfeifen. Der gute Mann steckte die offerierten Mäuse fröhlich und regelmäßig ein, erwies sich auf dem Spielfeld dann aber keineswegs als so folgsam und zuverlässig. Er ließ die Spiele sehr gechillt und meist ohne große Beeinflussung über die Bühne gehen. Die Konsequenz war, dass ziemlich häufig das Nicht-Mafia-Team gewann. Die Albaner tobten! Nicht nur ob der mehr als heftigen Flocken-Verbrennung, sondern auch wegen eines imageschädigenden Gesichtsverlustes. Formaljuristisch nennt man das Gebaren des portugiesischen Spaßvogels wohl Betrug, aber die genervte Mafia verfügte selbstredend nur über geringe Möglichkeiten, den abtrünnigen Schiri erfolgversprechend vor einem Zivilgericht zu verklagen. Deshalb nahmen sie eines schönen Tages Kontakt zu meiner Branche auf. Genauer: Sie kamen zu mir. Im Nachhinein verfluche ich diesen Tag noch heute. Ganz ehrlich. Wie auch immer, meine Wenigkeit traf sich mit den wütenden Albanern in einem Flughafenhotel in Berlin. Wir palaverten ein wenig rum, ehe ich ihnen feierlich zusagte, ihrem Ärgernis ein Ende zu bereiten. Die Herren zeigten sich äußerst erleichtert und sehr spendabel. Sie überreichten mir noch an Ort und Stelle eine mehr als anständige Entlohnung, allerdings versehen mit einer

Auflage, die sich erstens als äußerst ungewöhnlich und zweitens als wenig praktisch erwies. Ihre gewünschte Auflage drehte sich um Folgendes: Die wütende Wettmafia wollte unbedingt Ort und Zeit des Wegfidelns eigenständig festlegen. Das war eine ihrer obersten Prämissen. Sie würden mich, mit ein wenig Vorlauf, informieren, wo und wann der abtrünnige Schiri ins Gras zu beißen hätte. Die Koordinaten, also Datum, Zeit und Ort, würde man per Mail an mich kommunizieren. Ich hielt das alles in allem für keine gute Idee, eher schon für ziemlich beknackt. Aber nachdem ein munterer Zusatzbonus vereinbart und bezahlt worden war, spielte ich mit. Mit Sicherheit hatte dieser blöde Firlefanz auch etwas mit Abschreckung und Publicity zu tun. Wahrscheinlich würden die Mafiastrolche schon im Vorfeld gewaltig rumtönen, so nach dem Motto: „Uns verschaukelt keiner, niemand erlaubt sich solche Faxen! Der Knabe ist fällig, wir haben alles geregelt!" Zudem würden sie verbreiten, wann und wo die gute Beute erledigt werden würde. So was ist gut fürs Geschäft, denn die Trottel hätten bewiesen: „Wir haben alles im Griff." Irgendwas in der Art. Keine Ahnung, war mir auch egal. Doch es beeinflusste natürlich massiv meinen Job. Ich musste mich nun nach den Direktiven der Mafiakomiker richten.

Na gut, eines nicht so schönen Tages kam tatsächlich eine Mail bei mir an. War in der letzten Januarwoche. Ich solle den Schiri Anfang Februar in Trondheim treffen und dort final betreuen. Unser portugiesischer Spaßvogel, sein Name war Joao, würde dort ein Europacupmatch zwischen dem ansässigen Klub Rosenborg Trondheim und

Lazio Rom leiten. Die Mafiahanseln wollten unbedingt, dass mein Job öffentlich im Stadion verrichtet werden würde – vor aller Augen, zudem live im TV zu verfolgen. Das war ihrer Mail klar zu entnehmen. Was für ein kompletter Schwachsinn! Ich schrieb zurück, dass ein derartiger Auftrag per se schon ziemlich schwierig auszuführen sei. Diese Nummer jedoch während eines laufenden Fußballspiels durchzuziehen, wäre leider unmöglich und definitiv ausgeschlossen. Zunächst hatte ich schreiben wollen, dass ich selten von einem dermaßen absurden und bescheuerten Plan gehört hatte. Stattdessen schrieb ich jedoch versöhnlichere Worte. Fazit: Während des Spiels völlig abwegig, eventuell gehe was vor dem Match, eventuell auch erst danach. Das müsse man dann sehen. Herr im Himmel, war das eine ätzende Konversation! Nach langem Hin und Her konnte ich wenigstens herausschlagen, dass es meiner Einschätzung oblag, wo, wie und um welche Uhrzeit ich Joao am Spieltag das Spaßvogellicht ausknipste. Sie kabelten zurück: „Okay, aber es muss an diesem 4. Februar sein. Entweder im Stadion oder im direkten Umfeld!" Ende, aus! Da ließen die albanischen Holzköpfe nicht mit sich spaßen. Ich hoffte inständig, dieser blöde Gig würde nicht zu einem klassischen Eigentor werden. Sie sehen, solch lausige Komplikationen gehören zu unserem Beruf. Es ist eben nicht alles immer nur Sonnenschein! Auch bei uns nicht.

Ich kam also an jenem 4. Februar in Trondheim an. Ich war noch nie zuvor dort gewesen, streng genommen kannte ich den Ort auch nur vom Hörensagen. Aber ich hatte mich natürlich akribisch eingelesen. Somit wusste ich, es könnten auch mal Temperaturen unter dem Gefrierpunkt herrschen. Aber das? Mein erster Gedanke nach Verlassen des Flughafens war: „So viel Thermounterwäsche kannst du gar nicht übereinanderziehen." Brr, draußen waren es minus 19 Grad – wohlgemerkt am Nachmittag! Abends kühlte es auf etwa minus 23 Grad runter. Schon mal erlebt? Wenn Sie da auf den Boden spucken, kommt die Spucke an ihren Füßen bereits als Eiswürfel an. Und klackert neben ihrem Schuhen auf dem Bürgersteig. Ohne Quatsch!

Mittlerweile war es früher Abend. Es sollten mir einige der kuriosesten Momente meiner gesamten Karriere bevorstehen, das schon mal vorweg. Ich begab mich in das Lerkendal-Stadion, beseelt von dem Wunsch, rasch und erfolgreich arbeiten zu dürfen. Und somit schnell wieder ins Warme zu gelangen. Je schneller mein betrügerischer portugiesischer Schiri und ich uns einig würden, umso besser für uns alle. Zügig gelangte ich mit gefälschten Ausweispapieren im Stadion ins Büro der UEFA-Offiziellen (an die Nicht-Fußball-Bewanderten: Was das Kürzel UEFA bedeutet, müssten Sie bitte nachschlagen, ich kann hier leider nicht alles erklären). Dort besorgte ich mir unauffällig die Uniform eines wichtigen UEFA-Delegierten, wie genau, spielt hier keine Rolle. In diesem durchaus feinen Fummel lief ich dann zum Parkplatz am Rande des Lerkendal-Stadions. Mein Gang mutierte schnell zu einem wackeligen Schlittern, denn der Boden war eine spiegelglatte Eiswüste – und ich halt nur in Anzughose und Sakko. Ich versichere Ihnen, dieser edle Stoff wärmte ungefähr so, als wenn Sie einem nackten Mann eine Kapitänsmütze aufsetzen, also überhaupt nicht. Nach 25 Metern fingen meine Zähne an zu klappern, nach 50 Metern zitterte ich am ganzen Körper. Unter großem Willensaufwand biss ich mich zum Parkplatz durch. In der Minute kamen auch schon die Schiedsrichter in einem Kleinbus vorgefahren. Eine Meute von gleich sechs Männern stieg aus. Bei Europacupspielen sind es heutzutage wirklich sechs! Ein Hauptschiedsrichter, zwei Assistenten an der Linie, zwei Torrichter und ein sogenannter 4. Offizieller. Unglaublich! Eine wohlüberlegte Arbeitsbeschaffungs-Maßnahme der UEFA für notleidende Referees. In ein paar Jahren sind es vermutlich zwölf pro Spiel, vielleicht auch 15 … Ich suchte unter den sechs Gestalten unseren Freund Joao – und identifizierte ihn auch rasch. Der Ungehorsame, der die albanische Mafia fast in den Wahnsinn getrieben hatte, war ein passabel aussehender Macho, Ende dreißig, mit triefend gegelten schwarzen Haaren. Typ Andy Garcia, der Schauspieler, ergo ein Frauenschwarm. Kein Wunder, dass Joao ständig mächtig Piepen brauchte, dämmerte es mir. Der Trick war meine offizielle Uniform. Ich mischte mich unter die Gruppe und erklärte feierlich in englischer Sprache – das ist bei der UEFA so üblich –, dass ich kurz mit Joao, dem Hauptschiedsrichter, sprechen müsse. Normalerweise hört dir kein Schwein zu, aber trägst du eine offizielle Uniform am Leib, stehen sie alle stramm wie bei einem Parteitag in Nordkorea. Kein Problem, wurde mir signalisiert. Ich separierte den lebenslustigen Joao von der Gruppe und schickte den fünfköpfigen Rest schon mal freundlichst Richtung Umkleidekabine. Ab ins Warme, Freunde! Sie waren äußerst dankbar und etwa drei hundertstel Sekunden später waren sie auch alle schon entschwunden. Joao lächelte mir freundlich sein portugiesisches Standardlächeln entgegen. Genauso lächelte er auch immer, wenn er den Spielern Gelbe oder Rote Karten vor die wutschnaubenden, protestierenden Nasen hielt. Na ja, auf jeden Fall bat ich ihn freundlich hinter zwei Autos ins matte Licht einer Laterne. Dort konnte uns niemand beobachten.

„Wieso? Worum geht es?", fragte er. Ich machte ein wichtiges Gesicht und zeigte ihm einige offizielle Formulare. Die hatte ich in dem „geliehenen" Anzug gefunden. Ich erklärte ihm aufmunternd, wir müssten nur eben kurz die vier Spieler für die später anstehende Dopingprobe bestimmen. „Okay", meinte er lässig. Bis zu diesem Zeitpunkt hatte ich mich zeitlebens für ein pfiffiges Kerlchen gehalten. Das sollte sich gewaltig ändern. Nun also kam der komplizierte Teil unseres Dates. Ein kleiner Schuss ins Herz sollte genügen, so mein Plan. Ich hatte 'ne prima 22er in der Sakkotasche dabei. Schon fummelte ich mit meiner rechten Hand in meinem Jackett herum, aber sie war so steifgefroren, dass ich den Abzug der Waffe nicht einmal ertasten konnte. Ihn demnächst zu betätigen, war völlig illusionär. Meine Finger würden Minimum vier Stunden brauchen, bis ich wenigstens einen von ihnen wieder würde bewegen können. Ich fühlte mich sehr limitiert und mies. Ich überlegte, welchen Plan B ich im Gepäck hatte. Joao blickte mich fragend an.

„So ein verfluchter Bockmist!", durchfuhr es mich. Aber so schnell warf ich die Flinte nicht ins Korn. *Keine Panik,* sagte ich mir, derweil auch Joao in seinem

UEFA-Jäckchen allmählich bitterlich zu zittern begann. Mir klapperten ebenfalls schon längst wieder die Zähne. Was war nun mein Plan B? Keinen Schimmer, aber mein nächster Programmpunkt war, wenigstens dauerhaft für Stille zu sorgen. Ungelenk holte ich einen etwa Postkarten großen Klebestreifen aus der Innentasche. Ich entfaltete ihn sehr umständlich und sehr langsam. Als Joao den Klebestreifen sah, blickte er mich unverhohlen skeptisch an. Meine vollkommen steife linke Hand – die rechte war nur noch ein Klumpen Eis – schnellte vor und pappte den Klebestreifen quer über Joaos Mund. Patsch! Er riss die Augen weit auf, sie verrieten amtliches Entsetzen. Diese Klebestreifen sind von einem Markentester bzw. von einem namhaften Markeninstitut mit einem „Ausgezeichnet" bewertet worden. Es sind zweifelsfrei die besten Dinger auf dem Markt. Ohne Flachs! Sind übrigens auch sündhaft teuer. Sie kleben, halten und pappen original ÜBERALL. Auf allen bekannten Elementen unseres Universums. Wahrscheinlich auch auf der staubigen Oberfläche des Mondes. Aber nicht diesmal. Nicht in Trondheim. Nicht auf diesem Parkplatz. Nicht bei dieser Horror-Kälte. Der absolute Nullpunkt, also die tiefstmögliche Temperatur auf der Erde, kann, so sagt es die Wissenschaft, nur theoretisch erreicht werden. Er wird auf der Kelvin-Skala dargestellt und liegt bei schlanken Minus 273,15 Kelvin. Ich war mir hundertprozentig sicher, wir hatten diesen Wert erreicht, wenn wir ihn nicht sogar schon überschritten hatten. Meiner Überzeugung nach hatten wir soeben die Wissenschaft schon widerlegt. Dieser „absolute Nullpunkt" war keinesfalls nur theoretisch erreichbar, denn dieser Abend in Trondheim bewies der ganzen Welt, dass der Nullpunkt eiskalte Realität geworden war. Morgen früh würden sich die Wissenschaftler weltweit in ihren Laboren erstaunt die Augen reiben und neue Versuche anstellen müssen. Ihre Ergebnisse und die neue Kälteskala sollten sie ruhig nach Joao und mir benennen, fand ich. Aber ich schweife ab, zurück zum Parkplatz. Bei mir half das Reiben schon länger nicht mehr. Zu Anfang hatte ich noch die Hände aneinandergerieben, mittlerweile spürte ich sie kaum noch. Ich wurde zunehmend nervös, denn das ganze Theater mit Joao eskalierte jetzt. Der hochgepriesene Klebestreifen fiel einfach wie eine nasse Pappe von seinem Mund und segelte wie ein Blatt Papier zu Boden. Ich verfluchte den verdammten Hersteller. Diese Dilettanten. Denn mit seiner eigentlichen Bestimmung, dem KLEBEN, war der Streifen offensichtlich vollkommen überfordert. Also Plan C. Ich musste uns unsichtbar machen, ergo musste ich Joao fix zu Boden werfen. Auf das blanke Eis, was mir auch gelang. Einstweilen, für vielleicht zweieinhalb Sekunden, hatte ich wieder alles lässig unter Kontrolle. Ich kokettierte gerade mit einer neuen Idee, als ich so unfassbar geblendet wurde, als hätte ich 60 Meter vor dem Mittelpunkt der Sonne geparkt. Das war die Chance für den japsenden Joao, seiner misslichen Lage zu entkommen. Er riss sich los und krabbelte hektisch über das Eis. Joao versuchte, sich zu erheben, rutschte aber sofort wieder aus und schlitterte halbaufrecht über die rutschige Eisbahn. Ich verlor ihn, nach wie vor heftig geblendet, vollends aus den Augen. Schließlich erblickte ich ihn noch einmal. Schemenhaft und nur ganz kurz, vielleicht für den Bruchteil einer Sekunde. Da war er schon locker 20 Meter weg von mir. Während ich den Kopf in den Schnee sinken ließ, strampelte er sich gerade wieder hoch wie ein Husky, der vorhin aus der Kurve geflogen war. Das war das Letzte, was ich von unserem lebenslustigen portugiesischen Schiri sah. Ich raffte mich auf. Mein eiskalter Körper rebellierte, sah aber ein, dass wir irgendwie hier weg mussten. Noch nie, ich schwöre, noch NIEMALS hatte ich bis zu dem Abend ein Date so dermaßen versaut. Katastrophal verbratzt und versemmelt! Und das in meinem 20. Berufsjahr! Wo ich schon allerhand komplizierte Fälle gelöst hatte, stellenweise mit recht kreativen Kniffen. Aber das hier? Das war unterste Kanone, der absolute Tiefpunkt. Nicht nur auf die lausigen Temperaturen bezogen. Augenblicklich schwante mir, was wohl die albanischen Mafiakomiker dazu sagen würden. Von wegen „In-Regress-nehmen" und so. Allerdings könnte es wahlweise auch deutlich schlimmer kommen. Die Vögel waren für ihren extremen Mangel an Humor und Toleranz hinlänglich bekannt. Außerdem war so 'ne desaströse Vorstellung auch eine krachende Katastrophe für mein Geschäft. Natürlich auch für meinen untadeligen Ruf. Machen wir uns nix vor, Leute, ich war erledigt! Mit gerade mal 42 Jahren, im beruflich allerbesten Alter! Wie konnte das nur geschehen? Ich dachte an Romy. Wie ich ihr nun erklären musste, warum demnächst dauernd albanische Geldeintreiber in unserer Wohnung herumstreunten. Oder mit ihren Aktentaschen blöd grinsend auf meinem Sofa warteten. Mir drehte sich fast der Magen um. Wolle, Didi, Heintje, alle … die gesamte Mischpoke würde fcixcn. Sogar Quiet Earp würde eine satirische Bemerkung loslassen und das vermutlich zum ersten Male ultralaut und nicht gewispert. Wahrscheinlich würden sie mir bei meiner Heimkehr erstmal feierlich ein Paar Wollhandschuhe überreichen. Über der Straße wäre ein Banner gespannt mit der Aufschrift: „Kaber – get lost in the frost!" Oh Gott, diese Gedanken quälten mich geradezu körperlich und benebelten für einige Momente mein Hirn. Das Nächste, was ich mitbekam, war ein unvergleichliches Gezeter. Zahlreiche Stimmen schrien, jaulten und schwatzten durcheinander. Vergleichbar einem italienischen Wochenmarkt. Wo sich der Handtaschenverkäufer und der Melonenhändler über einen halben Quadratmeter Ladenausdehnung gallig in die Haare geraten. Oder zwei italienische Hühner, die sich ausgelassen eifersüchtig um einen hübschen, strammen Enrico streiten. Fakt war: Das Höllengezeter wurde eindeutig in italienischer Sprache abgehalten. Dabei befanden wir uns hier definitiv in Nord-Norwegen, also ziemlich weit weg von Bella Italia. Zumindest in diesem Punkt war ich mir sicher. Aber da ich immer noch reichlich verwirrt war, zog ich auch leichtere Halluzinationen in Betracht. Vorsichtig erhob ich mich, zog mich einigermaßen straff, bügelte zitternd vor Kälte die leicht ramponierte UEFA-Uniform mit meinen beiden steifen Klumpen, die ehemals meine Hände waren, glatt und trat hinter den Autos hervor. Zu meinem Erstaunen hatte das wirklich was von dem erwähnten Wochenmarkt. Tatsächliche, also wahrhaftige Italiener stritten sich da lautstark und aufgeregt vor meinen leer dreinblickenden Augen. Sie standen alle um einen weißen, schicken

Bus herum. Offensichtlich hatte der Fahrer, ein rundlicher Chauffeur namens Giuseppe, der sich andauernd seine Hand vor den Kopf schlug, wohl etwas überfahren. Andere Männer, die wie gut trainierte Fußballspieler aussahen und schicke hellblaue Trainingsanzüge trugen, legten sich platt auf den vollkommen vereisten Boden und blickten suchend unter das Fahrzeug. Es war ein ziemlich langer Bus, ein sehr moderner und mit mondäner Ausstattung. Mehr und mehr ahnte ich, was das alles darstellte. Es war der Mannschaftsbus von Lazio Rom. Der hatte anderthalb Stunden vor Spielbeginn das Stadion erreicht und war nun bei heftigem Schneegestöber in den inneren Bereich gelangt. Genau dieses Ungetüm hatte mich vorhin so fatal geblendet. Hatte mir beinahe für immer das Augenlicht genommen. Und dem guten Joao zu seiner Flucht verholfen. Aber der davonhastende Schiedsrichter war nicht weit gekommen. Er war auf seiner rutschigen Flucht vor den Bus gekrabbelt. Der gute Giuseppe hatte auf dem Eis ohnehin nicht bremsen können, selbst wenn er den fliehenden Frauenheld gesehen hätte. Na ja, zuerst hatte der Tross der Italiener geglaubt, es handele sich bei dem Ruckeln im Bus um eine erhöhte Bodenwelle. Vorsichtig war Giuseppe über sie hinweggerollt, mit allen sechs Reifen. Aber der ein oder andere hatte wohl ein komisches Geräusch vernommen. Deswegen hatten sie dann doch Zweifel bekommen und waren ausgestiegen. Irgendwo unter dem tonnenschweren Lazio-Gefährt lag anscheinend Joao, meine entflohene Beute. Platt wie eine seiner Gelben Karten. Ich stand da und konnte mein Glück kaum fassen! Alter Schwede – oder besser: „Alter Portugiese" –, erst allmählich wurde mir diese Kette an kuriosen Ereignissen bewusst. In meiner Wahrnehmung gab es nur ein einzigen Ausdruck dafür: ein verdammtes Wunder! Es war ein wahrhaftiges Wunder! Ich hatte die allerhöchste Gnade erfahren, denn durch die Fügung der römischen Hilfe war ich nochmal mit anderthalb blauen Augen davongekommen. War diese römische Hilfe gleichzeitig ein göttliches Zeichen? Unsinn, die Katholen, die Kurie oder der Papst & Co. hatten mit dieser glücklichen Wendung mal überhaupt nichts zu tun.

Seit meinem Trauma in Trondheim bin ich enthusiastischer Lazio-Fan. Im fußballerischen Stadtderby gegen den AS Rom halte ich seither stets meinen „himmelblauen" Rettern die Daumen. Das kann man doch verstehen, oder? Seither habe ich auch niemals wieder einen Auftrag in extrem kalten Gefilden angenommen. Nie mehr! Und werde es auch nie wieder tun. Der albanischen Mafiamischpoke habe ich fortan die kalte Schulter gezeigt. Die haben sich echt noch zweimal bei mir gemeldet. Diese humorlosen Vollspacken. Das erste Mal riefen sie bei mir an, um mir zu danken und zu gratulieren. Sie waren hochzufrieden mit der Nummer in Norwegen und sehr erleichtert, dass es so reibungslos über die Bühne gegangen sei. Reibungslos? **Altobelli,** die hatten echt gar keine Ahnung. Vor allem aber lobten die Mafiakomiker meinen „unglaublichen Einfallsreichtum". Sinngemäß: „Ihre Taktik, es in Norwegen nach einem Unfall aussehen zu lassen, das war ganz großer Sport. Absolute Spitzenklasse. Woher nehmen Sie eigentlich immer die tollen Ideen für diese sensationellen Tatverschleierungen?" *Die können mich mal,* dachte ich nur. Das zweite Mal, als sie mich ein paar Jahre später anquatschten, wollten mich die Schmierlappen allen Ernstes nochmals rekrutieren. Ich ließ die Quarkköpfe gar nicht erst ausreden, sondern habe sofort entschieden abgelehnt. Zudem setzte ich die Hansel in einem harschen und unmissverständlichen Ton davon in Kenntnis, dass sie mich NIE wieder kontaktieren sollen. Immerhin das haben die Hohlköpfe akzeptiert.

14 Der tanzende Cosmo

Mein lieber Scholli, das Erlebnis mit Joao verfolgt mich bis heute, das können Sie mir glauben. Zuweilen träume ich immer noch davon. Und zwar in grellen Farben. Der Traum kommt in unregelmäßigen Abständen, allerdings auch in zwei verschiedenen Varianten. Mal bin ich der Busfahrer, der Joao letztlich noch so gerade mit den wuchtigen Vorderreifen erwischt. Das ist die gute, die angenehme Variante. Es gibt aber auch die, in der ich dem portugiesischen Lausebengel hinterherhetze, mir aber immer die letzten drei Zentimeter fehlen und ich andauernd ins Leere greife. Der Traum endet mit der gelungenen Flucht des lebenslustigen Lumpen. Und meiner sofortigen Festnahme bei minus 22 Grad. Etliche fellbemützte norwegische Häscher ergreifen mich und schleppen mich in ein vergittertes Hochsicherheits-Iglu. Ein wirklich ausgewiesener Albtraum, der mich fröstelnd erwachen lässt.

Wie auch immer, ich hatte ja schon mal erwähnt, dass in unserem Genre keine „klassische Fortbildung" existiert. Das ist überaus bedauerlich. Bei den Stasiraketen war das naturgemäß anders. Die Kollegen wurden zweimal pro Jahr geschult, mit allem Zipp und Zapp. Da gab's immer einen prima Sehtest, ganz frisches Werkzeug und intensives Üben der finalen Keule, auch mal in völliger Dunkelheit. Dazu diverse Tipps zum effizienten Auf- und Wegräumen und dergleichen mehr. Ich sag ja, die

Zonen-Cowboys haben, bildlich gesprochen, bei Picasso gelernt. Wir sozusagen beim Maler- und Anstreicher-Betrieb „Kasuppke & Sohn". Na ja, ist ja trotzdem was aus uns geworden. Uns bleibt also nix anderes übrig, als uns privat weiterzubilden. Im Internet oder auch mal, um den praktischen Teil nicht zu vernachlässigen, auf einem illegalen Schießstand. Im Internet bin ich wohl schon an die fünfzigmal die menschliche Anatomie durchgegangen, bis ich nahezu jede Verschaltung der Synapsen, jede Arterie und Vene, letztlich wirklich jede verwundbare Stelle aufsagen konnte. Wolle ist da nicht so bemüht, der würde bei dem Test glatt durchfallen. Und Didi sagt immer, für so einen überkandidelten Blödsinn habe er bei vier Kindern überhaupt keine Zeit.

„Dafür weißt du nix von Käpt'n Blaubär, Hipp-Gläschen und Bobby Cars", bockte er mich deswegen mal amtlich an. Er war eh nicht blendender Stimmung. Didi verspürte seit zwei Tagen angeblich heftige Schmerzen an seiner Leber. „Ist bestimmt ein beginnendes Leberzell-Karzinom ...", lautete seine hauseigene Diagnose. *Na klar, warum nicht gleich eine anständige Zirrhose,* dachte ich. Wir drei spielten Billard in meinem Büro, quatschten ein wenig und wollten später noch auf ein paar Drinks ins „Fiasko". Ich musste Didi allerdings Recht geben mit den Hipp-Gläschen und diesem Käpt'n Blaubär. Für dergleichen hatte ich noch nie eine große Neigung entwickeln können. Bobby Cars kannte ich allerdings. Konnte man voll coole Rennen mit fahren – auch als Erwachsener. Hab ich schon oft dran teilgenommen, ist ein Heidenspaß.
Altobelli!

„Ist ja richtig, Didi", sagte ich. „Aber dafür engagiere ich mich jetzt ehrenamtlich." Ich hatte mich nämlich beworben bzw. bin überraschend angeschrieben worden.

„Ein Ehrenamt? Was denn für eins? Wirst du jetzt Schülerlotse an 'ner gefährlichen Kreuzung oder was?" Didi schaute mich leicht verächtlich an. „Oder fährst du „Essen auf Rädern" aus? Sanitäter wirst du ja wohl eher nicht werden ...", meinte er und lachte dabei stakkatoartig.

„Jetzt erzähl mal." Das war Wolle. Er guckte sich gerade auf seinem Handy nach einem neuen Motorrad um. Sollte was Gebrauchtes sein, vielleicht eine schmucke, alte Yamaha XT 500, eine echt coole Crosskarre. „Aber wieso überhaupt ehrenamtlich?" War klar, dass Wolle das nicht begreifen konnte.

„Also, ich bin demnächst als Schöffe tätig, am Amtsgericht, für fünf Jahre." Beide guckten mich ungläubig an. Ich hatte kurz den Eindruck, Wolle wollte mich fragen, was genau ein Amtsgericht ist. Zuzutrauen wär's ihm. Aber er verhielt sich ruhig. Didi war derjenige, der zuerst seine Sprache wiederfand.

„Du verknackst demnächst Leute? Jetzt echt?" Während Didi mich fragte, bekam Wolle plötzlich noch größere Augen. Er holte erstmal 'ne Kippe aus einer Packung und zündete sie an.

„Aber nein!", rief ich dazwischen. „Ich bin einer von insgesamt drei Richtern. Meine Meinung im Prozess zählt also gerade mal ein Drittel", stellte ich richtig. Um den Jungs einen Einblick zu verschaffen, holte ich eine Broschüre des Justizministeriums von meinem Schreibtisch.

Ich gebe zu, sie in meinen Händen zu halten, war schon ein seltsames Gefühl.

„Er verknackt Leute!", rief Didi voller Verachtung. Ich blätterte in meiner Broschüre, um endlich mal klarzumachen, was ich künftig so nebenberuflich treiben würde.

„Jetzt mach mal halblang", entgegnete ich. Damit meinte ich Didi. „Hört euch das doch erstmal an", beschwichtigte ich die beiden. Dann las ich aus der Broschüre vor. Und zwar die Definition meines künftigen Nebenjobs: „Unter einem Schöffen versteht man einen ehrenamtlichen Richter, der, ohne eine juristische Ausbildung zu haben, während der Hauptverhandlung ein Richteramt in vollem Umfang und mit gleichem Stimmrecht wie ein Berufsrichter bekleidet. Gemeinsam mit den Berufsrichtern entscheiden sie über Schuld und Strafe des Angeklagten." (Zitat) So weit, so eindeutig.

„Sag ich doch!", beharrte Didi auf seiner Meinung. „Und was machst du, wenn einer der Kollegen auf der Anklagebank sitzt? Was machst du, wenn einer von uns beiden da abhängt? Hä …?"

„Aber bei solchen Krachern bin ich doch gar nicht dabei. Vielmehr bei so Bagatelldelikten, bei so lächerlichen Mininummern. Doch nicht bei Klamotten wie unseren."

„Okay, aber dann schickst du trotzdem ein paar andere arme Teufel wegen kleinerer Mücken ins Gitternirwana. Ich weiß nicht", sagte Wolle nachdenklich und zog ausgiebig an einer Zigarette. Und nochmal: „Ich weiß nicht recht …"

„Na ja, da geht's dann vielleicht um 'nen blöden Autodieb. Oder 'nen Betrüger", warf ich ein. „Um Kleinkram eben. Jetzt stellt euch doch nicht so an!" Mir wurde das langsam zu blöde mit den beiden Ignoranten. Ich fand die neue Aufgabe einigermaßen anregend. Außerdem kann man dem Staat und der Gesellschaft ja auch mal was zurückgeben.

„Trägst du dann auch eine dieser silbernen Perücken? Die mit den Locken an der Seite?", wollte Wolle wissen.

Ich konnte nicht glauben, dass er die Frage ernst meinte. Wer fragt im 21. Jahrhundert so einen Quark? Er konnte einen wirklich auf die Palme bringen.

„Mensch, Wolle!", herrschte Didi ihn ordentlich an. Wolle schaute beleidigt zurück. „Die verdammten Perücken gibt's nur im Film. Und nur in Großbritannien. Und nur für die „echten" Richter. Aber doch nicht für einen Hiwi wie Mark-Alexander!" Damit schloss Didi seinen Vortrag. Anschließend seufzte er laut und vernehmlich.

„Wie ... Hiwi?", wollte ich wissen. „Um das mal klarzustellen: Schöffe zu sein, ist eine ehrenwerte und durchaus gewissenhafte Aufgabe. Da geht nix mit Schnick-Schnack-Schnuck! Stellt euch das mal nicht so easy vor." Ich war wirklich ein wenig sauer. Hiwi! Ausgerechnet Didi kam mit so was um die Ecke. Ohne Linda, seine Frau, würden seine Kinder immer noch im Strampler rumrennen und könnten weder lesen noch schreiben.

„Ist ja gut", meinte Didi, „hab's ja nicht böse gemeint. Aber dass Wolle echt immer so einen Schwachsinn fragt, macht mich aggressiv." Er schaute mich komplett verständnislos an.

Wir setzten die Unterhaltung später in unserer Stammkneipe fort. Niveauvoller wurde sie nicht, eher emotionaler.

Am Ende hatte ich einfach das Thema gewechselt. Eine andere, unverfängliche Sache angeschnitten. Wir quatschten über unseren niederländischen Kollegen Heintje und seine neueste Nummer. Der Tulpencharmeur hatte sie echt mitten in einer großen Modeboutique in Rotterdam durchgezogen. Und zwar in einer der Umkleidekabinen. Aber in so einer, die keine stabilen Wände, sondern auf drei Seiten nur dünne Vorhänge zum Zuziehen hat. **Altobelli!** Heintje ist echt ein cooler Hund.

Ein paar Wochen später war es dann soweit. Mein erster Einsatz als Schöffe. Eine sehr coole Atmosphäre ist das bei Gericht. Jedenfalls, wenn du auf der richtigen Seite sitzt. Ich nahm auf dem leicht erhöhten Podium rechts neben dem hauptamtlichen Richter, einem Herrn Robert Rangmeier, Platz. Duzen würden wir uns in der Folge wohl nicht, das war nach den ersten drei Sekunden sonnenklar. Richter Robert war einer der ganz Korrekten und wohl auch einer der ganz Unnachgiebigen. Mir tat der Angeklagte, ein Kerl namens Cosmo, schon vor Beginn der Verhandlung ein wenig leid. Das Verfahren wurde also eröffnet. Ich saß, wie erwähnt, rechts außen. In der Mitte der gestrenge Richter Rangmeier, ganz links saß der zweite Schöffe bzw. die zweite Schöffin. Anja Soundso, eine etwa 40-jährige Blondine, im normalen Leben in einem Reisebüro beschäftigt. Anja schien auf den ersten Blick sympathisch, allerdings machte sie auch nicht gerade einen hochinteressierten Eindruck. Sie war wohl schon länger als private Zusatzrichterin tätig und kannte das ganze Szenario schon in- und auswendig. Sie hatte Routine, ich hingegen nicht. Für mich war alles neu und echt aufregend.

Die Anklage wurde verlesen. Ein stämmiger Staatsanwalt, ein wahrer Wichtigtuer vor dem Herrn namens Bernard – nicht Bernhard, darauf legte er extremen Wert – legte Cosmo „Betrug sowie Erpressung und Nötigung" zur Last. Hier die Kurzfassung: Cosmo war schon ewig befreundet mit einem Steward, also einem männlichen Flugbegleiter. Beide – wer genau von beiden als Erster, ist strittig – kamen auf die Idee, der bei einer großen Fluggesellschaft angestellte Steward möge von seinen zahlreichen Langstreckenflügen exklusive, vor allem in Deutschland verbotene Waren mitbringen. Und sie dann listig am Zoll vorbeischmuggeln. Davon hatte ich schon mal gelesen. Purser oder Stewardessen hatten prima Möglichkeiten, am Zoll ohne lästige Untersuchung durchzuhuschen. *Praktisch,* dachte ich mir, *hätte ich auch mal drauf kommen können.* Aber mit Romy über so einen Quatsch zu verhandeln, war komplett sinnlos. Sie hielt von Schmuggel und derlei Späßchen überhaupt nichts. Gut, jedenfalls funktionierte das bei Cosmo und seinem Spannmann recht prima, und zwar über etliche Jahre. Auch eine befreundete Stewardess war mit eingestiegen, da konnte man gleich die doppelte Menge nach Deutschland kacheln. Der ganze Krempel ging an Cosmo, der den beiden schmuggelnden Vögeln alles zu einem für beide akzeptablen Preis abkaufte. Und dann legte Cosmo los. Verkaufte über diverse Kanäle die tollsten Sachen. Er bot ein stattliches und gutes Repertoire an, denn er war ausnehmend gut beliefert worden. Die beiden Transportesel hatten von ihren Afrikaflügen (Kenia, Tansania, Namibia, Südafrika etc.) prima Kram mitgebracht. Alles Zeugs, das man auf keinen Fall hierhin importieren durfte. Da gab es natürlich feinstes Elfenbein, unter anderem bis zu 50 cm lange Stoßzahnblöcke. Natürlich auch echtes, sauber abgesägtes Nashorn, an dem vor allem die asiatischen Abnehmer immens hohes Interesse zeigten. Klar, dass man in Cosmos Angebot auch Elefantenohren und Flamingofüße fand. Was genau man damit will, hat sich mir bis heute nicht erschlossen. Flamingofüße auf dem Schreibtisch finde ich sehr speziell. Vor allem ohne den restlichen Flamingo. Na ja, zudem gab's natürlich auch Diamanten aus afrikanischen Minen sowie, in den USA besorgt, jede Menge Technikkram bei Cosmo zu kaufen. Kistenweise nigelnagelneue, absolut originale Mobiltelefone. Alle waren zufrieden und lebten prima von dem florierenden Schwarzhandel. Bis … ja, bis dem fleißig schmuggelnden Steward die Sache zu heiß wurde und er aussteigen wollte. Aber nicht mit Cosmo! Der war ausnehmend wütend. Wer lässt sich auch so mir nichts, dir nichts sein Geschäft ruinieren? Er beschwor seinen Kumpel. Drohte gar, ihn anzuzeigen und den Zollschnüfflern alles zu erzählen. Als auch das keinerlei Wirkung zeigte, verschärfte Cosmo, dieser findige Bursche, nochmals seine Gangart. Um seinen Ex-Kumpel umzustimmen, fuhr er dem Cabrón an einem Bowlingcenter mal eben mit seinem Auto unsanft gegen die Beine. Cosmo gab lustig Gas, fuhr rückwärts und drückte die Steward'schen Schienbeine mit der hinteren Stoßstange minutenlang gegen eine Betonwand – rasend schmerzhaft. Währenddessen stieg er aus und fragte den abtrünnigen Kameraden, ob er ihn nicht vielleicht doch gerne weiter beliefern wolle. Was soll ich sagen, die Aktion war ein durchschlagender Erfolg.

Cosmos Kumpel überlegte es sich daraufhin wirklich nochmal und schleppte brav weiterhin allen möglichen Kram an. Aber Rache ist süß! Der gedungene Steward verkaufte dem ahnungslosen Cosmo anschließend statt der vereinbarten originalen Smartphones ziemlich üblen chinesischen Fakedreck. Hatte er sich auf einer Flugreise nach Hongkong besorgt, und zwar einen ziemlichen Batzen davon. Cosmo konnte den Unterschied, der optisch wirklich minimal war, nicht bemerken. Munter verscheuerte er die Möhren also als originale Produkte. Das kam aber nicht so gut an. Seine Handykäufer waren stinksauer. Einer sogar so, dass er nicht nur maulte, sondern auch mächtig petzte. Zack, die Uniformierten kamen zu Besuch und nun saßen wir alle in diesem Raum VR 217. *So kann's gehen, wenn du dich auf niemanden mehr verlassen kannst,* dachte ich nur.

Die Nummer lag nach Ansicht von Wichtigtuer Bernard, dem Staatsanwalt, sowie dem eifrig nickenden Richter Robert wohl ziemlich klar. Irgendwie hatte keiner Zweifel, dass das auf ein paar hübsche Jahre Knast hinauslief. Dann kam Cosmos Anwalt an die Reihe. Ein mittelalter, reichlich verwirrter Typ mit Namen Heiner – Heiner Heimanns. Längere Haare, randlose Brille, zwei Ohrringe und ein hellblaues Jackett zu einer ockergelben Hose. **Altobelli!** Der reinste Papageienlook. *Von welch kreativen und modebewussten Eltern der wohl erzogen worden war,* schoss mir durch den Kopf. Egal, ich glaubte, nun würde jener Heiner feurig loslegen. Dass er diese fragile Anklage binnen Minuten mit messerscharfen Argumenten zerbrezelt. Unwiderlegbare Alibis seines Mandanten anführt, hochwissenschaftliche Psychostudien oder Ähnliches in petto hat. Ich lauschte, aber von dem Heini kam nix. Stattdessen hörte ich, wie er mühsam stammelte, man – genauer, sein Mandant Cosmo – würde alles soweit zugeben und eingestehen. Ja, man zeige durchaus Reue und würde aus diesen Gründen liebend gerne eine Strafmilderung erhalten. Den ganzen Sermon röchelte Heiner fast ohne jede Betonung in Richtung des Richtertisches. Ich konnte kaum glauben, wie ermattet und kampflos der Geselle wirkte. Da hätte Cosmo auch eine thailändische Masseurin zum Plädoyer schicken können. Die hätte vielleicht wenigstens optisch gepunktet. Mein Robert, also der Richter, blätterte in der Akte und fragte Cosmo streng, ob er den matten Ausführungen seines noch matteren Anwaltes etwas hinzuzufügen habe. Cosmo blickte mit leeren Augen zu uns. Er schien innerlich schon emsig durchzurechnen, wie viele Jahre er nun Tüten kleben müsse. Vermutlich vier oder fünf. Beinahe apathisch schüttelte er den Kopf. Das war mir echt zu langweilig. Zu blöde und zu öde! So ein bisschen könnte man diesen Verhandlungstag schon aufpeppen, sagte ich mir.

„Euer Ehren", flüsterte ich in Richtung des Richters. Er wandte sich mir zu und meinte ohne jede Freundlichkeit in der Stimme: „Nicht ‚Euer Ehren'! Nennen Sie mich einfach ‚Herr Vorsitzender', das ist die regelkonforme Anrede."

„Okay, dann eben Herr Vorsitzender", plauderte ich in sein rechtes Ohr. Etwa auf Höhe des Ohrläppchens endete seine schwarze Robe. „Dürfte ich dem Beschuldigten eventuell einige Fragen stellen?"

„Nun, wenn uns diese zu nützlichen Hinweisen führen,

bitte." Sein Gesicht verriet nicht das kleinste Lächeln. Zudem auch nicht das geringste Interesse an weiteren Fragen. Er blätterte wieder lustlos in der Akte.

„Cosmo!", sagte ich energisch, „dieser Steward hat Ihnen gefakte …, Entschuldigung, gefälschte Mobiltelefone überreicht. Sie haben jedoch einen angemessenen Preis für echte Ware vom Originalhersteller bezahlt. Stimmt das so?" Cosmo nickte brav. „Somit sind doch eigentlich Sie der Betrogene", stellte ich überzeugend fest und wurde lauter. „Und ist es nicht so, dass die Ursprungsidee zum Handel mit diesen verbotenen Überseewaren … dass diese habgierige Idee von Ihrem ehemaligen Kumpel stammt?" Ich fühlte, wie ich in Fahrt kam. Schöffin Anja blickte leicht irritiert zu mir herüber. Wieder nickte Cosmo. Diesmal so, wie ein Wackeldackel auf der hinteren Autoablage. Der Richter hob den Kopf und sah mich an.

„Kumpel?", zischte Roben-Robert mich an. „Sie sprechen besser von seinem Gehilfen, der der Mittäterschaft angeklagt ist."

„Richtig", ergänzte ich. „Wissen Sie …", und damit wandte ich mich an alle im Gerichtsaal. „Herr Cosmo" – ich wusste Cosmos Nachnamen nicht, da ich keine Akte besaß. Richter Robert wollte uns Schöffen keine aushändigen, damit wir absolut unbeeinflusst in die Nummer gingen. Ich sprach also ohne einen Nachnamen weiter. „Herr Cosmo hatte aus seiner Sicht ‚legal erworbene' Waren angenommen. Ich präzisiere, er hatte sie sogar teuer angekauft. Er hatte dies in gutem Glauben getan und die erworbenen Dinge anschließend verbreitet. Ist dies etwa strafbarer, als die Tat eines Schweizer Bankangestellten, der sich – übrigens illegal – bei seinem Arbeitgeber Daten besorgt, sie nach Deutschland schafft und sich dieses Diebesgut alias ‚Steuer-CDs' von den Finanzbehörden auch noch gut bezahlen lässt?" Ich machte eine Kunstpause. Dann rief ich verächtlich: „Aber solch ein Schweizer Bankdatendieb geht in unserem Land straffrei aus!" Jetzt hätte ich doch gerne eine dieser silbernen Perücken getragen, von denen Wolle gefaselt hatte. Eine solche hätte meinem Auftritt noch mehr Würde verliehen. **Altobelli!** Richter Roben-Robert wurde etwas ungehalten. „Herr Schöffe, dies miteinander vergleichen zu wollen, ist nicht statthaft. Zudem hat der Angeklagte ..." Ich unterbrach ihn, denn mittlerweile war ich mächtig in Form.

„Natürlich ist es nicht zu vergleichen!", behauptete ich keck. „Der Schweizer Banker verkauft sein illegales Diebesgut ja sogar mit Vorsatz. Herr Cosmo aber ...", dabei deutete ich wie Julius Cäsar mit ausgestrecktem Arm auf den jetzt plötzlich aufmerksamen Angeklagten, „Herr Cosmo hat legale Waren, ohne an deren korrekter Herkunft zweifeln zu müssen, wie bei einem gängigen Geschäft veräußert. Also bitte! Hier besteht mitnichten ein betrügerischer Vorsatz." Cosmo sprang auf, schrie „Jaa, genau!" und klatschte mehrfach in die Hände. Nun kam Schöffin Anja aus der Hocke. „Selbst wenn dem so sei, werter Herr Kollege, besteht doch immer noch der Strafbestand der Erpressung und Nötigung. Das wollen wir doch nicht vergessen!" Letzteres setzte sie mit fester, entschlossener Miene hinzu. Cosmo setzte sich wieder hin. Der Richter sah zunächst zu Anja, dann wieder zu mir. Ich musste mich kurz sammeln. Ich spürte das Adrenalin in mir rasen, in jeder Ecke meines Körpers. Außerdem fühlte ich mich gerade wie der legendäre Henry Fonda als Geschworener Nr. 8 im noch legendäreren Kinostreifen „Die zwölf Geschworenen" von 1957 – ein absoluter Knaller, der Film.

„Ist die Beweisaufnahme damit abgeschlossen?", fragte Roben-Robert in einem Ton, der deutlich signalisierte, dass bei ihm zu Hause zeitig gegessen wird. Er beugte sich zu mir herüber und sagte leise, aber durchaus bestimmt: „Für Ihren ersten Tag als Schöffe veranstalten Sie hier einen ganz schönen Wirbel. Machen Sie nur weiter so …"

Das ließ ich mir nicht zweimal sagen. „Nein, die Beweisaufnahme ist nicht abgeschlossen, Herr Vorsitzender. Wir sind uns wohl alle einig, dass Herr Cosmo lediglich ihm anvertraute Waren verkauft hat. Mit der illegalen Einfuhr selbiger hat er nicht das Geringste zu tun. Im Gegenteil, er ist obendrein von seinen Partnern hinterlistig betrogen worden!" Ich lehnte mich einigermaßen zufrieden zurück. Anja streckte die Beine aus und sah genervt zur Decke. Der Richter kratzte sich am Kinn, Cosmo applaudierte unaufhörlich und sein Anwalt Heiner blickte mich vollkommen fassungslos an. Der Einzige, der sich regte, war der Staatsanwalt.

„Jetzt reicht's aber", schnaubte Bernard, „das hat mit korrekter Justiz nicht mehr das Geringste zu …"

„Herr Vorsitzender!", mahnte ich meinen Nebenmann Robert, den Richter. „Ich kann mich nicht erinnern, dass dem Herrn Staatsanwalt aktuell das Wort erteilt worden ist. Deshalb würde ich …" Der Richter schaute mir mit zusammengekniffenen Augen, die auf eine sehr aggressive Art blitzten, mitten ins Gesicht.

„… jetzt gerne fortfahren", vollendete ich rasch meinen Satz, bevor er was sagen konnte. Roben-Robert schwieg, machte allerdings eine Handbewegung, die andeutete, ich möge weitermachen.

„Kommen wir nun zur angeblichen Nötigung und Erpressung", rief ich lässig.

„Absolut, du Rakete! Damit hab ich nämlich gar nix zu tun! Verdammt gar nix!", schrie Cosmo. Seinem Anwalt stand der Mund offen, man sah die zwei Kronen in Heiner Heimanns Gebiss. Dass Cosmo so permanent rumschrie, kam nicht bei allen so gut an.

„Ruuuhe!", schrie Anja, die Schöffin. Woraufhin Roben-Robert wiederum sie zunächst streng ansah und sie dann ordentlich anraunzte: „Frau Schöffin, ich muss doch sehr bitten! Für Ruhe zu sorgen, ist alleinige Aufgabe des Vorsitzenden Richters." Also mir, hätte er noch sagen können, verkniff es sich aber.

„Ich bitte um Ruhe und Contenance", ließ er anschließend geschäftsmäßig verlauten. Bernard, der Staatsanwalt, hatte sich mittlerweile erhoben und fuchtelte empört mit seinem rechten Arm herum.

„Ich bitte Sie, Herr Staatsanwalt", warf ich fröhlich ein, „behalten Sie doch Platz. Sie kommen sicherlich auch gleich an die Reihe." Dabei warf ich einen Blick auf den Richter. Der reagierte nicht. So fuhr ich fort und wandte mich erneut an Cosmo.

„Herr Cosmo, ist es richtig, dass Ihnen Mitte September auf dem besagten Parkplatz an dem Bowlingcenter ein leidiges Missgeschick unterlaufen ist? Dass Sie bei Ihrem Auto versehentlich den falschen Gang eingelegt hatten?" Cosmo starrte mich erst ungläubig, dann fasziniert an. Er hing quasi an meinen Lippen. Im Moment zappelte er endlich mal nicht herum, sodass ich ihn direkt ansprechen konnte. Meine folgenden Worte schallten eindringlich durch den Gerichtssaal.

„Sie, Herr Cosmo, hatten ja erwiesenermaßen die Absicht, vorwärts aus der Parklücke zu fahren. Und legten dann aus Versehen den Rückwärtsgang ein. Habe ich das korrekt beschrieben?", fragte ich den Angeklagten.

Die Antwort von Cosmo, der sich mittlerweile aufführte wie ein Siouxindianer beim Regentanz, ließ nicht lange auf sich warten.

„Logisch, Alter! Diese beschissene Gangschaltung! War ein total dämlicher Zufall … passiert doch jedem Mal."

Er schrie den ganzen Laden zusammen. Ich beschloss, seinem Rumkrakele ein Ende zu machen. Also erhob ich wieder meine Stimme und fragte ihn laut und vernehmlich: „Und stimmt es weiterhin, dass Ihr ehemaliger Lieferant, dieser Luftfahrtsteward, genau in der Sekunde, als Sie losfahren wollten, vollkommen zufällig direkt hinter Ihrem Wagen auftauchte? Urplötzlich lief er an dieser Wand entlang, sodass sie ihn überhaupt nicht bemerken konnten. Verhielt es sich nicht so?" Der Staatsanwalt flippte fast aus. Anja blickte zu mir herüber und starrte mich an. Der Richter begrub sein Gesicht in beiden Händen, Cosmo tanzte durch den ganzen Saal. Er rief immer nur: „Alter, so war's! Genau so war's! Hammergeil! Ganz genau, die Schweinebacke lief da plötzlich einfach hinter meiner

Karre rum ... Yiipiieh!" Er machte ordentlich Heckmeck. Ich musste unbedingt noch einen draufsetzen.

„Herr Vorsitzender, Herr Staatsanwalt, werte Mitschöffin. Wir alle sind Autofahrer, somit kennen wir alle diese Situation nur zu gut. Wenn man vorwärts aus einer Parklücke rangieren möchte, schaut da einer von uns in den Rückspiegel? Nein, weil dazu überhaupt keine Veranlassung oder Notwendigkeit besteht. Sind wir uns in diesem Punkte einig?" Alle Anwesenden nickten wie paralysiert mit dem Kopf, sogar der Staatsanwalt. Einer allerdings nicht. Heiner, der merkwürdige Papageien-Anwalt von Cosmo. Der blickte mit glasigen Augen in unsere Richtung, ohne dort etwas genauer zu fixieren. Derweil johlte Cosmo weiterhin „Yiipiieh" und „Jeijeijei" in nicht ganz gerichtskonformer Lautstärke.

„Somit beantrage ich, werter Herr Vorsitzender, die Klage abzuweisen. Selbstverständlich möchte ich weder Ihnen, noch dem Herrn Staatsanwalt in irgendeiner Weise vorgreifen." Damit schloss ich. Selbst mit einer Silberperücke auf dem Kopf hätte ich mich nicht besser schlagen können. Mittlerweile hatten sie auch Cosmo wieder eingefangen. Dafür benötigten sie allerdings drei ausgewachsene Justizwachtmeister. Na ja, in voller Gänze hatte ich die Nummer dann doch nicht zum Erfolg führen können. Aber Cosmo, der tanzende Sioux, bekam am Ende ein läppisches Jahr auf Bewährung, also kein Tütenkleben. Cosmo durfte den Gerichtssaal in ziviler Kleidung als freier Mann verlassen, aber im Grunde tanzte er mehr heraus. Wild rumschreiend durchquerte er sämtliche Flure des Amtsgerichts. Neben dem Bewährungsjahr hatte ihm das Gericht eine Geldstrafe aufgebrummt, ich glaube 7 500 Keulen wegen des Handels mit illegalen Waren, wie zum Beispiel Elfenbein. Das war's.

Leider war's das auch für mich. Sie haben mich als Schöffen, obwohl ich ja für fünf Jahre gewählt worden war, seither nie wieder angefordert. Und werden es zukünftig vermutlich auch nicht mehr tun. Es sei denn, alle anderen gewählten Kandidaten leiden an der Beulenpest. Meine Person ist jedenfalls als Schöffe erstmal nicht mehr erste Wahl. Ich glaube allerdings kaum, dass Anja da ihre Finger mit im Spiel hatte. Eher schon Robert, der Robenträger. Und bestimmt der Wichtigtuer Bernard.

Cosmo, der überglückliche Schmierlapp, hat übrigens alles umgehend bezahlt. Die 7 500 Schleifen Strafe und das Honorar für seinen leblosen und matten Anwalt Heiner. Wofür der allerdings ein Honorar verlangt hatte, ist mir immer noch schleierhaft. Mir wollte Cosmo eine ganz famose Erinnerung zukommen lassen. Etwas Einmaliges, damit ich meinen ersten – und gleichzeitig letzten – Tag als Gerichtsschöffe niemals vergesse. Eines Tages schickte er mir ein mächtiges Paket samt einer undeutlich bekritzelten Grußkarte ins Büro. Auf der bedankte er sich nochmals überschwänglich für meinen „astreinen Einsatz", ich hätte mich als „echter Verteidiger der Wahrheit" erwiesen. Ich schüttelte den Kopf, rollte schwer mit den Augen und holte eine Schere aus der Schublade. Während ich den riesigen Karton vorsichtig öffnete, schwante mir nichts Gutes. Meine skeptischen Vorahnungen sollten sich bestätigen, in dem Paket befand sich ein Paar exzellenter Flamingofüße. Zum Spaß stellte ich die Dinger mal auf meinem Schreibtisch auf. Stehen echt kerzengrade, die Vogelmauken. Übrigens sind sie nicht ganz billig, der Wert beträgt etwa 3 500 Flocken – ein ziemlich beträchtlicher Kurs also. 3 500 Schleifen pro Fuß wohlgemerkt! Ich hatte den Kram trotzdem anonym an den Zoll geschickt. Sollten die sich doch teure Flamingofüße ins Büro stellen. So was kommt mir nicht ins Haus. Nashornspitzen übrigens auch nicht. Und Elefantenohren schon gar nicht.

15 Tiroler Style

Eigentlich bedauere ich, nicht mehr als Schöffe fungieren zu dürfen. Die Chose hatte wirklich 'ne Menge Spaß gemacht. So vier bis fünf Verhandlungen hätte ich gerne noch durchgezogen. Aber wer nicht will, der hat schon. Im Grunde genommen hatte ich einen recht seriösen Eindruck hinterlassen, wie ich fand. Anscheinend aber nicht bei jedem. Roben-Robert meinte hernach zu mir, für einen Antiquariatsburschen sei ich ganz schön keck gewesen. Zitat: „Die anderen Buchhändler, die ich kenne, sind bei weitem nicht so …". Nach kurzem Nachdenken nannte er es „aufgeweckt". Wer weiß, vielleicht ahnte er ja, dass ich kein echter „Bücherwurm" bin. Aber konkret darauf ansprechen wollte er mich nicht.

Letztens hatte ich zwei vollkommen verblödete Aufträge abgelehnt. Einen hatte ich Heintje zugeschoben. War die naheliegende Lösung, denn die Beute wohnte in Kaldenkirchen, also eh an der niederländischen Grenze. Den anderen debilen Knallkopp hatte ich achtkantig rausgeworfen. Zum einen, weil er erst im Nachhinein bezahlen wollte und zum anderen, weil er nach einem „handfesten Beweis" für meine „erfolgreiche Tätigkeit" an seiner untreuen Ehefrau verlangte. **Altobelli,** manche Leute kommen echt auf unfassbar irrsinnige Ideen. So was kommt bei mir überhaupt nicht in die Tüte.

Wenigstens hatte ich dadurch wieder mehr Zeit fürs Spielen, zum Beispiel „Trivial Pursuit", eines meiner absoluten Lieblingsspiele. Wir hatten es sogar mal geschafft, uns zu fünft zu treffen, um 'ne amtliche Trivial-Challenge durchzuziehen. Wir fünf, das waren Didi und Linda, Wolle sowie Romy und ich. Leider hatte ich immer noch kein einziges Tortenstückchen in meiner kleinen runden Sammelschale. Aber jetzt kam ja meine Domäne an die Reihe, denn ich sollte mit einer verdammten Spielfilmfrage konfrontiert werden. Wäre ja gelacht, wenn es da nicht endlich fluppte!

„Wer verkörpert in dem Kinoklassiker ‚Casablanca' die Figur der berauschend hübschen Ilsa Lund?" Die Frage kam sehr akzentuiert und in gemäßigtem Tempo aus dem Munde von Linda.

Cool, durchfuhr es mich, den Streifen hatte ich an die achtmal gesehen. Ein vollkommen geiler Thriller mit Humphrey Bogart und … ähh … ich stutzte einen Moment. Dann brachte ich mühsam hervor: „Bogart war auf jeden Fall ‚Rick'. Also der Kerl, der Rick's Café betreibt und immer Filterlose qualmt. Den Titelsong werde ich nie vergessen … dieser verrückte Typ am Piano spielt ‚As Time Goes By', ein wirklich großartiges Stück." Das war schon mal ein zufriedenstellender Anfang, allerdings fiel mir gerade diese verflixte Schauspielerin nicht ein. Während ich mich vorbeugte und in die Chipsschüssel griff – einfach, um noch ein wenig Zeit zu gewinnen – bemerkte Didi etwas schnippisch: „Bisher alles ganz toll. War aber nicht die Frage!"

„Nun lass ihn doch mal kurz nachdenken", entgegnete Linda ihrem Mann. Sie blickte wieder erwartungsvoll in meine Richtung.

„Warte … dieser Typ, Sam heißt er, glaube ich … Sam spielt ständig Klavier und Humphrey Bogart muss irgendwelche Ausreisevisa besorgen … für so einen Widerstands-Heini." Während meiner diffusen Stammelei überlegte ich fieberhaft weiter. „Und da spielt doch auch dieser … Peter Lorre mit!" Ich machte eine kleine Pause, weil mein rasendes Hirn mir noch nicht einmal den Hauch eines Namens der Hauptdarstellerin soufflieren konnte. Es blieb kein Ausweg außer weiter zu faseln.

„Ach ja … nicht zu vergessen, der coolste Spruch der Filmgeschichte: ‚Ich schau dir in die Augen, Kleines!' Mann, Leute, an der Stelle ist Bogart echt einsame Klasse …" Bedauerlicherweise endete hier mein etwas inhaltsleerer Monolog, stumm schaute ich in vier fragende Gesichter.

„Weißt du jetzt den beschissenen Namen oder nicht?", maulte Wolle. Dabei reckte er voller Stolz seinen Hals in die Höhe, schließlich hatte er schon zwei Törtchen in seinem Plastikschälchen. Die beiden Trophäen hatte er für zwei unfassbar leichte Fragen bekommen, zum Beispiel: „Wie viele Zähne hat Bugs Bunny?" Eine tiefgefrorene Makrele hätte das beantworten können.

„Ingrid Bergman! Die spielt die Frau!", schoss es aus mir heraus. Romy nickte mir huldvoll zu, Linda legte mein erstes Trivial-Törtchen in meine Schale und Wolle bemerkte läppisch: „Na endlich! Das weiß doch jeder!"

Ich würfelte und erreichte ein Kästchen der Marke „Master-Frage". Diesmal das Fachgebiet „Geographie". Wolle verschwand in der Küche, um frische Chips und Kekse zu holen.

„Wie heißt die Hauptstadt von Thüringen?", las Didi etwas undeutlich vor. In diesem Moment kam Wolle zurück. „Erfurt", sagte ich lässig. Meine Stimme sollte leicht gelangweilt klingen, so, als ob diese Nummer hier voll unter meiner Würde wäre.

„Quatsch!", rief Wolle, der sich wieder aufs Sofa fallen ließ. „Das ist Damaskus."

„Seit wann liegt Damaskus in Thüringen?", fragte Linda sichtlich überrascht. Wolle riss entschlossen die Chipstüte auf, wobei etliche der goldgelben Dinger auf dem Teppich landeten. Er hob sie auf, stopfte sie sich in den Mund und beharrte: „Syrien war doch die Frage … also Damaskus."

Didi, der Fragensteller, drehte das Trivial-Kärtchen einmal um und wieder zurück, hielt es dicht vor seine Augen und zuckte mit den Schultern. „Hier steht tatsächlich Damaskus. Hauptstadt von Syrien."

„Lächerlich!", polterte ich los, „wir alle haben ‚Thüringen' verstanden!"

„Fast alle", meinte Wolle. Und schon ging das Palaver los. Wir konnten uns auch nach zehn Minuten nicht einigen, ob ich nun eine komplett falsche Antwort gegeben hatte oder gnädigerweise eine neue Frage erhalten sollte. Selbst Romy, meine eigene Freundin, schien nichts von Loyalität zu halten.

„Also ich finde, Didi hat die Frage korrekt und unmissverständlich vorgelesen", fabulierte sie. Dabei schaute sie mich streng an. So wie eine Lehrerin, die einen beim Abschreiben erwischt hat. „Somit wäre es nicht korrekt, wenn wir da eine Ersatzfrage erlauben würden." Am liebsten hätte ich Romy hier und jetzt mal ganz ordentlich die Meinung gegeigt. Manchmal könnte ich sie wirklich … ich glaube, das gibt es in fast allen Beziehungen. Ich war mehr als genervt, von ihr und von dem ganzen Theater. Meine fast leere Plastikschale schaute mich trübe an.

„Leute, es ist doch nur ein Spiel." Das war Linda, die zu besänftigen suchte.

„Nur ein Spiel?", bellte ich gereizt. Mittlerweile spürte ich eine gewisse Verzweiflung in mir. „Von wegen!", rief ich entrüstet, „… nur ein Spiel! Wolle denkt, eine ‚Koalition' besteht aus vier bis sechs Koalabären! Trotzdem hat er schon zwei Törtchen!", keifte ich. Ehrlich, Wolle hatte schon die irrsinnigsten Bemerkungen in die Runde geworfen. Als Romy mal nach dem berühmtesten Rheinfelsen befragt wurde und richtigerweise ‚Loreley' als Antwort gab, brummte Wolle mit extremer Verblüffung, er verstehe nicht, warum man den verdammten Felsen ausgerechnet nach Stan Laurel benannt hätte. Oliver Hardy wäre doch für einen fetten Felsen die viel die passendere Wahl gewesen … Wahnsinn! Bei einer anderen Frage bezüglich der Region Dalmatien hatte er geantwortet, dies sei doch diese weltbekannte Hundezüchterfamilie. „Unheimlich berühmte Leute", fügte er im Brustton der Überzeugung hinzu, „mindestens so berühmt wie diese anderen Hundezüchter … diese Familie Bernhard." Pah! Nur ein Spiel! **Altobelli!**

Der ganze Zirkus erinnerte mich an eine ziemlich kuriose Nummer im vergangenen Sommer. Ich sollte, möglichst still und unauffällig, einen vermögenden Araber samt seiner zwei Leibwächter umfideln. Der Auftrag kam von der Sippe eines konkurrierenden Scheichs. Natürlich nicht von denen direkt, sondern über zwei Schmierlappen, die als Mittelsmänner fungierten. Ging wohl um irgendwelche Ölvorkommen und deren Förderung. Die Vögel führten drei nette Umschläge mit sich, einer mit gestochen scharfen Fotos meiner Beute, die anderen zwei vollgestopft mit Öldollars. Himmel, war die Nummer saftig dotiert. Aber es gab einen Haken. Man brauchte für den Gig zwei Mann. Oder besser gesagt, vier fleißige Hände. Trotzdem hatte ich die Klamotte munter angenommen, in der Gewissheit, dass mir einer meiner Kumpels dabei schon helfen würde. Doch Pustekuchen, als der Gig nahte, stand ich wie ein Clown ganz allein in der Manege. Didi war angeblich mal wieder krank, Wolle hatte wegen seines blöden Tee- und Bio-Müsli-Ladens keine Zeit. Und selbst sein Cousin, der mir so trefflich beim Harfenisten in der Zahnarztpraxis geholfen hatte, turtelte irgendwo in Mexiko rum. Und nun? Didi, der jetzt plötzlich an „mittel- bis hammerschwerem Asthma" – so bezeichnete er seine Beschwerden – litt, gab mir eine Empfehlung, mitsamt einer Handynummer.

„Hier, der könnte eine prima Hilfe sein. Der Typ ist okay. Hat zwar noch nicht ausgelernt, aber für deine Nummer sollte es reichen." Dabei hustete er dauernd theatralisch. Ich runzelte die Stirn. Allerdings hatte ich kaum eine Alternative, ergo rief ich den von Didi empfohlenen Kumpanen in meiner Not tatsächlich an. Es erschien ein gutmütiger, aber keinesfalls sportlich-trainierter Österreicher. Genauer: ein untersetzter Tiroler. Luis, etwa Mitte dreißig, stammte aus einer Familie von Fleischern.

Somit besaß er also keine schlechten Wurzeln für unser Handwerk. Der Bursche war eher schweigsam, aber wenn er sprach, erfüllte ein breiter Tiroler Akzent den Raum.

Wir warteten in der Tiefgarage einer schönen, großen Villensiedlung. Der Arab sollte am späten Nachmittag mit seiner Karosse dort hineinrollen. Seine beiden Leibwächter würden vorne sitzen, er hinten. Das Ding hatte Panzerglasscheiben, mit 'ner normalen Wumme kam man hier nicht weit. Folglich musste man warten, bis alle ausgestiegen waren. Ich platzierte meinen Tiroler Adlatus hinter einer Säule. Ich selbst hockte mich, nicht weit davon, zwischen zwei parkende Autos.

„Wonn sulls dönn losgeha?", fragte Luis. Ich blickte ihn an. Schließlich hatte ich ihm den Plan etwa viermal erläutert und ihn darauf hingewiesen, die Ruhe zu bewahren. Oberste Pflicht war, exakt auf mein Zeichen zu warten, also extra nichts Schwieriges.

„Ich geb dir rechtzeitig Bescheid, Luis", flüsterte ich mahnend. „Und mach hier bloß keinen auf Tiroler Style." Damit meinte ich, er möge wachsam sein und sich nicht noch gemütlich den Bauch kraulen, während ich bereits an den drei arabischen Hanseln herumwerkelte. Luis begann, sich umzublicken und schien irgendwas zu suchen. Plötzlich schritt er einmal komplett um seine Betonsäule herum.

„Verdammt, Luis!", stieß ich wütend hervor. „Was soll das? Verhalte dich gefälligst leise und unauffällig!"

„Wo stöht dönn dös Tiroler Beil? I könnt guat eynes gebrauch'n … dös is vuil bösser ols mei depperte Pistoln … Oder moanst du a Tiroler Seil?"

„Ich sagte Tiroler STYLE!", zischte ich. „Erklär ich dir später." Ich merkte schnell, dass es hier und heute echt haarig werden könnte. Didis Tipps waren nicht immer uneingeschränkt zu gebrauchen. Der gute Luis, der eigentlich Alois hieß, allerdings auf „Luis" als Anrede bestand, zog sich wieder in seine Wartehaltung zurück. Die Karosse rollte die Garageneinfahrt herunter, die zwei Leibwächter stiegen aus, aber von dem Ober-Mufti keine Spur. Mein Handlanger sah mich erwartungsfroh an und machte eine fragende Handbewegung. Ich stieß leise ein „NIX" hervor und bewegte meine rechte Hand mit einem ausgestreckten Zeigefinger von rechts nach links. Meine Stimme und Gestik signalisierten folglich ein glasklares „Nein! Nix machen." Dachte ich zumindest. Denn Luis hatte „FIX" verstanden und stürzte unvermittelt los, mit Volldampf Richtung Karosse. Dort rammte er ungelenk den ersten Leibwächter zur Seite und feuerte eine muntere Pistolensalve auf den zweiten Trottel. Ich glotzte wie vom Donner gerührt, stand dann aber schnell auf und kümmerte mich final um den ersten, mittlerweile am Boden liegenden Knilch. Danach standen wir zwei wie japsende Hunde zwischen den beiden leblosen Säcken neben der Luxuslimousine. **Altobelli!** Keuchend suchte ich nach einer Lösung. Offensichtlich hatten die Schergen unsere schöne Beute schon oben auf der Straße aussteigen lassen. Der Ober-Arab war vermutlich längst in seine Wohnung geschlurft. „Na toll!", rief ich Luis verächtlich zu, „was hast du dir denn dabei gedacht?" Ehrlich, hätten wir beide auf dem Bau zusammengearbeitet, hätte ich gesagt: „Luis, wenn du festhältst, ist das so, als wenn zwei loslassen …"

Doch ich verkniff mir die Bemerkung und warf ihm stattdessen wütend entgegen: „Mensch, du solltest doch auf mein verdammtes Zeichen warten!"

„Jooh ... oba i hob dei Zeychen do kloar g'sehn! Mütt'n röchten Zeygefinger ..."

„Verflucht, Luis!" Ich war mittlerweile echt ungehalten. Im normalen Leben sind diese Tiroler häufig aufreizend gemütlich, beinahe schläfrig. Nett, aber komplette Trantüten. Doch wenn du mal einen Gemütlichen benötigst, geschieht genau das Gegenteil. Ausgerechnet ich hatte so einen völlig Unkontrollierbaren erwischt, sozusagen einen ADHS-Ösi. Tja, und unsere Beute lief immer noch irgendwo munter rum. Ich dachte kurz nach und entschied, erstmal den ganzen blutigen Kram hier wegzuräumen. Mit zwei leblosen Leibwächtern in einer Tiefgarage kann man sich nämlich auch mal Ärger einhandeln.

„Komm, wir räumen jetzt hier erstmal den Laden wieder auf", raunte ich Luis zu. „Wenn's geht, zackzack und schnell!"

„Ah, jööhtzt soll i plötzlich schnöll san, oder wos?", fragte Luis verächtlich. „I bin doch net Jusein Bolt ..."

„Halt einfach die Klappe, Luis, und pack mit an." Meine Laune pendelte gerade zwischen vollkommen mies und reichlich übel. Wir verfrachteten die zwei schlappen Kollegen in die gepanzerte Limousine und stellten das Ding in einer dunklen Ecke ab. Kurz darauf reifte in mir der Entschluss, den Rest ohne ihn zu erledigen und meinen seltsamen Assistenten nach Hause zu schicken. „Pass auf, Luis. Du schwirrst jetzt ab, das bekomme ich alleine hin." Ich müsste wohl ohnehin in die Wohnung des Ober-Muftis eindringen, dabei konnten mir die tollpatschigen Tiroler Assistentenhände eh nicht groß helfen.

„Moanst wirklich?" Luis' Augen verrieten eine Portion Ungläubigkeit.

„Ja ja, ich krieg das schon hin", flüsterte ich und klopfte ihm beruhigend auf die Schulter.

„Na guat", grinste er, „dann geh i hoam." Sprachs und taperte die Auffahrt hoch. Auf halbem Wege begegnete er dem Chef-Araber, der justament in die Tiefgarage gelaufen kam und intensiv etwas zu suchen schien. Luis sagte passenderweise „Grüß Gott" zu dem komplett muslimisch gekleideten Kerl, während dieser an ihm vorbeiging. Der trottende Ösi hatte zweifellos wieder seinen Gemütlichkeitsmodus eingeschaltet.

„Luis, JETZT!", schrie ich in seine Richtung. In der Hoffnung, er könne diesen nahezu perfekten Moment nutzen und den arabischen Spacko quasi „im Vorübergehen" noch erledigen. Dann wäre er in der Tat sogar noch zu meinem „Mitarbeiter des Monats" geworden. Stattdessen drehte er sich nochmals um, blickte in meine Richtung und rief beleidigt: „Ah geh! Gepetzt hob i no niemohls! Do muaßt dir keyne Sorgen mochen ..." Unsere Beute, der suchende Mufti, blieb abrupt stehen, glotzte erst Luis an und schaute dann irritiert zu mir. Sofort fingerte der Macker sein Handy aus dem Kaftan. Ups, nun wurde es aber allerhöchste Eisenbahn. Noch während der Mufti nervös darauf rumtippte, war ich auch schon neben ihm. Unten in der Limousine hörte ich das Handy eines seiner matten Leibwächter klingeln. Der drahtige Herr aus den Emiraten zeigte sich zunächst nicht sonderlich kooperativ. Er kämpfte verbissen und trotz seiner etwas hinderlichen Kleidung recht passabel. Erst eine gutgesetzte Spritze, angefüllt mit dem Betäubungsmittel Carfentanyl, ließ das Pendel endlich doch in meine Richtung ausschlagen. Ich schleppte ihn zu seinem protzigen Auto und vertraute die nötigen finalen Schnitte meinem „Pellchen" an. Einige Momente später lagen die Arabs also friedlich zu dritt in der Nobellimousine. Ganz so, wie es eigentlich bereits deutlich früher am Tage hätte sein sollen. Letztlich war das schon ein mächtiges Stück Arbeit gewesen. Eigentlich vollkommen unnötiger Stress, aber diese unerwartete Brisanz war ja erst durch die unmotivierten Aktionen von Luis in die Nummer befördert worden. **Altobelli,** dachte ich, vielleicht wäre hier alles viel charmanter gelaufen, wenn ich einen Dolmetscher zur Arbeit mitgebracht hätte. Und eventuell noch einen, der Gebärdensprache beherrscht.

Ich beschloss, mich baldmöglichst bei Didi zu revanchieren. Liebend gerne würde ich ihm auch mal 'nen heißen Handlangertipp geben. Vielleicht einen waschechten Tiroler Bauchredner, einen sehr gemütlichen. Der könnte ja eine lustige Luis-Puppe auf dem Arm tragen, mit der er sich tolle Dialoge liefern würde. Dann hätte mein alter Kumpel Didi auch mal so viel Spaß wie ich bei meinem Arabermeeting in der Garage.

Aber zurück zu unserer amtlichen „Trivial Pursuit"-Challenge. Mir wurde übrigens doch eine Ersatzfrage zugestanden, auf die ich aber keine Antwort wusste. Am Ende wurde ich Vorletzter. Gewonnen hatte Linda. Romy wurde Zweite, Wolle feierte seinen dritten Rang wie den

Gewinn des Super Bowls. Mir wurde ganz übel. Seine letzte Trivialfrage lautete: „Wie nennen die Österreicher im Volksmund eine Toilettenbürste?" Wolle wusste es natürlich sofort. „Die sagen Klobesen dazu." Irgendwie passte das ganz gut zu diesem seltsamen Tag.

16 Der Ring aus Hohensyburg

Die Woche nach unserem Trivial-Treffen begann mit einem Paukenschlag. Wolle hatte es erwischt! Nein, nicht etwa Abflug in Handschellen – Knast und so. Nee, bei ihm war eingebrochen worden. Ein oder mehrere Typen waren in seinen Bioladen eingestiegen und hatten dort alles auf den Kopf gestellt. Ich fuhr mal hin, um nachzusehen, was los war. Wolle quatschte gerade mit einem Beamten. Der Typ erklärte meinem Kumpel, dass er noch heute die SpuSi vorbeischicken würde. Die Spurensicherung!

„Ja, aber, ist das denn nötig?", zweifelte Wolle das Verfahren an.

„In letzter Zeit sind hier sehr viele Einbrüche begangen worden, Herr Seuss. Sollten wir hier DNA-Spuren der Täter finden, können wir sie vielleicht auch anderen Taten oder Tatorten zuordnen. Ein paar Spuren haben wir schon in der Sammlung." Der Tonfall des Kerls klang außerordentlich dienstlich.

„Das hat doch keinen Zweck", nörgelte Wolle weiter. „Vermutlich finden Sie hier eh nur die DNA von mir und von meiner Angestellten und ein paar Kunden." Irgendwie wollte Wolle die SpuSi partout nicht im Haus haben.

„Ja, natürlich finden wir die auch. Aber wir suchen schon an ganz bestimmten Stellen. Glauben Sie mir, wir machen das nicht zum ersten Mal", beschwichtigte ihn der

Polizist. Er reichte ihm zwei Blätter. Wolle musste noch die Einbruchsanzeige und seine Zeugenaussage unterschreiben. Der Bulle nickte, nahm seine Unterlagen und verduftete. Wir standen allein im Laden und warteten auf die SpuSi.

„Was haben die denn eigentlich so geklaut?", fragte ich. „Fencheltee und Abführmittel?"

„Ach, halb so wild. Haben nur das Wechselgeld aus der Kasse geklaut, etwa 120 Knicker. Sonst fehlt eigentlich nur ein Stempelkissen … und ein Handy."

„Was für 'nen Handy?", fragte ich überrascht. Schließlich hielt Wolle seins ja in der Hand.

„Das ist es ja", flüsterte Wolle. „Das Ding hab ich neulich einer Beute abgenommen … und dummerweise hier im Laden versteckt."

„Und jetzt ist es nicht mehr da?" Ich konnte Wolles Blödheit kaum fassen. Man nimmt nie etwas vom Job mit nach Hause. Wirklich niemals! „Na ja", sagte ich beruhigend, „wenigstens haben die dämlichen Einbrecher-Willis jetzt das Ding am Hals und du bist erstmal raus aus der Sache." Sollten die sich doch mit dem Handy eines kürzlich Verblichenen rumärgern.

„Nicht ganz", druckste mein Kumpel herum. Er guckte mich an, wie einer, den heftige Verdauungsprobleme plagen. Und das schon seit fünf Tagen.

„Was noch?"

„Ich hab hier auch noch irgendwo einen schönen, alten Ring rumfliegen."

„Sag nicht, den hast du auch bei 'nem Job mitgehen lassen?"

„Doch, leider schon. Ist aber schon zwei Jahre her oder so. Die ältere Dame in Dortmund-Hohensyburg ... einer mit 'nem Saphir, glaub ich."

„Mann, Wolle! Gleich kommt die Spurensicherung! Hol das Ding und schmeiß es weg!"

Mein Ärger auf ihn wurde intensiver. Wolle brachte sich völlig unnötig in höchste Gefahr. Das Ding hier konnte tatsächlich noch richtig brisant werden. Aber wenn er den Ring noch rechtzeitig ...

„Ich weiß ja nicht, wo das verkackte Ding ist! Es fliegt hier irgendwo rum." Wolle jammerte nun wie ein Sechstklässler, den man beim Abschreiben erwischt und die Arbeit abgenommen hatte. „Ich hab ihn irgendwo versteckt ..., ich weiß aber nicht mehr, wo."

„Dann erinnere dich mal!", fauchte ich. „Am besten in den nächsten sieben Minuten!" Natürlich verstrichen die sieben Minuten ohne ein vorzeigbares Ergebnis. Sollte irgendeiner der Schnüffler den Ring finden, Wolle keine plausible Erklärung dafür haben und die Schmiere ihn in Verbindung mit einer vor zwei Jahren verschwundenen älteren Dame bringen, würde es zappenduster werden. Ich begann irgendwo in seinem Ladenlokal zu suchen. Zwischen glutenfreien Haferflocken und Bio-Shampoo ohne Silikone. Zwischendurch rutschte mir dann und wann ein heftiges „Das kann jetzt echt nicht wahr sein! Du verblödeter Hund!" raus.

Palim, Palim. Da standen auch schon meine Steuergelder auf der Matte. Die Spurensicherung kam mit drei ausgewachsenen Schnüfflern. Wolle begrüßte sie mäßig freundlich, aber sie machten sich sowieso ohne Umschweife an die Arbeit. Ich stellte meine Ringsuche derweil ein. Die Herrschaften trugen ganz normale Zivilklamotten. Jeans und so. Allerdings zogen sie sich umgehend Latexhandschuhe über. Dann holten sie dicke, große Lupen aus ihren Koffern.

„Ich dachte, Sie tragen alle so weiße Overalls. So komplett keimfreie …?", fragte Wolle einen der Heinis. Der schaute ihn überaus verständnislos an. „Weiße was?"

„Na ja, so weiße Schutzanzüge, die bis über die Gummischuhe gehen. Und eventuell Atemmasken." Der Typ glotzte Wolle so an, wie man eine Stripteasetänzerin in einer Moschee begaffen würde – mit kreisrunden, ungläubigen Augen. Die anderen beiden hatten sich unterdessen an der Eingangstür zu schaffen gemacht. Offensichtlich waren der oder die Täter dort hereingekommen. Die Beamten pinselten auf beiden Seiten der Tür irgendein Zeugs drauf. Ich war erleichtert, dass Wolle nicht auch an diese beiden Fritten neugierige Fragen richtete. Außerdem musste ich sowieso die ganze Zeit an den verdammten Ring denken.

Manche meiner Kollegen legen zuweilen reichlich, sagen wir mal, unorthodoxe Verhaltensweisen an den Tag. Der ein oder andere hat eine echte Marotte. Das darf man ruhig so offen formulieren. Ein Typ raucht immer nach dem erledigten Date noch am Tatort eine Kippe. Ein anderer ruft stets nach dem Job seine Mutter an. Aber das sind kleinere Rituale. Auf jeden Fall noch keine ausgewachsenen Psychosen. Zu denen zählen ganz andere Kaliber. Killian zum Beispiel, der neulich diese krachend scharfe Party in Fulham veranstaltet hatte, geht immer auf die Beerdigungen seiner Beute. Ernsthaft. Also nicht immer, aber meistens. Er verpasst die Bestattungen eigentlich nur, wenn er terminlich anderweitig gebunden ist. Oder wenn das Absenken des frisch Erkalteten eben nur im allerengsten Familienkreise abgehalten wird. Ansonsten schwingt er sich in seinen schwarzen Anzug und fährt da hin. War schon auf mehr Friedhöfen als unsereiner in Kneipen. Was genau er da eigentlich will, entzieht sich meiner Kenntnis. Ich wollte ihn schon häufiger mal darauf ansprechen. Auf seiner „Three-Lions-Party" hatte ich die Chance dann genutzt und nachgefragt, warum er ein dermaßen exzentrisches Ritual betreibt. Zumal es ja auch nicht ganz ohne Risiko ist. Seine Antwort bestand zunächst aus einem Schulterzucken. „Ich weiß nicht", meinte er, emotionslos wie eine Politesse. „Ich mag es irgendwie." Ein dermaßen gefährliches Hobby passt aber auch irgendwie zu Killian. Der Kerl strotzt vor Selbstvertrauen. Zudem liebt er den totalen Nervenkitzel. Manchmal bewundere ich ihn für seine forsche Art. Aber lange geht das mit dem Vollexzentriker nicht gut. Irgendwann wird Killian mal deswegen geschnappt und wandert in den Bau. Tja, Pech, selbst schuld. Soll bloß nicht hinterher die Klappe aufreißen und behaupten, wir hätten ihn nicht gewarnt.

Deutlich dramatischer ist eine Marotte, die immer mehr Anhänger gewinnt. Und zwar die makabre Idee, ein Souvenir mit nach Hause zu nehmen. Dafür fehlt mir nun jedes Verständnis. Freunde, das darf man auf gar keinen Fall machen! Ein völliges No-Go! Ich kenne einen Kollegen aus Dänemark, dessen Namen ich aus Gründen der

Diskretion hier leider für mich behalten muss. Der Spacko nimmt von wirklich jeder seiner Beuten eine Erinnerung mit. Schleppt sie in sein trautes Heim. Er hat mittlerweile eine ganz hübsche Sammlung beisammen. Da ist alles dabei, was man sich denken kann, zum Beispiel die originalen Angelruten, mit denen er und seine Beute lauschig fischen waren. Also, bevor sein Angelpartner letztlich bei den Forellen gelandet war. Aber nur die Beute war zwangsweise abgetaucht, seine Rute nicht. Zudem türmen sich bei dem dänischen Hornochsen etliche Brillen, Ringe, Gürtel, Brieftaschen und Uhren. Aber es kommt noch doller! Seine verehrteste Trophäe hat er offen über einer Kommode im Schlafzimmer hängen. Es wirkt eher wie ein Schrein. Dort blickt man auf den originalen Arztkittel samt Mundschutz eines Chirurgen. In dem Kittel stecken auch noch zwei Kugelschreiber sowie ein Taschentuch mit Monogramm. **Altobelli!** Der bedauernswerte Doc hatte ein oder zwei Operationen verpfuscht, weswegen unser dänischer Sammlerfreund von einem der Geschädigten beauftragt worden war, ihn abzumurksen. Wieso er aber die Arztklamotten im Schlafzimmer aufgehängt hat? Keine Ahnung. Vielleicht will er ja damit angeben. Aber bei wem?

Diese Frage stellt sich noch dringlicher bei dem Typen, der das mit Abstand skurrilste Souvenir besitzt. Offiziell nennt er sich „Schneider von Wien", bürgerlich heißt er eigentlich Gerhard. Sie können sich unschwer ausmalen, warum er diesen edlen Titel trägt. Jedenfalls nicht, weil er tolle Anzüge fertigt. Der Schneider hat – und das verschlug mir fast die Sprache – ein Paar Kontaktlinsen mitgenommen. Die Dinger hatte er dem gerade Dahingeschiedenen nach dem Date echt rausgenommen und sorgsam aufbewahrt. Wo ist da der Sinn? Auf einer Messe für Psychopathen hätte der Schneider ganz klar den größten und schrillsten Stand. **Altobelli!**

So viel zu den krassen Marotten in unserer Branche. Wenn bei einem dieser schrägen Knilche mal die Schnüffler reinspazieren und ordentlich aufräumen, werden sie ihnen mächtig viele Dates nachweisen. Und es gibt Richter, die verteilen 25 Jahre so wie andere Leute Bonbons an Halloween. Deswegen machte ich mir gerade echt Sorgen um Wolle, den schusseligen „Herr des Ringes".

„Haben offensichtlich 'ne Flitsche benutzt, Chef", rief einer der Spurenhäscher dem noch immer kopfschüttelnden Beamten zu. „Sauber aufgehebelt, die Tür. Sind aber nur ganz vereinzelte Spuren da. Und die sind auch noch ziemlich verwischt."

Der Typ, der offensichtlich also der SpuSi-Boss war, drehte sich zu Wolle. „Auch ohne weißen Overall kann ich Ihnen nur raten, sich mal ein vernünftiges Sicherheitsschloss zuzulegen. Sonst passiert Ihnen so was vielleicht künftig …"

„Moment, Chef!", rief jetzt eine andere Stimme. „Ich hab doch was gefunden!" Dieses Krakele kam von weiter hinten im Laden. Ich merkte, dass Wolle unruhig wurde.

„Könnte interessant sein", rief die Stimme jetzt noch intensiver. Der Chef eilte sofort herüber und ließ uns vorne stehen wie Pik Sieben.

„Kratzen Sie mal tiefer, da ist wahrscheinlich noch mehr", hörten wir seine Anweisung und kurz darauf verstärkte, emsige Kratzgeräusche. Wolle stand kerzengerade an seinem Kassentresen. „Mein lieber Freund, das ist ja mal was …", hörten wir von hinten im Laden, dann einen ordentlichen Pfiff. Der SpuSi-Boss kehrte zu uns zurück. „Und was ist das hier? Haben Sie dafür eine Erklärung?"

Wolle kniff die Augen zusammen und starrte auf die ausgestreckte Hand des obersten Schnüfflers.

„Was soll das sein?" Wir fragten das im gleichen Moment.

„Sieht mir nach Drogenresten aus", behauptete der Schnüffel-Chief.

„Seh ich aus, als würde ich Drogen konsumieren?", fragte Wolle.

„Bei manchen Ihrer Fragen könnte man das denken, ja."

„Was für Drogen sollen das denn überhaupt sein?", fragte ich.

„Könnte Cannabis sein. Haben wir hinten zwischen den Dielen des Fußbodens gefunden." Sein Tonfall verriet ganz klar einen sich abzeichnenden Triumph. Er befeuchtete einen Zeigefinger, drückte ihn auf die Substanz und probierte eine Nuance davon. „Nein, das ist kein Dope." Er spuckte das Zeug leicht angewidert aus. „Ich würde eher auf eine Art von Holundertee tippen."

„Nein, das ist kein Holundertee, das sind eher Reste von Nebeltee", parierte Wolle. Sofort fiel mir Pumuckl alias Iris, seine Angestellte, ein. Die war einem Kännchen Nebeltee ja niemals abgeneigt. Pro Tag konnten es durchaus auch mal zwei sein. Aber mit Drogen hatte Pumuckl nie was an der Mütze gehabt.

„Alles okay. Tja, der Beruf macht halt ein wenig misstrauisch. Sorry für die Aufregung." Der Chief nickte und klappte seinen tollen Koffer zu. Seine beiden Adlaten taten es ihm gleich. „Wiedersehen", meinte einer lässig.

„Sonst haben Sie nichts gefunden? Irgendwas, was auf die Einbrecher hindeutet?" Wolle fragte voller Neugier mit einer leicht zittrigen Stimme.

„Leider nein", bedauerte einer der Gehilfen im Gehen. Die Schnüffler schwirrten ab und auch wir holten unsere Jacken. Plötzlich stand Quiet Earp neben uns am Tresen. Hatte das Geschäft komplett lautlos betreten, während die SpuSi das Weite suchte. „Wer war das denn?", fragte er leise.

„Die Clowns von der Spurensicherung.", raunte Wolle.

„Oh, cool, die waren jetzt aber nicht wegen gestern Nacht hier?"

„Doch, klar! Du weißt etwas von dem Einbruch gestern Nacht?"

„Logisch! Ich war doch gestern Abend mit einem Kunden hier drin! Hatte letztens, Mittwoch oder so, als ich dir die neuen Kfz-Schilder gebracht hatte, hier drei nigelnagelneue Pässe und Führerscheine liegen lassen. Hinten in der Ecke neben dem Soßenregal."

„Das sind keine Soßen, das sind ätherische Öle", verbesserte ihn Wolle.

„Egal, ich hab sie dort abgelegt und vergessen, einen kanadischen und zwei britische. Sind echt saubere Qualitätsarbeit. Gestern wollte der Typ, der sie bestellt hatte, die Dinger dringend haben. Bei mir waren sie aber nicht, ich hab sie überall gesucht. Dann fiel mir wieder ein, wo ich sie hatte liegen lassen. Wir fuhren her, du warst nicht da, also stiegen wir in den Laden ein. Ich fand sie, gab sie dem Typen, wir gingen wieder raus – alles easy." Wir blickten Quiet mit ziemlich großen Augen an.

„Deshalb bin ich doch überhaupt hier!", wisperte er mit ausgebreiteten Armen wie ein Showmaster. „Ich hab mir doch 130 Piepen aus deiner Kasse geliehen. Durch die verdammte Hektik hatte ich überhaupt keine Kohle dabei. Ach so, und ich brauchte dein Stempelkissen, musste noch zwei kleine Stempel in die Pässe drücken." Artig überreichte er Wolle die geliehenen Sachen: 130 Forellen, das Stempelkissen und ein Handy.

„Das Handy!", rief Wolle voller Begeisterung.

„Das hat da vorne rumgelegen. Ich dachte, es wäre das von meinem Kunden. Deswegen hab ich es mitgenommen. War aber nicht seins ... hier nimm."

Meine Hand schnellte dazwischen und ergriff das Telefon. „Zu meinen Händen, bitte. Das blöde Ding wird sofort vernichtet." Von Wolle kam keine Widerrede.

„Ich muss mich entschuldigen, aber es ging gestern wirklich nicht anders. Der Typ und seine Kumpane wollten ratzfatz das Land verlassen. Ich konnte echt nicht auf dich warten, Wolle. Aber natürlich hast du jetzt einen gut bei mir." Er machte einen Blick wie ein Dackel. So viel hatte ich Quiet in all den Jahren nicht reden hören.

„Wie wär's mit 'nem neuen Sicherheitsschloss, Quiet?", fragte Wolle.

„Und 'nem ordentlichen Drink auf den Schreck?" Die zweite Frage kam von mir.

„Geht klar."

Wir latschten in eine Bude namens „Traffic". Ich kratzte mich am Kopf. Was für eine verrückte Geschichte. Kaum hatten wir bestellt, fragte Wolle: „Sag mal, Quiet. Wie lange wart ihr denn in meinem Laden?" Jetzt wechselte Quiet wieder in den gewohnten Flüstermodus. „Hm, so 15 bis 20 Minuten vielleicht."

„Und du hast deinen komischen Kunden die ganze Zeit im Auge gehabt?"

Quiet Earp überlegte. „Na ja, nicht immer. Während ich die Pässe holte, lungerte er überwiegend am Tresen rum. Und später, als ich das verdammte Stempelkissen suchte, schlenderte der Schmock dann andauernd unruhig durch den Laden."

„Kennst du den Typen näher?"

„Nee, ist ein Israeli. Ein ziemlicher Schmierlappen. Macht üble Geschäfte. Hab ihn genau zweimal gesehen. Bei der Bestellung der Dokumente und gestern. Der Typ wohnt, glaube ich, in Bochum, das heißt: er wohnte, denn jetzt ist er ja außer Landes. Die Spacken wollten wohl nach Kanada abhauen."

Wir tranken zwei sehr leckere Bananenkaffee. Quiet bezahlte, entschuldigte sich nochmals und jeder ging seiner Wege. Auf dem Heimweg machte ich einen kleinen Umweg zum Rhein. An einer passenden Stelle hielt ich an. Ich stieg aus und schmiss das bescheuerte Handy in den Fluss. Das Corpus delicti versank im Wasser, auf dass es nie wieder Ärger machen möge. Ich stieg ins Auto und stellte das Radio an. Es war Punkt 16 Uhr: Nachrichten-Zeit. Auslandsmeldungen, ein drohender Streik im öffentlichen Dienst und eine Festnahme am Düsseldorfer

Flughafen heute Morgen. Ich spitzte die Ohren. Drei Israeli waren bei der Passkontrolle durch gefälschte Dokumente aufgefallen. Von wegen „echt saubere Qualitätsarbeit", dachte ich. Quiets Passgeschmiere war diesmal wohl eher als amtlicher Mist zu bewerten. Einer der Festgenommenen habe zudem eine Menge Falschgeld sowie einen Ring mit sich geführt, hieß es da weiter. Der Ring stehe möglicherweise in Zusammenhang mit einem Tötungsdelikt vor rund zwei Jahren. Das Opfer damals war eine ältere Dame in Dortmund-Hohensyburg. Der israelische Schmock war logischerweise voll sauer und mega aufgebracht. Bei den Bullen faselte er was von „ganz zufällig gefunden, in einem Bioladen zwischen Milchstaupräparaten …" und so weiter. Beim Verhör erzählte er weiter, dass er den dämlichen Ring mitten in der Nacht habe mitgehen lassen. Und zwar, nachdem er und sein blödsinniger Ausweisdealer illegal in das Geschäft eingebrochen waren, weil der blöde Penner seine nagelneuen Pässe dort liegen gelassen hatte … Die Bullen nickten sehr langsam mit ihren Köpfen und notierten artig seine Aussage. Eine ziemlich bizarre Story, dachten sich die Schnüffler. Der Untersuchungsrichter dachte das nicht nur, er sprach's am nächsten Tag auch aus. Zitat: „Eine absurdere Geschichte habe ich schon seit Jahrzehnten nicht mehr gehört." Tja, Künstlerpech, da konnte unser israelischer Kamerad so viel palavern wie er wollte. Er schwor, dass er niemals im Leben einer älteren Tante aus Hohensyburg auch nur begegnet sei. Aber nein, das glaubten sie ihm erst recht nicht. Fazit: Der Knabe war erledigt.

Als ich Wolle das nächste Mal im „Fiasko" traf, schwebte er quasi auf Wolke 22. Wolke 7 wäre klar untertrieben. Er wusste genau, wie unglaublich viel Schwein er gehabt hatte. Aber so recht zugeben wollte er nicht, dass irgendwer schützend seine Hand über seinen Kopf samt Delle hielt.

„Am Ende war die Nummer für dich ja ein Sechser im Lotto", rief ich ihm zu.

„Ach Quatsch", wehrte er ab, „ist nur 'ne Sache von Karma und dergleichen. Hätte Quiet die doofen Pässe nicht bei mir vergessen, wäre gar nix passiert. Aber da es passiert ist und er bei mir eingebrochen war, hatte mein Karma dafür gesorgt, dass Quiet den gierigen Schmock mitbrachte. Und dass der dann einen Ring klaute, den ich längst vergessen hatte. Deshalb sitzt jetzt der Schmock in der Tinte und ich nicht. Verstehst du, Mark?" Ich verstand kein Wort, sondern blickte ihn ziemlich verstört an. Irgendwas versuchte er, mir zu erklären. Aber was? Leidenschaftlich fuhr Wolle fort: „Ist doch klar, das alles ist die Ursache der Dinge, die ich selbst in der Vergangenheit in Bewegung gesetzt habe. Und das strahlt jetzt positiv auf mich ab – genau das ist Karma. Begreifst du jetzt?"

Ich musste an die Hebamme bei Wolles Geburt denken. Die Trulla, die ihn im Kreißsaal aus ihren glitschigen Händen hatte flutschen lassen. Vielleicht verursachte ein solch heftiger Aufschlag auf einen harten Fliesenboden doch schlimmere, um nicht zu sagen gravierende Spätfolgen. Dann musste ich daran denken, wie es um das Karma der Hebamme bestellt sein musste. Schließlich hatte sie in der Vergangenheit ja ebenfalls etwas in Bewegung gesetzt, den krachenden Sturz des Babys. Und was hatte ich in den vergangenen Jahren wohl so alles in Bewegung gesetzt? Rasch gab ich Wolle die Hand, stapfte zur Tür und verließ unsere Stammkneipe. Schnellstens, bevor meine auftretenden Kopfschmerzen noch schlimmer werden würden.

17 Happy Birthday

Als ich am späten Nachmittag nach dem Treffen mit Wolle nach Hause kam, wollte ich mich eigentlich noch mal kurz hinlegen. Romy hatte mir einen Zettel hinterlassen, der besagte, sie sei mit einer Freundin im Kino. Prima, denn ich war einigermaßen froh, keine Konversation führen zu müssen. Von dem Einbruch hätte ich meinem Hasen natürlich auszugsweise erzählen können. Ihr jedoch die Auflösung mit Quiet Earp, dem israelischen Schmock samt geklautem Ring näherzubringen, erschien mir einigermaßen kompliziert. Aber sie war ja eh im Kino, manchmal hab ich eben auch mal Glück. Stattdessen rief mich Heintje an und fragte, was denn da los gewesen sei. Didi hatte schon wieder was Richtung Holland geplaudert. Können echt nie ihre Klappe halten, meine Kumpels. Ich erzählte dem Käskopp so dies und das, ohne alle Details zu erwähnen. Der „Flying Dutchman" gab sich auch so zufrieden und legte auf.

Romy musste am Ende jener aufregenden Woche nach Marrakesch fliegen. Ich brachte mein Flöckchen zum Flughafen, anschließend kaufte ich ein. Abends wollten wir drei, also Didi, Wolle und ich, endlich mal wieder gemeinsam abhängen. Keiner von uns steckte in terminlichen Verpflichtungen, niemand von uns musste sich mit einem dringlichen Auftrag herumschlagen. Schließlich war Anfang Oktober. Eine zwar erholsame, aber mitunter auch öde Phase des Jahres. Offensichtlich aber nicht für Killian. Der Bursche war mal wieder auf einer „seiner" Beerdigungen zu Gast gewesen. Hatte dort ein paar Fotos geschossen und in unsere Whats-App-Gruppe geschickt. Kurze Erklärung: Unter uns Kollegen gibt es eine Gruppe, in der wir immer mal wieder ein kleines Ratespiel veranstalten. Jeder darf dann einen Tipp abgeben, wer ein besonders krasses Date abgezogen hat. Kein Name darf sich doppeln. Der Gewinner bekommt von den anderen einen Wochenendtrip geschenkt. Aber es werden teilweise auch andere Sachen dort gepostet – wie eben Fotos. Einer von Killians Posts zeigte ein Selfie an der frischen Grabstätte. Killian trug einen schwarzen Anzug mit einer dunkelblauen Krawatte. Im Hintergrund sah man jede Menge Blumen und Trauerkränze. Auf dem Selfie grinste er etwas dümmlich in die Handykamera und hatte den rechten Daumen gehoben. So nach dem Motto: „Absoluter Top-Termin hier!" Unser Kollege ist schon mächtig spooky.

„Also wirklich, dieser Killian ist schon echt seltsam", meinte Wolle.

„So, meinst du?", fragte Didi. „Ich finde, der ist ein kompletter Psychopath. Dem ist wirklich nicht mehr zu helfen!" Didi war zwar zum Abhängen vorbeigekommen. Freilich nicht, ohne mehrfach zu erwähnen, welch heftige Migräne ihn aktuell plage. Eine, die vom Kopf über die Rippen über den Hüftbogen bis in seine Knie ausstrahle. Im Grunde genommen eine Ganzkörper-Schmerz-und-Krampf-und-Schüttel-Attacke. `Altobelli!`

„Dann bleib doch zu Hause", meinte Wolle trocken. Mir waren diese leichten Dissonanzen vollkommen schnurz, denn aktuell war ich bester Laune. Erstens ist der

Oktober immer ein ziemlich chilliger Monat. Zweitens feierte mein Vater am Mittwoch darauf seinen 75. Geburtstag. Aber nicht etwa öde und spießig zu Hause mit Sekt und Käsehäppchen. Mein alter Herr hatte sein Optikersparschwein geschlachtet und uns alle in ein nobles Gourmet-Restaurant in Lübeck eingeladen, nebst einer Übernachtung in einem prima Hotel. Mein Dad hatte sich nicht lumpen lassen, so viel war klar. Und wieso ausgerechnet Lübeck? Na ja, dort hatte mein Vater meiner Mutter seinerzeit den Heiratsantrag gemacht. In einem Restaurant namens Wullenwever. War damals, vor fast fünfzig Jahren, ein angesagter Laden. Und ist es heute noch. Das noble Restaurant residiert in einem denkmalgeschützten Patrizierhaus. Wie gemalt für einen feierlichen Antrag an seine Liebste. Und wie gemalt für einen 75. Geburtstag. Also, dorthin hatte mein Vater die Familie eingeladen. Als er meiner Mutter vor einigen Wochen seinen Plan eröffnete, fing sie an zu weinen. Ich nehme an, aus allerheftigster Rührung. Während meine Eltern per Bahn nach Lübeck reisten, fuhren wir, Romy und ich, erst am eigentlichen Geburtstag, also dem Mittwoch, mit dem Wagen nach Schleswig-Holstein. Romy freute sich wie Bolle. „Das wird bestimmt superschön. Dann lerne ich auch endlich mal deine Schwester kennen. Wie heißt sie nochmal?"

„Irina. Aber versprich dir keine allzu atemberaubende Unterhaltung mit ihr." Irina ist meine drei Jahre jüngere Schwester. Als Kinder hatten wir uns ordentlich viel gezankt. Meine Sister war schon immer reichlich kompliziert veranlagt und voll esoterisch angehaucht – ich weniger. Sie war stellenweise wirklich extrem seltsam drauf. Dass sie nicht wild bemalt, mit Räucherstäbchen bewaffnet und laut Mahayana-Sutren – das sind die buddhistischen Lehrreden – vor sich hin brabbelnd zum Frühstück erschien, war alles. Ich erinnere mich, dass meine Eltern unisono der Meinung waren, Irina wäre in einem indischen Ashram deutlich besser als in unserem kleinen Reihenhaus aufgehoben. Aber Kataloge oder Erkundigungen dieser Art hatten sie letztlich dann doch nicht eingeholt. Vielleicht wäre ein cooler Ashram für Irina der wahrhaftigere Weg gewesen. Ich hätte auf jeden Fall nix dagegen gehabt. Heutzutage gibt Irina Mal- und Zeichenkurse und ist ab und zu als Reiseleiterin tätig. Hält dann immer brav das Schildchen hoch und erklärt den Touristen Gott und die Welt, beziehungsweise Brahma, Chinnamasta und Krishna ... oder wie die indischen Strategen so alle heißen. Zudem fungiert Irina als Reiseleiterin für La Gomera und so, gelegentlich auch für ausgewählte Ziele in der Toskana. Angesichts ihrer ausgeprägten Inspirationsgelüste also keine wirklich überraschenden Regionen. Ich bin noch nie in einer ihrer Reisegruppen aufgetaucht. Ist auch besser so. Sonst gäb's vor all den Leuten vermutlich gleich wieder Zoff. So viel zum Thema Verwandtschaft. Jedenfalls hatte ich mir für den anstehenden Geburtstagsabend extra einen neuen, sehr edlen Anzug gekauft. Lässiger und topmoderner Schnitt, in einem dunklen Marineblau. Sowohl die Hose als auch das Jackett schimmerten leicht. Ein ultracooles Outfit.

    Der Schuppen war absolute Sahne. Schöne alte Tische, super Deko, herrlich antike Lampen mit einer dezenten

Beleuchtung, wundervolles Besteck, galante Serviererinnen und eine Küche zum Verlieben. Kein Wunder, dass meine Mama seinerzeit hier ein zartes „Ja" gehaucht hatte. Die Speisen waren perfekt bis aufs allerletzte Detail. Nirgendwo auf den Tischen befanden sich Pfeffermühlen oder doofe Salzstreuer. Ganz einfach, weil keiner der Gäste eine Veranlassung verspürte nachzuwürzen. Ich hielt eine kleine Rede, mein Vater war gerührt. Meine Mutter noch mehr, sie heulte schon wieder los. Romy nahm dankenswerterweise ihre Hand. Nachdem die Tränen getrocknet waren, überreichten wir meinem Dad unser Geschenk: eine kleine Reise nach Dublin. Flüge, drei Tage Aufenthalt in einem Spitzenhotel und jede Menge Gutscheine für guten irischen Whiskey. Mein Vater konsumiert zwar nur selten harten Stoff, aber er freute sich dennoch aufrichtig. Meine Mutter … klar, meine Mutter wischte sich verstohlen ein paar Tränen aus den Augenwinkeln. Als ich noch vor dem Dessert gerade zur Toilette wollte, klingelte mein Handy. Am anderen Ende der Leitung eine um Atem ringende Stimme: „Mark! Bist du's?"

„Ja, logisch. Wer spricht dort?"

„Na, ich bin's … Lars! Lars aus Flensburg. Ich muss dich dringend um …"

„Hey, Lars! Das ist ja kurios. Wir sitzen nämlich gerade in einem netten Schuppen hier in Lübeck. Mein Vater hat …" Weiter kam ich nicht.

„Weiß ich doch!", schrie Lars. Plötzlich wirkte er mächtig gehetzt. Der Bursche ist ein geschätzter Kollege aus Flensburg. Hatte Didi schon mal aus der Patsche geholfen bei so 'ner Nummer am Timmendorfer Strand. Lars ist

Anfang dreißig, talentiert und fleißig. Mann, ich hatte ewig nix von Lars gehört.

„Ich weiß! Deswegen rufe ich dich an. Ich muss dich um einen Gefallen bitten! Bitte, du musst nach Eutin kommen."

„Beruhige dich, Lars. Klar, komme ich. Wir checken hier morgen früh so gegen halb elf aus. Spätestens mittags können wir uns treffen."

„Ich meine SOFORT! Du musst sofort nach Eutin kommen. Ich brauche deine Hilfe. JETZT!"

„Was ist denn passiert, Lars?", fragte ich vorsichtig. War aber dämlich, hätte ich mir denken können.

„Später. Erzähl ich dir, wenn du im Auto sitzt. Adresse sage ich dir auch … und jetzt fahr bitte los!" Er klang unverhohlen ernst und tatsächlich in Not. Und bei echter Not weise ich keinem die Tür.

Ich latschte zurück zu der Feierrunde und ließ ein lässiges „Ich muss mal kurz weg" fallen. Mein Vater – gerade von Irland und seinen unheimlich sympathischen Einwohnern schwärmend – guckte mich vollkommen irritiert an. Er brachte ein entsetztes „Aber Junge!" hervor. Meine Mutter vergaß vor lauter Schreck zu weinen. Romy und meine Schwester Irina glotzten mich an, als würde ich gerade den ganzen Laden kurz und klein schlagen.

„Geht nicht anders, ist ein dringendes Geschäft." Ich hatte meinen Nachrichtensprecher-Ton drauf. „Muss ich noch heute erledigen. Steht eine Menge auf dem Spiel". Noch während ich „eine Menge" sagte, stand auch schon ein dienstbeflissener Kellner neben mir und hielt meinen Mantel parat. **Altobelli,** dachte ich, das ist wirklich ein feudaler Schuppen hier! So aufmerksames Personal findet man selten. Der Kellner war quasi aus dem Nichts aufgetaucht, ganz im Stile eines Quiet Earp.

Ich setzte mich in meine Karre und schaltete das Navi ein. Nach Eutin waren es nur 41 Kilometer. Laut Navi sollte ich in 33 Minuten da sein. Ich rief Lars an und wollte nun endlich wissen, worum es hier eigentlich ging, wo ihn der Schuh drückte. Zehn Minuten später wusste ich, es war nicht der Schuh. Das Problem lag deutlich höher. Lars ist ein zuverlässiger und netter Kollege. Wie der Zufall es wollte, hatte er justament heute Abend einen Job mitten in einer Bundeswehrkaserne durchgezogen, in der „Rettberg-Kaserne" in Eutin. Nur innerhalb der Kaserne hatte man das Date zuverlässig erledigen können, versicherte er mir. Es drehte sich um einen äußerst verhassten Hauptfeldwebel. Eine ganze Schar junger Soldaten hatte zusammengelegt, um den Ochsen loszuwerden. Alle, also wirklich jeder von den Jungs hatte über Monate etwas von seinem Sold abgezweigt, um genug Moppen für die Nummer aufzubringen. Es war ihnen offensichtlich wirklich wichtig. Jener Hauptfeldwebel führte sich während der Dienstzeit auf wie ein unerzogener Brüllaffe. Dazu war er wohl hinterlistig, heimtückisch und gemein. Letzteres auch außerhalb der Dienstzeit. *Kommt schon mal vor in einer Armee,* dachte ich, als Lars mir am Telefon die vollständige Geschichte erzählte. Na ja, Lars hatte die Klamotte nun mal angenommen. Im Rahmen seiner Recherche war er drauf gestoßen, dass man das Ekel wirklich nur innerhalb der Kaserne wegfideln konnte. So weit, so gut.

Etwa fünf Monate vor dem Job hatte unser Kumpel sich heftig in ein Huhn verliebt. Er und seine Auserwählte waren jüngst in einen Schmuckladen getapert und hatten sich dort spontan für zwei sehr schmucke, vor allem aber mächtig ausladende Freundschaftsringe begeistert. Sie kauften die blöden Klunker und streiften sie sich gegenseitig über. Wahrscheinlich hatten sie sich dabei ewige Liebe oder so was geschworen. Na ja, jedenfalls hatte Lars das Ding seitdem keine Sekunde mehr abgelegt. Ein kleiner, aber leider sehr gravierender Fehler. Natürlich trug er den Ring auch an diesem Abend beim Date in der Kaserne. Der gute Hauptfeldwebel verbrachte den Abend alleine in seiner Unterkunft in der Rettberg-Kaserne. Der Kamerad schüttete dort ein paar Bier rein und schaute Fernsehen. Die meisten der Soldaten waren nicht da, sondern übernachteten zu Hause. Sogenannte Heimschläfer, die erst am nächsten Morgen gegen viertel vor sechs zum Appell wieder in der Kaserne antanzten. Die Stuben waren also zu maximal 30 Prozent belegt. Für Lars eine zwar herausfordernde, aber machbare Aufgabe. Lars stieg über einen Zaun auf das „hochgesicherte" – das zumindest behauptet stets die Bundeswehr – Militärgelände. Er fand das betreffende Gebäude in der Kaserne, lockte dort die Wache von der Eingangstür weg und schlich über den Flur. Das war so gegen 20:30 Uhr. Da saßen wir in Lübeck im herrlichen Wullenwever gerade beim Essen und ließen meinen Dad hochleben. Nachdem der, mit Ausnahme des Ringes an seinem kleinen Finger, wirklich gut vorbereitete Lars die Stube des Brüllaffen identifiziert hatte, trat er sehr leise ein und näherte sich dem bulligen Feldwebel. Durch das laute TV-Programm auf der einen und etliche Biere auf der anderen Seite, hatte der sitzende Soldatenquäler nichts mitbekommen. Lars schwang entschlossen die finale Keule, per Würgedraht. In puncto Geräuschpegel bietet der ja immense Vorteile. Wegräumen musste unser Kollege nichts, das war nicht Teil des Auftrages. Also sah er zu, dass er verschwand. Zu seinem Leidwesen jedoch wurde er vom zurückgekehrten Wachposten erspäht und lautstark angesprochen. Auf die strenge Soldatenfrage „Halt! Was treiben Sie hier? Können Sie sich ausweisen?" reagierte Lars mit einer mehr als eindeutigen Geste. Er rannte los, so schnell er konnte. Er sah zu, dass er Land gewann. Draußen in der Dunkelheit war er geschützt, den Weg zum Zaun hatte er sich gut eingeprägt. Lars ist ein sportlicher Typ, der läuft die 400 Meter unter 55 Sekunden. Als er den mit Stacheldrahtrollen versehenen Zaun erreichte, war ihm keiner direkt auf den Fersen. Er kam ein wenig zur Ruhe. Aber nicht lange, denn als er die zwei Warnschüsse hörte, die aus einem Gewehr in die Luft abgegeben wurden, war es mit der Ruhe vorbei. Er kletterte in Windeseile den Zaun hoch, schwang sich oben über den Stacheldraht und stieß sich im Stile eines Stabhochspringers so ab, dass er auf der anderen Seite landete. Tat er auch, allerdings nicht in aller Gänze. Nicht zu hundert Prozent, vielleicht zu 99,35 Prozent. Denn oben am Stacheldraht war Lars' kleiner Finger verblieben. Sein Ring hatte sich oben in einer Stacheldrahtspitze verhakt. Beim Runterspringen war der kleine Finger somit nicht in der Lage gewesen, dem restlichen Lars zu folgen. Nun hing er da oben. Unser in großer Eile befindlicher Kollege staunte nicht schlecht. So einen Finger an einem Tatort zurückzulassen, ist nicht besonders clever, schon allein wegen des Abdruckes. Es ist äußerst ratsam, stets ALLES wieder mit nach Hause zu nehmen. Was tun? Lars versteckte sich und rief erstmal Didi an, der ihm eh noch einen Gefallen schuldete. Didi meinte: „Okay, klar helfe ich dir …". Aber eben erst in rund fünf bis sechs Stunden, vorher würde er nicht in Schleswig-Holstein aufschlagen können. Aber dann fiel Didi schlauerweise ein, dass der gute alte Mark, also ich, gerade in Lübeck weilte, um den Geburtstag seines alten Herrn zu feiern – eine ganz famose Idee von Didi. So kam es, dass Lars sich in seiner Not an mich wandte.

Ich löschte früh meine Scheinwerfer und parkte in der Peripherie der Kaserne. Leise telefonierend fand ich schließlich den echt fertig dreinblickenden Lars. Der zeigte auf eine Stelle des Zaunes. Dort oben befand sich offensichtlich sein vermisstes Körperteil. „Wir müssen den da wieder runterholen", flüsterte er, „und den Ring natürlich auch. Den brauche ich unbedingt wieder." Ich rollte mit den Augen und seufzte. Drinnen in der Kaserne war aktuell allerdings der Teufel los. Überall sprangen Wachposten und patrouillierende Hansel rum. Ich holte schnell ein paar Feuerwerkskörper aus meinem Wagen. Derlei Kram hab ich immer dabei, zum Beispiel auch dicke fettige Mettwürste für plötzlich auftauchende Wachhunde. Oder schön stabile Plastiktüten für übern Kopf. Egal, auf jeden Fall sorgte ich an einer anderen Ecke der Kaserne mit drei Silvesterraketen und ein paar Böllern für ordentlich Unruhe und Ablenkung. Währenddessen eilte ich zurück und kletterte rasch – in meinem wundervollen, nagelneuen marineblauen, leicht schimmernden, ultracoolen Anzug – den beschissenen Zaun hoch. Oben befreite ich Finger und Ring aus ihrer unangenehmen und unangemessenen Lage, wischte das Blut so gut es ging vom Stacheldraht und schlich wieder zu meinem wartenden Kollegen. Lars war total erleichtert, hatte aber ordentlich Schmerzen. Natürlich konnte er nicht direkt einen Arzt aufsuchen. Ein, zwei Tage musste er auf jeden Fall warten. Er fuhr nach Hause und packte den Finger in einen wasserdichten Beutel, den er wiederum in Eis legte. So hatte er es im Internet nachgelesen. „Freitag muss reichen", rechnete er sich aus. Zumindest hoffte er inständig, dass es reichen möge.

Ich raste zurück nach Lübeck. Es war leider schon fast Mitternacht. Vermutlich würde meine Mischpoke im Wullenwever nicht mehr auf dem Tisch tanzen, vielleicht aber an der Hotelbar. Ich rief Romy an und erfuhr, dass sie in der Tat gerade einen Absacker nahmen. Zudem hätte ich einen unfassbaren Nachtisch verpasst. Irgendwie klang es nach „Pfft, selbst schuld!" Ich drückte auf die Tube und war gegen halb eins an der Bar. „Alles okay! Alles geregelt!", posaunte ich in die Runde. Dann umarmte ich meinen Vater. Der schaute mich zwar immer noch ein wenig verwundert, aber nicht mehr ganz so verärgert an. Schließlich sagte er: „Schön, dass du wieder da bist. Ich denke, ich weiß jetzt auch, wo du warst, mein Sohn!" Ich blickte ihn mehr als überrascht an. „Hast vorgehabt, mich mit einem großen Feuerwerk zu überraschen, nicht wahr? Du riechst unheimlich nach Schwarzpulver und diesen

Silvesterknallern." Ich nickte dreimal und er freute sich diebisch über seinen Scharfsinn.

„Na ja, ich hatte tatsächlich schon alles vorbereitet, aber dann kamen zwei Herrschaften vom Ordnungsamt und haben den Spaß verboten, wäre zu laut und zu gefährlich, sagten sie", log ich. Meinem Vater verkaufe ich nur sehr ungern derlei Unwahrheiten. Er knuffte mich gegen meinen Oberarm und lächelte nachsichtig. „Wahrscheinlich haben sie ja recht damit. Aber was zählt, ist deine Geste." Ich nickte erneut, diesmal mit einem ganz artigen Gesichtsausdruck. Romy lächelte mich an. Meiner Mutter rollten dicke Krokodilstränen die Wangen runter, wie üblich ...

18 Rätselhafter Auftrag

Ach so, was aus Lars' Finger geworden ist? Hab ich das gar nicht erzählt? Nun, es hat leider nicht gereicht. Für eine sogenannte Replantation – manche nennen es auch Reimplantation – war es am Freitag, also zwei Tage nach dem Stunt, definitiv zu spät gewesen. Sein behandelnder Arzt, ein gebürtiger Berliner, zuckte nur humorlos mit den Schultern. „Det wird nischt. Det Ding is Fratze! Wären Se mal früha jekommen", meinte er. „Wo waren Se denn, als et passiert is?" Lars sagte zunächst gar nichts. Als er seine Sprache wiedergefunden hatte, meinte er: „Na ja, auf dem platten Land. Total weit weg vom Schuss, da gab's weit und breit keinen Arzt." Sprach's, nahm seinen kleinen, jetzt unbrauchbaren Finger und verließ die Klinik. Mittlerweile hat er sich eine ganz nette Prothese fertigen lassen, ein wirklich unauffälliges Modell. Das Teil beeinträchtigt ihn so gut wie überhaupt nicht. Seinem Job kann er jedenfalls weiterhin seriös nachgehen. Seiner Freundin hat er eine etwas abenteuerliche Geschichte aufgetischt, aber irgendwie hat sie ihm das wohl alles abgekauft. Flammende Liebe macht halt blind. So weit ist also wieder alles tutti in Flensburg. Allerdings macht Lars seither einen weiten Bogen um Kasernen und Ringe trägt er auch keine mehr.

Lars ist, trotz seines fortan fehlenden Fingers, stets bei seinem normalen Namen geblieben. Er hätte sich ja jetzt leicht „Nine-Finger-Lars" nennen können, oder „Alle Neune". Mein Favorit für ihn war „Lars Orders …", das hätte in unserem Job besonders gut gepasst. Aber nach wie vor benutzt er nur ein, zwei unauffällige Alias-Titel, ansonsten heißt er für alle einfach Lars. Man kann ihn somit durchaus als bodenständig bezeichnen. Bei mir ist es ähnlich. Ich beharre im privaten Kreise auf meinem bürgerlichen Namen Mark-Alexander, ohne jede Spielerei. Ich mag bei meinem Namen keine Verniedlichung oder keine verknappten Kurzformen. Ein flüchtiger Bekannter unternahm mal den Versuch. Er machte aus meinem Doppelvornamen eine verschlankte Version, die „M. A. Kaber" lautete. Er traf mich in einer Eisdiele, wir kannten uns seinerzeit kaum ein Jahr. Kam rein, schlug mit seiner Hand auf meinen Rücken und rief mir ein fröhliches „Na, Makaber! Alles okay bei dir?" entgegen. Ich machte ihm noch während der ersten Vanillekugel unmissverständlich klar, dass ich derlei Varianten überhaupt nicht schätze. Egal, ist lange her. Jedenfalls hatte mir der Trip nach Lübeck, auch wenn er etwas zerzaust war und unkonventionell unterbrochen wurde, trotzdem echt prima gefallen. Hatte irgendwie meine Reiselust geweckt. Also fragte ich Romy, ob sie nicht Lust auf einen kleinen Städtetrip habe. Stockholm vielleicht? Mein Hase war hocherfreut, schon allein des Shoppens wegen.

„Oh ja, die Schwedinnen haben einen unheimlich tollen Geschmack. Da gibt's so wunderschöne Kleider zu kaufen." War ja klar, irgendeine Kröte muss man immer schlucken. Mir stand der Sinn eher nach netten Restaurants und Sightseeing. Aber was soll's! Ich buchte also zwei Flüge und reservierte in einem Erste-Sahne-Hotel. Wir fuhren zum Airport, wollten das Gepäck aufgeben und zückten am

Counter unsere Ausweise wegen der Bordkarten. Die Dame von der Airline schaute allerdings recht irritiert.

„War der Flug nicht für einen Herrn Kaber gebucht? Mark-Alexander Kaber?"

„Natürlich", antwortete ich wahrheitsgemäß.

„Aber nun wollen Sie anstelle des Herrn Kaber reisen, Herr von Lautersberg?" Während ihrer Frage blickte die Flughafentrulla sehr sorgfältig und prüfend auf meinen Personalausweis. Der lautete auf meinen Alias-Namen „Hagen von Lautersberg". Verdammt, ich hatte die falsche Brieftasche eingesteckt. Die, die ich immer beim Arbeiten benutze. Meine echte schlummerte zu Hause in einer gemütlichen Schreibtischschublade. Das war mächtig dämlich von mir! Die Aktion war noch dümmer, als ein Blattgold-überzogenes 1 200-Dollar-Steak zu posten.

„Wer ist denn ‚Herr von Laubensberg'?", fragte mich Romy ziemlich überrascht.

„Von Lautersberg", verbesserte ich meinen Hasen, „das ist … nun, es hat eine Zeit gegeben, in der ich Bücher …" Den „Lautersberg"-Ausweis samt Reisepass und adäquatem Führerschein hatte mir Quiet Earp besorgt. Überbrachte mir damals – das ist locker schon vier Jahre her – die Dokumente mit den Worten: „Glückwunsch, Mark. Die Dinger sind voll fett geworden. Ist 'ne absolute Qualitätsarbeit. Sind nicht die Spur von einem Original zu unterscheiden." Grinste mich an und hielt die Hand auf. Der Kram hatte ordentlich Zaster gekostet, etwa ein lockeres Drittel von einem Bündel ging dafür drauf.

„Wer soll denn nun nach Stockholm fliegen, Herr von Lautersberg? Der Herr Kaber oder Sie? Man kann nämlich nicht einfach den Passagier wechseln. Sie müssten für sich einen neuen Flug buchen. Denn dieses Ticket hier gilt nur für den Herrn Kaber."

„Aber das ist Herr Kaber", warf Romy vollkommen verständnislos ein.

„Aber er kann sich nicht als solcher ausweisen", bemerkte das Flughuhn spitz.

„Also, als ich noch Bücher schrieb ... früher ... da hab ich mir ein Pseudonym zugelegt, für die Veröffentlichungen. Auf den Namen „von Lautersberg", aber ..." Romy tippelte jetzt nervös von einem Stöckelschuh auf den anderen. „Okay, was hast du denn veröffentlicht unter diesem komischen Namen? Und wieso erfahre ich das erst jetzt?"

„Nix! Ich hab nix veröffentlicht. Hab ja keins meiner Bücher wirklich beendet. Aber wie gesagt, ich hatte mir schon vorher überlegt, als Autor ist so ein cooles Pseudonym quasi Pflicht. Macht ja jeder. Also hab ich mir präventiv mal eins gesichert. Konnte ja keiner ahnen, dass ..."

„Was ist jetzt? Fliegt Ihre Begleitung heute alleine? Oder möchten Sie am Schalter gegenüber noch einen Flug für sich buchen, Herr ...?" Die Countertante wurde jetzt langsam ungehalten. „Oder möchten Sie mir lieber noch mehr von meiner Zeit stehlen?" Oh Mann, der Tag konnte noch echt unangenehm werden. Regelrecht unerfreulich. Keine zehn Minuten später wurde er in der Tat noch übler, denn mit einem neuen Ticket für mich war's Essig. Schon zu spät, der Flug wurde bereits geschlossen. Ade Stockholm, ade ihr schönen Boutiquen, ade ihr eleganten

Kleider, ade ihr schwedischen Delikatesshappen. Romy guckte mich wütend an und stapfte wortlos Richtung Taxi. Noch im Beisein des Taxifahrers begann sie eine wüste Diskussion mit mir. Wild fauchend traf es wohl präziser. Von wegen, „dass ich immer so seltsame Geheimnisse habe und was da wohl noch alles kommt!" Ich versuchte vergeblich, die Schärfe aus dem Dialog zu nehmen. Eigentlich war es eher ein aggressiver Monolog ihrerseits. „Wie viele Identitäten hast du noch?", schrie sie durchs ganze Taxi. Der Fahrer blies kräftig in seine Backen, drehte sich aber aus gutem Grund nicht um. Er merkte, da war ordentlich dicke Luft.

„Am Ende bist du noch ein Scharlatan, irgendein Hochstapler", ereiferte sich mein Hase. „Wahrscheinlich machst du in Wirklichkeit ganz miese Sachen! Drogenkurier, Zuhälter … oder Immobilienmakler." Dabei machte sie einen verächtlichen Laut.

Als wir zu Hause ankamen und das Gepäck unverrichteter Dinge wieder hochschleppten, raunte mein Hase noch: „Dann zieh dich heute mal warm an. Wir sind noch nicht fertig!" Worauf sich der gebeutelte Herr von Lautersberg – so hieß ich am heutigen Tag nun mal – zwar zu wappnen suchte, aber auch das sollte nicht wirklich helfen. Ich bekam eine ordentliche Abreibung. Später knallte Romy die Haustür zu und verschwand. Für die nächsten zwei Tage sollte ich besser nicht mit ihr rechnen. Auf der anderen Seite war das gar nicht so schlecht. Denn Didi hatte uns einbestellt. Ihn plagte wohl ein gehöriges Problem, das er mit uns dringend erörtern wollte. Unser Kumpel kam in einem Fall nicht weiter, ihm fiel beim besten Willen keine Lösung ein. Kurz: Danger benötigte unseren Rat. Also trafen wir uns im „Fiasko". Mein heiteres Flughafenerlebnis behielt ich dabei besser für mich. Ich wäre eh nur hämisch ausgelacht worden. Dafür beschrieb Didi uns ausführlich seine missliche Lage.

Zwei sehr junge Auftraggeber hatten ihm neulich einen rüstigen Witwer ans „berufliche" Herz gelegt. Der Job war cool dotiert und klang an sich recht simpel. Der Rentner lebte in einem Seniorenheim. Er war nicht sonderlich kräftig und auch nicht fix auf den Beinen. Stattdessen saß er überwiegend in einem Sessel im Gemeinschaftsraum und löste permanent Rätsel. Solche Kreuzwortungetüme, Sudoku und anderen Kram. Im Grunde wurde sein gesamter Tagesablauf von den Rätseln bestimmt. Der ältere Herr sollte nunmehr beschleunigt verschwinden, denn die gierige Schar der Erben wollte keinesfalls mehr länger warten. Oder sie konnte nicht mehr länger warten. Die Konstellation mit ungeduldig scharrenden Erben ist übrigens eine der häufigsten, mit denen wir konfrontiert werden. Na ja, jedenfalls hatte Didi dem Gig zugestimmt, obwohl er ja, wie er betonte, unter einer ausgewachsenen Arthrose litt. Er schwatzte was von „Rötung" und „Überwärmung" seiner Gelenke, das hieß, aller Gelenke, die er überhaupt so besaß.

„Ist kaum auszuhalten!", versicherte er uns. **Altobelli!**
Didi Danger hatte die Klamotte zwar angenommen, sich aber kein zeitliches Limit aufschwatzen lassen. Die geifernden Erben – es waren zwei der insgesamt drei Enkel, die beiden waren Zwillinge – hatten intensiv versucht, Didi eine Art „Verfallsdatum" zu diktieren. Also eine zeit-

liche Begrenzung. Aber unser alter Kumpel war schlau genug, das rundherum abzulehnen. Na ja, jedenfalls war seine Beute, der rüstige alte Knabe, ganz wild auf diese Rätsel. Didi hatte sich mit ihm angefreundet. Ab und an, wenn seine vier Kinder und Linda es zuließen, verbrachte er ein paar Stunden mit ihm in dem Seniorenheim. Es war ein sehr nettes, aufwändig renoviertes und angenehmes Heim. Die sicher nicht unbeträchtlichen Kosten für die Unterbringung schmälerten ganz offensichtlich Monat für Monat das Guthaben des Rentners. Somit schmolz naturgemäß der Teil, auf den die Erben sehnlichst warteten, auf dramatische Weise. Vermutlich genau diese Tatsache hatte die scharrenden Nachkommen zu ihrer immensen Eile veranlasst. Didi lauerte jedenfalls auf eine Gelegenheit, mit seiner betagten Beute mal gemeinsam das Heim zu verlassen. Für einen gemütlichen Spaziergang oder so, speziell einen ohne Rückkehr des Rentners. Nur dergestalt war das Date ohne größere Aufmerksamkeit und hinderliche Zeugen zu stemmen. Das hatte unser gelernter Anwalt rasch bemerkt. Aber der ältere Herr, ein pfiffiger, wissbegieriger Typ, wollte da partout nicht mitspielen. Er weigerte sich mit den Worten: „Erst wenn ich dieses Rätselheft bis aufs letzte Komma gelöst habe, können wir mal losziehen, junger Mann."

Didi betrachtete das Heft genauer. Es war ungefähr so dick wie ein Reisekatalog für Asien inklusive aller Inseln. Innendrin schlummerten 360 Rätsel, exakt 14 davon waren bis dato gelöst. „Na, toll. Wann soll ich da jemals zu einem Spaziergang kommen?", fragte sich unser Freund, nun schon einigermaßen resignierend. Mies gelaunt schlurfte er durch das Heim. Die einzige Lösung schien tatsächlich darin zu bestehen, dem alten Knaben bei den Aufgaben zu helfen. Didi begann zu rechnen. Sofern man jeden Tag drei Rätsel bis auf die letzte Ziffer löste, würde er in etwa 115 Tagen seinen Spaziergang, also das ersehnte Date, bekommen. Das wäre in knapp vier Monaten. Unmöglich, da würden die Klienten ausflippen. Mein Kumpel dachte kurz über einen Giftcocktail nach, verwarf den Gedanken aber sofort wieder. Die Pfleger und Schwestern kannten ihn bereits und würden derlei Unregelmäßigkeiten sofort bemerken und eventuell auf ihn zurückführen. Der gute Danger steckte voll in der Zwickmühle. Vor ihm türmte sich ein wahrhaft rätselhafter Auftrag. Didi dachte ein, zwei Tage intensiv nach. Zermarterte sich trotz seines arthrosegeplagten Zustandes das Hirn. Am Ende beschloss er, zu der vertrackten Chose auch mal ein paar andere Meinungen einzuholen. Genau deswegen saßen wir jetzt hier im „Fiasko".

„Muss doch Alternativen geben", meinte ich, „warum nicht ein Sturz im Treppenhaus? Oder ein feiner Rutscher in der Dusche?" Didi schüttelte den Kopf. „Dusche viel zu unsicher. Im Treppenhaus und auf den Fluren sind ständig Leute. Außerdem hängen da bestimmt 25 Kameras."

Auch Wolle konnte was beisteuern. „Wie wäre eine fette Überdosierung von Medikamenten? Da gibt's doch beispielsweise dieses Digitalis." Prima Idee von Wolle. Eine Methode, die durchaus ihren Charme hat. War aber auch totale Fehlanzeige. Didi erklärte, sein rüstiger Seniorenfreund nehme überhaupt keine Medikamente dieser Art. Wir hatten noch ein paar weitere halbgare Tipps. Die waren aber alle für die Katz.

Tags darauf fasste Didi dann einen anderen Entschluss. Er würde den rätselfreudigen Herrn bei den verdammten Aufgaben unterstützen. Aber die Hilfe gab's in Turbomanier. Danger war auf eine ziemlich geniale Idee gestoßen, wodurch sich die lausigen 115 Tage deutlich verkürzen lassen sollten. Der Fuchs startete eine Art „Casting" und suchte im Seniorenheim gewissenhaft nach weiteren Rätselsüchtigen. Eigentlich müssten die Senioren doch totalen Bock auf eine Art „Rätsel-Olympiade" haben, schließlich sind Rätselhefte im Vergleich zur „Apotheken-Umschau" der absolute Burner. Das „Apotheken"-Blättchen wird zwar vermutlich in jedem Seniorenheim der Republik intensiv studiert, dennoch bereitet es bei weitem nicht so eine Gaudi wie das Rumknobeln an diversen Rätseln. Die eigenen grauen Zellen zu aktivieren, das gefällt den älteren Herrschaften ungeheuer. In der Tat fand Didi noch weitere fünf Schlauberger, die er zu einem Rätselwettrennen überredete. Unser Kumpel kaufte von dem Heft noch fünf weitere Exemplare, schrieb jeweils den Namen des Teilnehmers rein und verteilte sie. Die Regeln waren schnell besprochen: Wer ein Rätsel als Erster korrekt löst, bekommt einen Punkt. Die anderen können mit dieser Aufgabe dann nicht mehr punkten, sie müssen sich um die übrigen 359 kümmern usw. Wer am Ende die meisten der 360 Kopfnüsse gelöst hat, wird zum wahren Knobel-Champion gekürt, mit Luftschlangen, Erdbeerbowle und Käsekuchen. Die Senioren waren regelrecht fasziniert. Mit Feuereifer machten sie sich an die Sache. Sie schufteten, kritzelten und rechneten fortan quasi Tag und Nacht. Zerbrachen sich begeistert ihre schlauen, betagten Köpfe. Was soll ich sagen, alles ging nun in sechsfacher Geschwindigkeit vonstatten, nach 19 Tagen waren alle Nüsse geknackt. Gefeierte Siegerin wurde eine bezaubernde alte Dame namens Melissa, die sage und schreibe 112 Rätsel perfekt entschlüsselt hatte. Unser störrischer alter Knabe wurde mit seinen 47 Punkten letztlich nur Vierter. Aber er nahm's mit Fassung und gratulierte artig. Zwei Tage danach gingen Didi und sein neuer, alter Kumpel endlich mal in Ruhe spazieren. Also alles in Butter? Nun ja, zuweilen entwickeln sich im Laufe eines Jobs ziemlich seltsame Dinge. Man glaubt, trotz widriger Umstände hervorragend gearbeitet zu haben. Dass man alles perfekt geplant habe – siehe Big Micky Mo in Hamburg. Auch im Nachhinein hat man eigentlich ein gutes Gefühl. Doch das Leben hält so seine Anekdoten parat. Es offenbart uns gerne auch seine eigenen ironischen Anmerkungen. Und auch Didi ereilte hier eine mehr als kuriose Entwicklung. Wenige Tage nach der Rätsel-Rentner-Nummer klingelte sein Telefon. Seine Mutter war dran. Wenn sie anruft, meldet er sich übrigens nicht mit „Danger", sondern mit „Hallo Mama … " Und worüber plauderte seine 71-jährige Mutter so mit ihm?

„Na, erzähl schon!" Wir saßen total gespannt im „Titanic", denn das „Fiasko" hatte heute Ruhetag. Wolle und ich starrten auf Didis Hand, die er ans Ohr hielt, um damit ein Handy zu imitieren. Aus dem Nichts war – wie immer – auch Quiet Earp aufgetaucht und hatte sich vollkommen unbemerkt zwischen uns an unseren Stehtisch geschlichen. Didi begann, indem er die Stimme seiner Mutter nachahmte, er wiederholte nun den gesamten telefonischen Dialog der beiden. Wir lauschten mucksmäuschenstill.

„Dieter, hast du das von dem Herrn Lyneberg gehört?"

„Nein. Wer ist denn Herr Lyneberg?"

„Na, dieses nette Ehepaar aus Süchteln. Wir haben sie doch vor vielen Jahren, ich glaube es war 1999, auf unserer Kreuzfahrt nach Griechenland und Ägypten kennengelernt."

„Nee, sagt mir nix. Was soll ich denn gehört haben?"

„Na ja, seine Frau ist ja schon vor Jahren auf so tragische Weise verstorben. Es waren richtig reizende Leute. Wir hatten immer noch Kontakt. Wir haben uns zu Weihnachten immer Briefe geschrieben, selbst als er ins Altersheim kam."

„Mama, man sagt Seniorenheim."

„Na ja, er war ja auch schon über achtzig. Aber es schien ihm dort ganz gut zu gefallen. Dein Vater hatte ihn da noch mal besucht. Er meinte, es wäre ganz nett dort."

„In welchem Seniorenheim war Herr Lyneberg denn untergebracht?"

„In dem an der Rüttengasse. Da an der Klausner Höhe – und nun ist er spurlos verschwunden. Schon seit vier Tagen! Unglaublich. Ich hab es heute in der Zeitung gelesen." Didi stockte ein wenig. Er blickte in die Runde. Wolle glotzte wie paralysiert, Quiet nippte nervös, aber ganz leise an seiner Cola und ich konnte spüren, wie in mir ein Gefühl von „So klein ist die Welt" emporkroch.

„Haben sie denn schon überall gesucht? Ich meine, so ein Mann verschwindet doch nicht einfach wie vom Erdboden …"

„Aber ja!", rief seine Mama. „Er ist unauffindbar. Zuletzt hatte er wohl an so einem Rätselwettbewerb teilgenommen und wollte dann nur ganz kurz spazieren gehen … schrecklich, oder? Ob er sich wohl verlaufen hat?"

„Das glaube ich nicht."

„Der Herr Lyneberg war immer so korrekt. Der hat auf dem Schiff und auf den Landausflügen immer großen Wert darauf gelegt, dass wir die Tischrechnung penibel und gerecht auseinanderdividierten. Dabei hatte er es gar nicht nötig. So vermögend, wie die Leute waren."

„Hatte er denn besondere Hobbies? Vielleicht ist er ja verreist?"

„Junge, also wirklich! Wer verreist denn ohne Gepäck und sein Geld? In der Zeitung steht, dass eine Mitbewohnerin bei der Polizei ausgesagt hat und erklärte, Herr Lyneberg habe sein Testament erst letztes Jahr geändert. Das hat er ihr wohl kürzlich im Kaminzimmer erzählt. Hat es überaus korrekt, sehr detailliert und kleinteilig gefasst."

„So was steht in der Zeitung?"

„Aber jaaa. Du liest zu wenig, Dieter. Aber mit deinen vier Kindern hast du ja auch genug zu tun, deswegen mache ich dir natürlich keinen Vorwurf. Linda schafft es vermutlich auch nicht, mal in eine Zeitung zu schauen, oder?"

„Nein, so gut wie nie, Mama. Was steht denn da über das Testament?"

„Seine Kinder, ein Sohn und eine Tochter, bekommen nur einen Pflichtteil. Die Tochter ist übrigens mit einem Russen verheiratet und hat Zwillinge. Auch die Enkel erhalten nur einen minimalen Betrag. Den Hauptteil hat er einer Stiftung vermacht. Warte, hier steht's … einer Stiftung für die ‚Förderung von kombinationsbegabten Kindern'. Er war ja immer ganz wild aufs Kombinieren und Rätseln."

„Aha! Also die Enkel schauen jetzt in die Röhre?"

„So genau steht das da nicht. Aber ich kann den Herrn Lyneberg schon verstehen. Er hatte sich schon damals sehr über seine Enkel geärgert. Vor allem diese Zwillinge von seiner Tochter. ‚Das sind keine netten Jungs', hatte er oft gesagt."

Damit endete Didi. Wir alle schwiegen eine Weile. Dann meinte Wolle: „Hat der alte Knabe doch sauber hinbekommen. Die gierige Mischpoke enterbt. Aber du hast deine Moppen von den Blödianen doch hoffentlich im Voraus bekommen, oder?" Didi nickte. „Aber hier geht's doch um was ganz anderes", warf Quiet wispernd ein. „Um die Verquickung zweier Familien, die in einer sich höchst dramatisch zuspitzenden Entwicklung …" Weiter kam er mit seiner Flüsterei nicht.

„Woran ist denn eigentlich Frau Lyneberg vor Jahren auf so tragische Weise verstorben?", wollte ich wissen.

„War ein Autounfall. Ein Wagen hat sie mitten in der Stadt umgebolzt. Mit anschließender Fahrerflucht", antwortete Didi.

„Denkst du, was ich denke?", fragte ich.

„Klingt nach ‚Igor, der Zange', finde ich." Sogleich fuchtelte Wolle wild vor uns rum, malte mit seinen Händen eine imaginäre Kneifzange in die Luft und rief: „Ihr glaubt, unser Kumpel Igor hat die Olle von dem Lyneberg damals mit seiner Karre …"

„Nicht so laut, Wolle! Hier turnen doch Leute rum. Was, wenn die gierige Zwillingsbrut schon damals das Umfideln der Oma beauftragt hat? Klappte zwar, aber der gesamte Zaster blieb beim Opa?"

„Dann war alles umsonst und sie mussten ein zweites Mal ran", konstatierte ich. „Und dann kamst du ins Spiel. Trotzdem haben sie ihr Ziel letztlich nicht erreicht."

„Ich hätte vielleicht 'ne Idee", sinnierte Didi, der sich irgendwie verladen vorkam. „Da ich ja weiß, wo Herr Lyneberg aktuell ruht, könnten wir die beiden Lumpen doch ordentlich mit reinziehen. Wie wär's?" Ich schaute meinen Kumpel Danger von der Seite an.

„Und das Ganze mit ein paar netten, fetten Beweisen unterfüttern?", fragte ich abenteuerlustig.

„So sieht's aus!", antwortete er. Didi blickte aufgeregt und lustvoll in die sechs übrigen Augen am Tisch. Jene sechs Augen waren verteilt auf drei Köpfe, die allesamt heftig zu nicken begannen.

So machten wir es dann. War läppischer Kinderkram für uns. Fix hatten wir die originale Bestattungsschaufel samt einiger originaler Erdklumpen im Keller der Zwillinge deponiert. Zudem drapierten wir ein paar echte Haare ihres Opas in einem von ihren miesen Enkelautos. Schlussendlich liehen wir uns von den Nieten ein stabiles Paar Arbeitsstiefel aus, mit denen wir an der Ruhestätte ihres Opas ordentlich tiefe Abdrücke hinterließen. Noch ein kleiner anonymer Tipp für die Schnüffler und die Sache war geritzt. Die zwei Pappnasen konnten natürlich kein lückenloses Alibi beibringen. Stattdessen sah der Untersuchungsrichter ein umso fetteres Motiv: Habgier! Wums, somit bestand natürlich Fluchtgefahr und schon rückten die beiden ein in die Wunderwelt der U-Haft. Für die Presse ein gefundenes Fressen: „Enkel nieten eigenen Opa um". Kurz darauf rief natürlich Didis Mama wieder an.

„Dieter, hast du schon gehört? Die eigenen Enkel sollen Herrn Lyneberg getötet haben, … diese Zwillinge. Also so was!"

„Ja, einfach unglaublich. Ich hab's in der Zeitung gelesen."

„Und die Frau Lyneberg eventuell auch. Haben die Strolche wohl auch auf dem Gewissen. Vor einigen Jahren sollen sie sich dafür so einen Schurken gekauft haben. So einen Miet-Töter, der ihre Oma überfahren hat!" Didi antwortete leicht belehrend: „Mama, man nennt die Typen übrigens nicht Miet-Töter, sondern Auftragskiller."

„Dieter, das ist doch Haarspalterei! Sei doch bitte nicht so kleinkariert."

Die ehemals äußerst gierigen, nunmehr allerdings schwer zitternden Zwillinge von der Lyneberg-Tochter heißen übrigens Andrej und Anatol. Recht schöne und poetische Namen, wie ich finde. Irgendwo waren mir diese zwei Vornamen auch schon mal begegnet. Ich glaube, in Tolstois Klassiker „Krieg und Frieden". Diesen fetten, alten Schinken hab ich zwar mal gelesen, aber leider nicht in meinem Antiquariat. Ist auch kein Wunder, denn nach Tolstoi fragen die Leute nur alle Jubeljahre mal.

Jedenfalls, die beiden Lappen wurden natürlich verknackt. Didi hatte den Lümmeln dann per Post einen ganzen Stapel Rätselhefte in die Haft geschickt. Garniert mit einem anonymen, aber aufmunternden Begleitschreiben.

Die Essenz war: „Jungs, immer schön rätseln, das hält jung und hilft, dass euch die Zeit nicht zu lang wird." Manchmal kann Danger echt richtig gemein sein. Seine Mutter rief natürlich noch mehrmals an. Unter anderem fragte sie Danger, ob man denn auch endlich mal den Miet-Töter gefasst habe. Didi erklärte ihr, der sei bestimmt schon über alle Berge. „Die sind viel cleverer heutzutage, als man denkt, also keine Chance", meinte er.

„Wie findet man so einen Strolch überhaupt, Dieter?", wunderte sich seine Mom. „Die stehen ja schließlich nicht im Telefonbuch." Ihr war das Ganze ein Rätsel. Mit seinem eisigen Schweigen sorgte ihr Sohn dafür, dass es auch eins blieb.

19 Venerable Padre Enrique

Bei Romy und mir hing der Haussegen ein paar Tage später immer noch ein wenig schief. War ja vollkommen klar, schließlich hatte ich das Ding mit den Stockholmflügen massig verbockt. Ich schleimte zwar heftig um Romy herum, aber erst so nach und nach renkte sich die Geschichte wieder ein. Um das Desaster endgültig vergessen zu machen, lockte ich meinen Hasen mit einem erneuten Reiseplan. Zweieinhalb tolle Tage Valencia! Ich hatte eine coole Hütte in Spanien gebucht und mir sofort, auch aus Sicherheitserwägungen, die korrekte Brieftasche rausgelegt. Die mit dem M.-A.-Kaber-Ausweis. Beflankt von einem üppigen Blumenstrauß und einem netten Glas Wein aus meiner Hausbar offerierte ich Romy den Tapetenwechsel. Und Heidewitzka … sie nahm an! Obendrein staubte ich sogar noch eine Umarmung ab. Nun, was ich Romy allerdings nicht erzählte, war, dass ich mich in Valencia verabredet hatte. Eine sehr aufregende Nummer. Ich hatte per Mail Kontakt zu einem Typen aufgenommen, der eine hochinteressante Vita besaß, einen wirklich spektakulären Lebenslauf. In unseren Kreisen ist er eine Art Legende. Es handelt sich um einen mittlerweile recht betagten Haudegen aus Valencia, er ist so um die 68. Ich wollte ihn schon seit Jahren unbedingt mal kennenlernen. Nun ergab sich die Gelegenheit dazu. Er hatte zurückgemailt und meiner Bitte um ein Treffen in einem sehr angenehmen Ton entsprochen. Wir hatten uns für Samstagmittag in der Innenstadt verabredet. Die nötige Freizeit für das Tête-à-Tête besorgte ich mir auf die ganz klassische Weise. Ich köderte Romy damit, sie möge doch shoppen gehen – mit meiner Kreditkarte samt PIN-Nummer. Freunde, das ist ein unschlagbares Argument, das Ding zieht immer!

Der Señor machte einen sehr aufgeräumten, vertrauensvollen Eindruck. Wir trafen uns in einem Café nahe dem Stadtzentrum. Dort saßen wir uns direkt gegenüber. Er war bekleidet mit einer hellen Hose, darüber trug er ein grelles, vollkommen schreiend buntes Hawaiihemd. Die obersten vier Knöpfe waren geöffnet, sodass man – wie bei vielen Südeuropäern üblich – auf eine ganze Ansammlung von goldenen Ketten blickte. Meine Güte, er trug einen halben Juwelierladen um den Hals. Zusammengelegt wogen die Dinger bestimmt sieben Kilo. An manchen der Ketten hingen recht frivole Anhänger, nackte Damen etwa. Sie posierten sogar recht anzüglich, manche räkelten sich regelrecht am Ende einer der Goldketten. Dieser Haudegen wurde seit fast 40 Jahren „Venerable Padre Enrique" genannt, übersetzt also „Ehrwürdiger Vater Heinrich". Das passte so gar nicht! Weder zu seinem Hawaiihemd, noch zu den hippen Kettenanhängern. Schon gar nicht zu der Berufswahl des Señor. Denn er war einer von uns. Und zwar einer der berühmtesten! Der Padre war übrigens irgendwann mal bürgerlich als „Ruben" geboren worden. Zunächst tauschten wir ein paar Nettigkeiten aus. Padre Enrique wusste sogar über einige Klamotten von uns Bescheid. Hatte natürlich von Liam gehört, dem Kollegen aus Manchester. Er schwärmte nicht nur von dessen

Tretbootnummer, er war regelrecht begeistert. Seine Augen blitzten und funkelten, als er davon sprach. Im Verlaufe unseres Gespräches fragte ich Ruben vorsichtig, wie er denn eigentlich zu seinem seltsamen Namen gekommen sei. Die Erklärung war deutlich simpler, als ich vermutet hatte. Als junger Steppke hatte er seine ersten Aufträge bekommen – in Gijón, einer Hafenstadt an der spanischen Nordküste. Genauer, am Golf von Biskaya, von wo Ruben wohl auch stammte. Er grinste ein breites spanisches Grinsen, während er die Geschichte erzählte. Ich entdeckte einen … nein insgesamt drei massive Goldzähne in seinem Mund. Er trug also rund 7,4 Kilogramm Gold mit sich herum. Aber das nur am Rande. Jedenfalls war Ruben als junger Kerl noch in den Anfängen seiner Umfidelkarriere, als ihn gleich zwei Aufträge in Folge mit einem Priester zusammenführten. Alter Schwede, zwei Pfaffen hintereinander! Das kommt auch nicht alle Tage vor. Vielleicht einer in zehn Jahren, das ist einigermaßen realistisch. Aber zwei in Folge? Ich zeigte Ruben gegenüber meine große Überraschung, bedeutete ihm aber gleichzeitig, doch bitte weiter zu sprechen. Der erste dieser beiden Gemeindehirten hatte sich in der Tat Deftiges zuschulden kommen lassen. Recht üble Sachen mit ihm anvertrauten jungen Burschen getrieben und das über einen längeren Zeitraum. Irgendwann kamen diese Schweinereien wohl ans Licht. Die Elternschaft der Jungs war sich schnell einig. Gängige Gerichtsverfahren würden hier wohl kaum ausreichen. Da müsste schon eine entschlossenere Lösung her. Sie starteten eine kleinere Spendensammlung für einen, sagen wir mal, eher uncaritativen Zweck. Einer hatte von Ruben gehört, und alsbald suchte ihn eine kleine Delegation auf. Mein heutiger Gesprächspartner sorgte dann zuverlässig dafür, dass in Gijón bald darauf wieder eine freie Priesterstelle ausgeschrieben wurde. Ruben grinste jetzt nicht mehr. „Dann verstrichen erstmal anderthalb Jahre", meinte er leicht wehmütig. „In der Zeit habe ich mich als Automechaniker durchgeschlagen." Er zeigte mir seine Hände und deutete auf sie. „Die haben damals knüppelhart gearbeitet, das war kein Spaß. Von morgens bis abends Ölwechsel, aber solche, wo die Öffnungsschrauben an der Wanne festgewachsen waren. Junge, das war eine heftige Zeit. Von den ganzen glühend heißen Auspuffrohren will ich gar nicht reden", meinte er lakonisch. „Sie erahnen nicht, wie oft ich mit derben Verbrennungen nach Hause kam."

Ruben – besser: der „Venerable Padre Enrique" – war so richtig in seine Vergangenheit eingetaucht. Er machte zwischendurch häufiger kleinere Pausen und dachte nach. Er schien versonnen in seinen Erinnerungen zu stöbern. Ich genoss den Vortrag. Ist immer spannend, wenn Kollegen aus dem Nähkästchen plaudern. Über den zweiten Priester hatte er allerdings noch kein Wort verloren. Ich beschloss, ihn nicht danach zu fragen. Er würde schon noch drauf zu sprechen kommen. Ich bestellte zwei weitere Milchkaffee sowie zwei weitere Cognac für uns. Etliche Leute, vor allem Bürohengste und Touristen, flanierten an unserem Terrassentischchen vorbei. Was die wohl alle für Erfahrungen mit Priestern gemacht haben, fragte ich mich. Dann wandte ich mich wieder dem ehrwürdigen Padre Enrique zu. Einen halben Kaffee und einen Cognac später schilderte er seinen zweiten Priesterauftrag. Hier war die Frage einer möglichen Schuld wohl nicht so ganz eindeutig geklärt wie bei Nummer eins. Der zweite Padre war von einem extrem eifersüchtigen Spanier auf Rubens Liste platziert worden. Der Auftraggeber war mit einer sehr schlanken, sehr aparten, sehr katholischen und sehr streng gläubigen Frau verheiratet. Das Paar hatte bereits zwei Kinder, als es sich ergab, dass seine Liebste ein drittes Mal in anderen Umständen war. Sie freute sich, er weniger. Denn der stolze Matador – nein, er war kein Stierkämpfer, er arbeitete als Disponent in einer Spedition, ich nenne ihn einfach nur so – zweifelte seine Beteiligung an dieser Schwangerschaft gehörig an. Auf gut Deutsch, er mutmaßte, seine Frau habe ihn betrogen. Mit unübersehbaren Folgen betrogen. Der eifersüchtige Ochse ließ seine Gattin in den folgenden zwei Wochen beschatten. Und was wusste der beauftrage Privatschnüffler zu berichten? Dreimal pro Woche besuchte die gläubige Angetraute eine katholische Kirche. Eine der kleineren Kirchen, aus dem 18. Jahrhundert. Sie lag nur vier Straßen weiter. Dort würde sie anscheinend länger verharren, berichtete der Schnüffelheini dem Patron. Oftmals eine dreiviertel Stunde, gelegentlich auch mehr. „So lange betet kein Mensch!", brüllte der vermeintlich gehörnte Ehemann. „In der Zeit kann man die ganze Bibel zweimal durchlesen, verdammt!" Der Matador tobte vor Wut. Der Priester jener Gemeinde war ein recht junger, gutaussehender Geistlicher. Er war Anfang dreißig, stammte aus der Nähe von Gijón und betreute die Gemeinde seit nunmehr knapp drei Jahren. Die Frau des wütenden Spaniers war 37 Jahre alt. Sie wirkte trotz ihrer beiden Kinder fast jugendlich und hatte feine Gesichtszüge. Sie begab sich häufig in die Kirche, um innere Einkehr zu halten. Und dem Herrn aufrichtig zu danken für ihren gesunden Nachwuchs, für ihr wohliges Heim, für ihr Glück. Sie bat den Herrn in ihren Gebeten inständig darum, dass es auch in Zukunft so bleiben möge.

„Machen wir uns nichts vor …", fuhr Ruben fort, „ihre kleine Welt drohte einzustürzen. Ihr Kerl war furchteinflößend sauer. Habe selten so einen Choleriker erlebt." Ruben musste es wissen. Schließlich suchte der schnaubende Matador ihn auf und bestellte ein flottes Ende des Priesters. Ruben hustete jetzt und beugte sich nach vorn, ganz in die Nähe meiner Nasenspitze. „Aber wissen Sie was, Cabrón?" Ich schüttelte den Kopf. „Ich verrate Ihnen ein Geheimnis", flüsterte er. Ich rutschte gespannt auf meinem Caféstuhl herum. Ruben eröffnete mir Folgendes: „Nun ja, die hübsche Señora hatte sich in den letzten Monaten tatsächlich mit dem jungen Padre angefreundet. Aber zwischen den beiden lief gar nichts, das blieb komplett auf der platonischen Schiene. Das schwor mir der gute Padre mit einer Hand auf der Bibel … und bei allen Heiligen dieser Erde. Und wissen Sie was? Ich glaubte ihm, es gab nicht den geringsten Grund, an seiner Aussage zu zweifeln." Ruben fuhr sich mit der Hand über die Stirn. So wie einer, der irgendwas zutiefst bereut.

„Aber Sie haben trotzdem Ihren Job erledigt?", fragte ich voller Neugier.

„Natürlich. Offiziell schon." Da war wieder dieses breite Grinsen in seinem Gesicht. „Ich lieferte dem gehörnten Bullen ganz wie bestellt einen gewünschten Kadaver. Aber es war nicht der Padre …" Letzteres flüsterte er auf eine sehr geheimnisvolle Art. Ich saß da mit geöffnetem Mund. So was hatte ich noch nie gehört. Das war der absolute Gipfel! Nie gehört, weil dergleichen eigentlich niemals vorkommt. Und sollte es doch mal vorgekommen sein – sprich, dass einer seine Beute hatte laufen lassen – würde er selbiges natürlich niemals zugeben. Seine Lippen wären diesbezüglich ein Leben lang versiegelt. Der „Venerable Padre Enrique" brach hier gerade ein Jahrhunderte altes Gesetz. Er offenbarte mehr oder minder Unglaubliches. Vielleicht hatte ihn die Altersmilde dazu angestiftet. Er blickte mich mit einem triumphierenden Ausdruck an. Dann setzte er erneut an. „Ich hatte in dieser Zeit noch eine andere Geschichte zu erledigen mit einem anderen Cabrón, einem Taxiunternehmer mit horrenden Spielschulden. Dem habe ich einfach die Priesterkluft des Pfaffen angezogen. Ihn dann bei der Kirche versteckt und dafür gesorgt …", dabei verzog er angewidert das Gesicht, „dass man ihn nur schwerlich identifizieren kann." Ich wusste, wovon er sprach. Diesen etwas groben Aspekt unseres Jobs genieße ich auch nicht gerade über alle Maßen.

„Und der echte Padre?" Ich war ungeduldig. In dieser Phase des Gespräches musste man dem alten Haudegen beinahe alles aus der Nase ziehen.

„Den? Den hab ich in der Nacht zuvor weggeschickt. Briefmarke auf den Hintern und los. Auf Nimmerwiedersehen. Der ist ab nach Mexiko, ich glaube nach Guadalajara. Da lebt der Bursche vermutlich heute noch." Ich konnte mein Erstaunen über den ehrwürdigen Padre

Enrique kaum verbergen. Eine Beute nicht umzunieten, sondern heimlich fortzujagen, erfordert eine Menge Courage. Kommt so was raus, bist du geliefert. Das ist nicht nur Befehlsverweigerung auf höchstem Niveau. Nein, das ist streng genommen sogar übelster Betrug. **Altobelli!** Aber Ruben plauderte noch weiter. „Der Pfaffe hat mir vor seiner Flucht übrigens noch mitgeteilt, wer der wahre Vater des dritten Kindes war. Die Señora kam ja dauernd zu ihm in die Beichte. Hatte sich ihm dabei vollständig anvertraut. Na ja, und dabei hatte sie dem Padre auch die Identität ihres aufregenden Seitensprungs enthüllt." Ruben blinzelte in die Sonne. Er erzählte weiter, dass die Señora schon seit Bekanntwerden ihrer Schwangerschaft gebeichtet hatte, einige amouröse Nachmittage mit einem knackigen, ansehnlichen Nachbarn verbracht zu haben.

„Im Verlaufe ihrer Beichte hatte sie alle herzzerreißend um Vergebung gebeten: den Herrgott, die heilige Mutter Maria und sämtliche zwölf Apostel ..." Ruben lachte. „Aber das Kind war ja nun mal in den Brunnen gefallen – im wahrsten Sinne des Wortes!" Jetzt lachte er lauthals. Ich blickte ihn fasziniert an. Ich bestellte noch zwei Cognac. Dann hatte er sich wieder gesammelt. „Die große Ironie dabei ist, dass der ahnungslose Patron und der knackige Nachbar sich prima angefreundet haben. Noch vor der Geburt des Babys wurden die beiden so was wie „Best Buddies". Natürlich habe ich nie ein Wort gesagt. Der bescheuerte Ehemann, sofern er überhaupt noch lebt, hat bis heute keine Ahnung."

Eine Geschichte wie ein Märchen, fand ich. Aber jedes Wort davon entsprach der Wahrheit. Ruben war weder der

Typ, noch hatte er irgendeine Veranlassung, mir Blödsinn zu erzählen. Aber wie kam es nun zu seinem kuriosen Killerkosenamen?

„Den hat mir der geflüchtete Padre aus Mexiko verpasst!", berichtete Ruben stolz. „Hatte mir 'nen langen Brief geschrieben. Von dem Jungen wurde ich in dem Schreiben mehrfach so genannt. Tausendfach bedankte er sich bei mir." Er blickte gerührt in die Ferne. „Der Kerl schließt mich seitdem jeden Abend in seine Gebete mit ein, hat er geschrieben. Vielleicht bin ich deshalb noch so gesund und munter." Letzteres sagte Ruben voller Anmut, voller Zufriedenheit.

Ich war froh, den betagten Ruben getroffen zu haben. Diese Geschichte … nein, die gesamte Historie des „Venerable Padre Enrique" war einzigartig. In freundschaftlicher Verbundenheit verabschiedeten wir uns. Bei unserem intensiven Händeschütteln kamen die kompletten sieben Kilo seiner Goldketten ordentlich in Wallung. Erst schwang der Klunker heftig vor, um dann wieder gegen Rubens faltige und behaarte Brust zurückzuprallen. In gerührter Stimmung schlenderte ich ins Hotel zurück. Romy war überraschenderweise schon von ihrem Einkaufsbummel zurück. Sie stand vor dem Spiegel und probierte bestens gelaunt ihre frisch geshoppten Mitbringsel an. Zwei Kleider, dazu ein sensationeller Hosenanzug und ein Paar todschicke Schuhe. Sie strahlte mich an, meine Kreditkarte strahlte hingegen nicht. Sie lag auf dem Tisch und machte einen müden und ausgelaugten Eindruck. Mein Kärtchen hatte wahrscheinlich vollen Einsatz zeigen müssen.

„Wie war deine Unterhaltung?", fragte sie mich interessiert. Ich ließ mich aufs Bett fallen und antwortete: „Äußerst spannend – und echt lehrreich."

„Mark, man lernt doch immer noch dazu, selbst du mit deinen 48 Jahren", grinste sie.

„Was hat denn das mit meinem Alter zu tun?"

„Nix. Immerhin hast du mittlerweile gelernt, Flüge auf den richtigen Namen zu buchen oder wenigstens den korrekten Ausweis mitzunehmen." Du liebe Zeit, ging das schon wieder los? Ab und zu konnte es sich mein Hase nicht verkneifen, mir nochmal einen mitzugeben. Ich beschloss jedoch, nicht zurückzukeilen. Heute war es einfach besser, noch ein wenig weiterzuschleimen.

„Vor allem habe ich gelernt, die richtige Frau mitzunehmen."

Sie lächelte mich von ihrer Spiegel-Posing-Position an, während sie sich erneut umzog. „Machst du mir bitte mal das Kleid hier zu?" Dabei deutete sie auf den Reißverschluss am Rücken. Ich wuchtete mich vom Bett hoch und tat, wie mir geheißen. Währenddessen kam ein Vorschlag von ihr: „Wir könnten nachher noch in diese tolle Kirche gehen, die aus dem 16. Jahrhundert. Was meinst du?" Sie meinte die „Iglesia de San Juan del Hospital", ein beeindruckendes Gebäude. Die traumhafte Hütte war sogar schon Ende des 13. Jahrhunderts erbaut worden. **Altobelli!** Zur Zeit der Tempelritter. Als geschichtsinteressierter Mensch wäre ich normalerweise sofort dahingewackelt. Aber heute irgendwie nicht.

„Nö", sagte ich knapp. Ich wollte lediglich gechillt mit Romy Essen gehen und maximal noch ein wenig flanieren.

Von Pfaffen, Weihrauch und dergleichen hatte ich weiß Gott genug gehört, mein Bedarf an sakralen Elementen war für heute gedeckt. Und ganz ehrlich … egal, was sie uns in der Tempelritterbude auch erzählt hätten, die abgefahrenen Storys von Ruben, dem „Venerable Padre Enrique", waren ohnehin nicht zu toppen.

20 Der Kongress mit Dracula

Der Trip nach Valencia war ein absoluter Volltreffer. Inhaltlich sowieso, außerdem hatte ich dort die Gelegenheit beim Schopfe gepackt, um mich mit meinem Hasen wieder zu versöhnen. Sonntagabends landeten wir wieder in Düsseldorf. Wir plus zwei neue Kleider, ein Hosenanzug und ein Paar todschicker neuer Schuhe. Vor meinem Haus stiegen wir aus dem Taxi und gingen hinein. Ein Blick in meinen Terminkalender offenbarte, dass es in der Woche darauf Schlag auf Schlag weiterging: Nach Badminton mit meinem Nachbar Tom und seiner Bagage, Skat kloppen mit Didi und Wolle und auch gleich der nächste Trip: eine Fahrt nach Amsterdam. Sie haben ja sicher schon mitbekommen, dass in unserem Berufszweig keine Fortbildungsmaßnahmen angeboten werden. Leider existieren weder Schulungen noch coole Seminare, deswegen veranstalten wir regelmäßig einen kleinen Kongress. Ja, richtig gehört, wir treffen uns alle zwei Jahre zu einer Tagung. Ansonsten hätten wir schließlich nie die Gelegenheit, uns mal alle untereinander auszutauschen. Die Idee hatte seinerzeit Claudio M., ein sehr kultivierter italienischer Kollege. Er hatte den ersten Kongress in Bologna organisiert. Der erste war leider auch direkt sein letzter. Kurz danach hatte er in einem wilden Kugelhagel mit den Carabinieri das Nachsehen.

Dieses Jahr organisierte Heintje die Sache. Er hatte das sehr umsichtig erledigt und ein sehr schönes Kongresshotel in Amsterdam klargemacht. Mit einem tollen Tagungsraum samt Projektor, einem Schwimmbad und vielen anderen Vorzügen. Es ist ein recht schnieker Laden, im Eingang liegen schwere Teppiche. Es heißt „Hotel Bartholomeus – the other residence", benannt nach Bartholomeus von Bassen. Ich fand, es klang sehr vielversprechend, ein Hotel nach einem holländischen Barockmaler und Architekten aus dem 16. Jahrhundert zu benennen. Und der Schuppen hält, was der Name verspricht. Er liegt etwas außerhalb und besitzt mindestens fünf Sterne. Es gibt goldene Türgriffe und eine sehr luxuriöse Lobby mit herrlich antiken Möbeln, allerdings keine Originale aus der Bartholomeus-Ära. So viel Stil und Geld haben sie dann auch wieder nicht. Aber dafür wirklich schöne, sehr geräumige Zimmer, mit prima Doppelbetten, auf denen man problemlos Salto schlagen kann – oder andere Sachen. Unser Concierge war an jenem Tag ein graumelierter, lebhaft plaudernder Niederländer. Ich mochte ihn vom ersten Moment an. Er fragte mich und Killian höflich, ob wir denn besondere Wünsche hätten. *Möglichst wenig Polizei,* schoss mir durch den Kopf. Killian erkundigte sich bei dem aufmerksamen Concierge, wie weit es in etwa zu den berühmten Grachten im Amsterdamer Zentrum wäre.

„Oh, dat ist im Moment slecht. Die werde leider gerade gereinigt, da arbeiten die Bagger", erzählte der freundliche Herr in bedauerndem Ton. Wir erfuhren, dass etwa alle sieben Jahre Spezialschiffe den ganzen Müll vom Grund holen, weil ansonsten die Wassertiefe für die Grachtenschiffe nicht mehr ausreiche. „Die ziehen da Hunderte von Fahrrädern heraus, sogar Kühlschränke und ganze Autowracks", ereiferte sich der gute Mann in leicht holländischem Akzent. Killian und ich blickten uns an. *Wahrscheinlich auch noch ganz andere Sachen,* durchfuhr es uns. Heintje hatte mal sowas erwähnt. Eher fantasielose holländische Kollegen hatten wohl den ein oder anderen Trottel in den Grachten versenkt.

„Vielen Dank für die Information!" Artig unterschrieben wir die Meldezettel und schlenderten an die Bar. Dort saßen bereits Wolle und Quiet Earp. Mit den beiden war ich per Auto angereist. Neben Wolle hockten Neun-Finger-Lars aus Flensburg und Jean-Claude, der französische Fatzke. Lucien aus Belgien spielte unaufhörlich mit seinem Bierdeckel und sprach dabei angeregt mit seiner Nachbarin, Britt aus Dänemark. Eine dunkelblonde Granate, die ein tolles, herzhaftes Lachen besitzt. Wenn Britt lacht, fällt ihre extrem schicke Zahnlücke ins Auge. Die beiden vorderen Schneidezähne kennen sich nur vom Hörensagen, denn zwischen den beiden liegt ein Spalt etwa so breit wie der Nil. Britt ist zwar nicht neu im Geschäft, aber eine alte Häsin ist sie nun auch wieder nicht. Ich glaube, sie ist so Anfang dreißig. Britt hatte jung geheiratet. Aber der Ehe war bedauerlicherweise kein langanhaltendes Glück beschieden. Ihr Kerl war ein professioneller Tennisspieler. Ein so lala begabter Linkshänder, ungefähr die Nummer 225 der Weltrangliste. Britt war vollkommen verknallt in ihn gewesen, er aber offensichtlich nicht ganz so in sie. Er reiste von Turnier zu Turnier und spielte dort tagsüber seine Einzel, nachts in fremden Betten allerdings überwiegend Doppel. Der Junge schaffte mehr Seitensprünge, als er Asse schlug. Britt kam irgendwann dahinter. Der Clou ist: Schon Britts Vater war in unserem Gewerbe tätig. Der Herr Papa hatte die Sache mit seinem untreuen Schwiegersohn dann auch flugs selbst in die Hand genommen und dem Tennishansel eine Wild Card für 'ne 1-A-Beerdigung geschenkt. Immerhin erlaubte der Vater Britt, ihm bei der Nummer ein wenig zur Hand zu gehen. Tja, und als der Papa sich vor ein paar Jahren zur Ruhe gesetzt hatte, führte das dunkelblonde Töchterchen die Familientradition fort. Seitdem leitet sie das Unternehmen, und zwar charmant, ehrgeizig, erfolgreich. Britt hat eine Menge heimlicher Verehrer in unserer Runde, auch weil sie eine von nur drei Auspusterinnen in ganz Europa ist. Tja, bei den Hühnern ist unser Beruf noch nicht ganz so beliebt wie Model oder Moderatorin.

Auf einem der beiden Sofas seitlich der Bar sah ich Mr. Tretboot, also Liam aus Manchester, sowie „Igor, die Zange". Igor ist ein ziemlich kräftiger Typ aus Sachsen-Anhalt mit wechselnden Launen. Daneben hatten unser Gastgeber Heintje sowie Gerhard aus Österreich Platz genommen. Gerhard heißt offiziell „Der Schneider von Wien" und ist alles in allem eine recht skurrile Person. Das ist der, der tatsächlich die Kontaktlinsen von seiner Beute als Souvenir mit nach Hause genommen hat. Wahnsinn! Der Schneider legt Wert darauf, sehr lässig zu wirken. In Wirklichkeit ist er aber extrem leicht reizbar. Hat zum Beispiel mal einen gewöhnlichen Angestellten einer Bowlingbahn in die kalte Halle befördert. Der arme Tropf hatte ihm zunächst untersagt, die Bahn in normalen Straßenschuhen zu betreten. Anschließend servierte er ihm eine nur mäßig warme Melange. Da versteht „Der Schneider" eh schon keinen Spaß. Als der Stratege aber Gerhards Bowlingtruppe von dessen Lieblingsbahn Nummer 5 fortjagte, weil die bereits anderweitig reserviert sei, war der Ofen aus. „Der Schneider", der sein Werkzeug stets bei sich trägt, lauerte ihm nach Dienstschluss auf. Und da war dann wirklich Feierabend.

Auf dem anderen Sofa lungerten die beiden Schweden Ole und Melvin und zwei norwegische Kollegen herum. Die Norweger haben die Angewohnheit, sich ziemlich skurrile Alias-Namen zu geben, ähnlich den brasilianischen Fußballern. Der eine heißt überall nur „Jasper-Kasper". Der andere, ich schätze ihn auf Mitte bis Ende vierzig, führt seit etlichen Jahren den Titel „Dracula". Der Typ hat langes, blondes Haar, das bis auf seine Schultern hängt, zudem eine extrem blasse Hautfarbe. Den genauen Grund für den Namen kannte ich bis dato nicht. Ich sollte ihn aber bald erfahren.

Didi würde wahrscheinlich später nachkommen. War aber noch nicht ganz sicher, denn erstens hatte er versprochen, im Kindergarten seines Sohnes noch eine kleine Vorlesestunde abzuhalten, und zweitens hatte er am Mittwoch beim Skatspielen mit ernster Miene erwähnt, er leide jetzt an Gallensteinen oder an Nierensteinen, genau wisse er es nicht. Aber es seien mindestens zwei bis drei Dutzend. „Sind urplötzlich gekommen. Gestern war mit der Galle noch alles okay." Zumindest erzählte er das jedem, den es interessierte. Und solchen, die es nicht interessierte, leider auch. Typisch Danger, dieser alte Hypochonder.

Nun ja, außer Didi wollten im Laufe des Nachmittages noch zwei Türken, ein Schweizer, unser italienischer Freund Mikele und ein sympathischer rumänischer Kollege namens Bogdan eintreffen. Ein paar weitere Jungs, unter ihnen Eric, unser schottischer Kumpel, der sich aber „Ugly Snake" nennt, hatten abgesagt. Teils aus privaten Gründen, teils weil sie aktuell zu tun hatten. Wir würden es dennoch auf 22 Teilnehmer bringen. Nicht schlecht.

Ich winkte Heintje vom Sofa heran und als wir uns ein paar Schritte von den anderen entfernt hatten, warnte ich ihn: „Hab eben gehört, die baggern hier die Grachten aus. Nicht, dass du da mit alten Geschichten in Verbindung gebracht wirst, Heintje." Er zog eine amüsierte Grimasse. „Mark, die Grachten sind was für Amateure, wir werfen da nicht mal ein Taschenmesser hinein."

„Okay. Und wo lagert ihr die Restbestände so?"

„Na ja, wir haben so einen riesigen Hafen hier, und der in Rotterdam ist noch größer. Aber am schönsten ist es, wenn die Restbestände noch eine tolle Reise über den Atlantik unternehmen dürfen. Auf einem Frachter oder Containerschiff. Natürlich buchen wir für sie immer nur Innenkabinen", grinste Heintje. „Tja, die Burschen müssen leider ohne Fensteraussicht reisen." Er strahlte mich an. Mir fiel eine alte Weisheit ein, die, leicht abgewandelt, hier prima passte: „Wenn einer eine Reise tut, dann kann er nix erzählen." Heintje verstand den Spruch nicht. Diese Holländer haben wohl andere Weisheiten drauf, da dreht es sich wahrscheinlich mehr um Holzschuhe oder Tulpen. Ich klopfte ihm trotzdem anerkennend auf die Schulter. „Hast echt 'ne schöne Location ausgesucht. Chapeau!"

„Der Besitzer ist ein alter Kunde von mir, weißt du", flüsterte er. „Eigentlich ist er nur durch meine Unterstützung Besitzer." Ich verstand sofort. „Na, dann ist er dir aber hoffentlich noch ein paar Gefallen schuldig."

„Und ob …", lächelte Heintje vielsagend. Sprach's und drehte sich um. Es galt, weitere Dinge zu organisieren. Als Gastgeber ist Heintje einsame Klasse. Wäre er nicht in unserem Gewerbe gelandet, er hätte bestimmt eine Eventagentur auf die Beine gestellt.

Um 16 Uhr waren dann endlich alle versammelt. Als Letzte trafen Mikele und die Schweizer ein. Ich telefonierte noch kurz mit Romy, sie war gerade in Kolumbien. Das Gespräch hatte ich bewusst kurz gehalten, denn einerseits war es schweineteuer und andererseits war ich wirklich auf das Tagungsprogramm gespannt. Der letzte Kongress vor zwei Jahren in Innsbruck verlief eher mau und unergiebig, aber hier stand uns eine echt spannende Agenda bevor. Und eine ausgewogene dazu. Da war sicher für jeden was dabei – vom Analytiker bis zum Action-Fan. **`Altobelli!`**

Als Erstes sollte uns ein externer Referent ein Update über Auslieferungsbedingungen geben. Also welches Land überhaupt Verdächtige ausliefert und vor allem an wen und unter welchen Voraussetzungen. Eine recht komplexe Nummer. Aber nie verkehrt, in dieser Hinsicht auf dem neuesten Stand zu sein. Anschließend sollte es Kaffee, Käsebrötchen und Frikandeln geben. Danach stand ein Exkurs über weiterentwickelte Waffen, verfeinerte Laser und innovative Gifte auf dem Programm. Alles dienliche Gerätschaften und Hilfsmittel, mit denen man prima wegfideln kann. **Altobelli!** Ja, auch wir herkömmlichen Umpuster müssen natürlich mit der Zeit gehen.

Aber zunächst stand ja die Präsentation der Auslieferungsverfahren auf der Agenda. Natürlich stellte Wolle wieder eine seiner üblichen Fragen. Der Dozent, ein grauhaariger Jurist aus den Niederlanden, sprach beachtliches Deutsch. Er referierte justament über die Auslieferungsverfahren in Südamerika und staunte nicht schlecht bei Wolles spontanem Einwurf.

„Entschuldigung, Sir. Eine Frage", begann Wolle, „was genau passiert eigentlich, wenn ich mit einem Kumpel aus Uganda einen Job in Argentinien durchziehe. Sollten wir da geschnappt werden, werde ich dann nach Deutschland ausgeliefert, er aber nicht nach Uganda?" Ziemlich viele unserer Jungs drehten sich zu uns um. Wir saßen in der letzten Reihe. Leider hockte ich genau neben Wolle und spürte die zahlreichen Blicke auf uns gerichtet.

„Nun, in diesem Falle verhält es sich wohl so", entgegnete der Dozent.

„Aber du hast doch überhaupt keinen Kumpel aus Uganda!", wetterte Dracula. „Du kennst doch noch nicht mal einen in Uganda." Unser norwegischer Kollege guckte nicht nur genervt, er war sichtlich irritiert. Und nicht nur er, auch der Dozent. Selbiger strich sich mit der Hand durch die Haare, blinzelte in die Runde und wollte gerade fortfahren, ehe Wolle nochmals dazwischenfunkte. „Sollte ich jedoch mit einem Kollegen aus Kroatien in Argentinien erwischt werden, dann werden wir BEIDE ausgeliefert?" Der Dozent nickte. Die Meute der Seminarteilnehmer guckte uns noch seltsamer an.

„Nur, dass ich das richtig verstehe", ergänzte Wolle nachdenklich, „wenn der Kollege aus Uganda und ich aber in Bolivien erwischt werden, wird keiner von uns ausgeliefert, oder?" Der Dozent begann, nervös in seinen Unterlagen zu blättern. Er rückte seine Brille zurecht und suchte angestrengt die relevante Landespassage.

„Sollten aber beispielsweise mein kroatischer Kumpel, der Freund aus Uganda und ich in Slowenien in den Bau gehen, dann werden wiederum ALLE drei in ihr Heimatland ausgeliefert? Stimmt doch, oder?"

„Höörn's auf, Wolle! Jötzt ist genuag", rief der „Schneider von Wien". „Des san doch vuil theoretische Annahmen und Malheure. Dös wird doch niemols so possieren."

„Und wenn doch?", bellte Wolle gereizt zurück.

„Nein, Wolle! Wird es vermutlich nicht", sagte ich ihm. „Das sind wirklich sehr unwahrscheinliche Konstellationen." Ich versuchte, die Dinge zu versachlichen und Wolle ein wenig zu beruhigen. Aber dafür war es anscheinend schon zu spät.

„Ich habe Kumpels in aller Welt!", röhrte Wolle. Der Dozent blätterte immer noch wild in seinen Unterlagen und suchte hektisch nach den slowenischen Auslieferungsbedingungen. Didi drehte sich zu mir um und verdrehte die Augen. Seine Augäpfel wanderten quasi bis in den Hinterkopf. Derweil präzisierte Wolle seine Bekanntenliste: „Ich habe Freunde und Bekannte in Namibia, im Kosovo, in Finnland, in der Slowakei … äh … auch in Marokko und sonst wo. Sogar auf den Antillen. Wer weiß denn schon, ob die mir nicht eines Tages mal zur Hand gehen?"

„Das ist doch total bescheuert! Das ist doch Psycho!" Erneut polterte Dracula in seinem norwegischen Akzent los. Er sah noch blasser aus als vorhin, seine Haut hatte beinahe die Farbe von Magerquark. Er machte eine wegwerfende Handbewegung und schüttelte dabei so heftig den Kopf, dass die langen dunkelblonden Haare hin- und herschwangen wie Vorhänge an einem offenen Fenster. Jetzt meldete sich auch Quiet Earp zu Wort. Voller Inbrunst wisperte er zwei bis drei mittellange Sätze, hob dabei beschwörend erst eine, dann die andere Hand und lehnte sich anschließend wieder zurück. Quiet war offensichtlich äußerst zufrieden mit seinen Bemerkungen. Bestimmt waren sie auch sehr gehaltvoll, nur leider hatte keiner der Anwesenden auch nur ein Wort davon verstanden. Quiets Gemurmel war schlichtweg zu leise.

„I think it's a really interesting topic ..." Plötzlich mischte sich auch noch Liam ein. „I would like to know more about this and I look forward to hearing more about the several possibilities." Er sah sich im Seminarraum um und ergänzte flott: „'Cause I am in the same situation as Wolle ... I have friends all over the world." Den Namen von unserem Kumpel sprach er „Woullie" aus. Auch Britt nickte eifrig: „Ich find's auch spannend", rief sie mit ihrem sehr süßen dänischen Akzent. Liam, Britt, Dracula, Ole und Mikele hockten eine Reihe vor uns und hatten alle diese Übersetzungskopfhörer auf. Heintje hatte extra drei Simultandolmetscher engagiert. Einen, der alles auf Englisch übersetzte für alle Dänen, Schweden, Finnen, Italiener, Briten etc., einen für die beiden türkischen Spartakusse sowie einen für die rumänische Sprache. Letzterer sabbelte eigens für Bogdan. Unser Rumäne hatte zwar seine Kopfhörer auf, war aber tief und fest eingenickt. Die Anreise aus Bukarest hatte ihn anscheinend sehr geschlaucht.

„Jungs, jetzt kommt mal wieder runter", versuchte ich die Anwesenden ein wenig zu beschwichtigen. „Wenn Wolle, Liam und Britt diese Konstellationen nun mal interessant finden, okay." Ich rang nach einer Idee, mit der wir eventuell zu einem Konsens gelangen könnten. „Wolle, du könntest den Herrn Justitiar vielleicht später nochmals unter vier Augen befragen", schlug ich meinem langjährigen Weggefährten schließlich vor. Aber weder Wolle noch Dracula ließen sich derzeit besänftigen.

„Wir haben in Norwegen supergute Psychiater, ich geb dir alle Adressen", schnaubte Dracula in unsere Richtung.

Ich fand, mit beißendem Zynismus kamen wir hier auch nicht weiter. Der war absolut nicht zielführend. „Wir haben schon verstanden, Herr Graf!" Diese Worte richtete ich direkt an den hellhäutigen Kollegen Dracula.

„Gut, dass du fast alle Therapeuten schon mal ausprobiert hast!", lautete Wolles prompte Replik. Ich schaute auf den Dozenten, der sich offensichtlich wünschte, er hätte dieses Hotel niemals betreten. Dann hörte ich erneut die Stimme des „Schneiders von Wien": „Burschn, können's wir nit einfoch weyter mochn? I fand das bishör goonz interessant. Also höörts auf, eych zu streyten ..."

„Prima Vorschlag", rief Heintje, worauf Killian, die Schweden, Mikele, die Türken und die Schweizer ein lautes „Yeah" von sich gaben und spontan applaudierten. Manche erhoben sich sogar beim freudigen Klatschen.

Davon wurde wiederum Bogdan geweckt. Er räkelte sich erstmal in seinem Stuhl, rieb sich die Augen und fragte seinen Nebenmann, ob er was verpasst habe. Wir blickten nach vorne. Doch der Platz am Rednerpult war leer und verwaist. Der gute Mann hatte entnervt seinen Kram zusammengepackt und die Flucht ergriffen. Wir sahen noch, wie sich die massive Holztür zu unserem Tagungsraum wie in Zeitlupe schloss. Manchmal stecken solche Seminare voller Überraschungen. Gezwungenermaßen zogen wir also den Tagesordnungspunkt „Kaffee, Käsebrötchen und Frikandeln" vor. Der nächste Dozent zum Thema Waffen, Laser und Gifte war noch nicht eingetroffen. Hoffentlich lief er bei seiner Ankunft nicht dem entsetzt flüchtenden Auslieferungsknilch in die Arme. Wenn doch, würden vermutlich beide schnellstens Reißaus nehmen.

Gott sei Dank hatten sich die beiden wohl verpasst. Dozent Nummer 2 war ein smarter Luxemburger Kriminalexperte, der hauptberuflich für die EU arbeitete. Er erschien pünktlich vor unserer Runde. Für ein nettes Nebensalär – selbstredend in bar – standen uns derlei renommierte Experten gern einmal zur Verfügung. Heintje hatte sich in puncto Organisation und Honorierung keinesfalls lumpen lassen. Ich nahm Wolle in der Kaffeepause mal zur Seite und bat ihn, etwaige Fragen besser erst im Anschluss an den Dozenten zu richten. Nach kurzem Zögern willigte er, wenn auch ein wenig beleidigt, ein.

Kurz darauf taperten wir wieder alle zurück in unseren Tagungsraum. „Du kennst wirklich einen Typen aus Uganda?", fragte ich Wolle ganz nebenbei.

„Natürlich nicht!", maulte er. „Aber wenn es sich mal

ergibt, will ich Bescheid wissen."

„Wolle, da ist es wahrscheinlicher, dass der Papst in deinem Laden 'ne Runde Nebeltee ausgibt", antwortete ich. Aber Wolle reagierte nicht und trottete wortlos zurück in den Tagungsraum. Der hieß übrigens „Room Vincent van Gogh", was mich intuitiv an abgeschnittene Ohren erinnerte. Passte also recht gut zu unserem zweiten Referenten, der uns ja über die neuesten Laser und dergleichen informieren sollte. Der Vortrag des smarten Luxemburger Gesellen war übrigens recht kurzweilig und überaus interessant. Zu meiner Überraschung ging die Infostunde ohne irgendwelche Missklänge oder Streitigkeiten über die Bühne.

Am Abend hockten wir alle noch im Restaurant und an der Hotelbar zusammen. Es war eine sehr launige, mitunter zu laute Plauderei. Die übrigen Gäste verzogen sich so nach und nach, zumeist mit amtlich genervter Miene. Ich unterhielt mich mit Heintje und beklagte mich kurz bei ihm über Dracula. „Ist ein reichlich aggressiver Geselle", merkte ich an. „Wieso trägt er eigentlich diesen seltsamen Namen?" Heintje meinte nur: „Das weißt du nicht?"

„Nein. Sag nicht, er saugt seine Beute aus und trinkt massenhaft Blut."

„Unsinn, er hat eine Ausbildung zum Ingenieur gemacht und später sogar promoviert. Da seine Familie Acula heißt, stand auf seinem Büroschild „Leitender Ingenieur Dr. Acula". Ich schaute Heintje völlig perplex an. „Dr. Acula? Echt jetzt?" Unser holländischer Gastgeber brach in ein fürchterliches Gelächter aus. Drehte sich zu Killian um und rief: „It's so crazy, Buddy. Mark really believed the story of Dr. Acula!" Woraufhin sich auch Killian, Britt und Liam vor Lachen die Bäuche hielten. Ich war schön in den April geschickt worden, man hatte mich sauber veräppelt. Meine Naivität war mir im ersten Moment mächtig peinlich, aber dann musste ich doch mitlachen. Heintje drehte sich wieder zu mir um. „Hey, das kostet dich eine Lokalrunde. Aber tröste dich, du warst nicht der Erste, der drauf reingefallen ist." Ich bestellte 'ne lustige Rutsche von 19 Longdrinks und zum Dank klärte mich Killian über Draculas wirkliche Namensherkunft auf. Sie war letztlich enttäuschend banal. Weil der Kerl schon immer eine Haut so hell wie Magerquark besessen hatte, nannte man ihn bereits in seiner Schulzeit „den Vampir". Später justierte er dann seinen Lebensrhythmus neu. Er schläft den ganzen Tag über, bevor er dann ausschließlich nachts auf die Pirsch geht. Seitdem nennen ihn alle Dracula. Toll, hätte ich mich mal eher informiert, wären mir 200 Piepen für eine lausige Runde Longdrinks erspart geblieben. Der Abend endete feuchtfröhlich und in gehobener Stimmung. Sogar Wolle und Dracula legten ihren Zwist bei und vertrugen sich wieder – nach dem sechsten Ramazzotti. Aber so ist das bei uns: Pack schlägt sich, Pack verträgt sich! Wir sind eben auch nur ganz normale Typen.

21 Die einhändige Margot

Hundemüde kachelten wir sonntags von Amsterdam zurück nach Hause. Wir hatten am Vorabend an der Bar reichlich gebechert und ich fühlte mich ziemlich zerschlagen. Prima, dass Romy noch bis Dienstagabend unterwegs war. Ich nahm mir vor, erstmal mächtig auszuspannen und vielleicht endlich an meiner Steuererklärung zu basteln. Diese furchtbare Aufgabe schiebe ich nun schon ewig vor mir her. Vielleicht kennen Sie das ja auch. Ich hatte wirklich überhaupt keine Lust dazu. Es ist eine vollkommen fremde Welt für mich. Aber da ich bereits Monate in Verzug war, hatte mich mein Steuerberater direkt nach dem Valenciatrip ein letztes Mal ermahnt.

„Herr Kaber, nun wird es wirklich höchste Eisenbahn. Sonst handeln wir uns eine Menge Ärger ein", sagte er in einem sehr gestrengen Tonfall. Ich fand die Formulierung „Wir uns" recht kokett. Der einzige, dem richtig Ärger drohte, war nachweislich ich. Mein „Steuermann" ist ein wahrer Zahlenmensch. Manche urteilen auch härter und bezeichnen ihn als einen Nerd. Steuern und Bilanzen haben so gar nichts Temperamentvolles, nichts Prickelndes. Hätte ich je was mit derlei an der Mütze gehabt, hätte ich nicht Englisch und Geschichte, sondern gleich Mathe studiert. Ich staune immer wieder über Menschen, die sich für so einen langweiligen Shit begeistern können. Na ja, jedenfalls fühlte ich mich gerädert wie eine Autobahnbrücke bei Leverkusen und chillte den ganzen Montag über, mit leicht schlechtem Gewissen. Gleich am nächsten Morgen würde ich mich an den Finanzmist hocken, ganz bestimmt. Ganz bestimmt. Aber es kommt ja immer anders, als man denkt.

Dienstagmittag, ich war gerade aufgestanden und saß beim Frühstück, erschien diese ziemlich extravagante Klientin in meinem Haus. Ich empfing sie im Bademantel, sie stapfte einfach an mir vorbei, ohne groß Notiz von mir zu nehmen. Ich folgte ihr, sie schaute mich fragend an. Ich wies im Besprechungszimmer auf einen Sessel, auf dem sie umständlich Platz nahm. Die Lady wirkte reichlich nervös. Ich setzte mich ihr gegenüber und nahm eine entspannte Haltung ein. Damit versuchte ich, eine beruhigende Wirkung auf sie auszuüben. Allerdings blieb es beim Versuch. Sie nestelte an ihrer Handtasche herum. Endlich vernahm ich eine leise Stimme: „Ich heiße Margot, mein Nachname tut zunächst einmal nichts zur Sache. Es geht um meine ältere Schwester", begann sie vorsichtig, fast schon behutsam. Margot trug einen semieleganten, ziemlich auffälligen Hut. Einen, den man bei einer Flugreise nur als „Sperrgepäck" transportieren kann, denn er hatte unfassbare Ausmaße. Ich suggerierte ihr freundlich, sie möge selbigen während unserer Unterhaltung ruhig abnehmen. Sie tat, wie ihr geheißen. Das Ungetüm landete neben ihr auf dem Boden und nahm etwa ein Drittel des Zimmers ein. Doch kaum war der Kopf meiner Gesprächspartnerin von dem Hutmonstrum befreit, spielte die Dame, und zwar von der ersten Sekunde an, pathologisch an ihrem langen, blonden Haar herum. Mein Besuch war vielleicht um die vierzig, hatte strenge

Gesichtszüge und die linke Hand schien quasi mit dem Zopf verwachsen. Dieser hing seitlich über der linken Schulter und ihre Finger glitten an dem fest geflochtenen Haar permanent herunter – von Höhe des Ohrläppchens bis ganz nach unten. Also bis auf Bauchhöhe, wo die blonde Mähne endete. Für diese seltsame, streichende Handbewegung benötigte sie ziemlich genau 2,3 Sekunden. Dann ging das Spiel wieder von vorne los. Unaufhörlich. Pro Minute etwa 26 Mal. Das zappelige Wesen sollte mir nun eine halbe Stunde gegenübersitzen. In jener Zeitspanne war Margots Zopf cirka 780 Mal bearbeitet worden. **Altobelli!** Ich war sehr verwundert, dass ihre Kopfhaut das ohne Schäden überstand. Vielleicht benutzte sie auch ein sehr spezielles Streichel-Shampoo, keine Ahnung.

Der Anlass für ihren Auftrag war eine Mischung aus geschäftlichen und emotionalen Gründen. Der Vater hatte den beiden Grazien, also Margot und ihrer Schwester, einen gut funktionierenden Verlag hinterlassen. Eine recht profitable Firma, die Romane, nette Kurzgeschichten und exklusive Kalender herausgab. Beide Ladies hatten je einen Anteil von 50 % geerbt. Operativ war jedoch nur die hier in meinem Büro sitzende Margot tätig. Ihr vier Jahre älteres Schwesterchen verbrachte ihre Tage derweil mit Hardcore-Yoga, besuchte Mode- und Batikauktionen, tanzte Tango oder rettete verletzte Gazellen. Letzteres in den diversesten Savannen dieser Erde. Beide Damen kamen mir reichlich bizarr vor. Schlussendlich war mir das vollkommen schnuppe. Als nun aber Margot aufgrund der sehr einseitig verteilten Arbeitsbelastung irgendwann der Kragen platzte und sie von ihrer Schwester einforderte, sie solle ihr gefälligst 15 bis 20 Prozent ihrer Firmenanteile abtreten, war das Kind in den familiären Brunnen gefallen. Von da an ersetzten Streit und Missgunst die schwesterliche Liebe.

„Sie können sich gar nicht vorstellen, was meine Schwester für hässliche Sachen über meinen Mann und mich sagt. Und was für grauenvolle Dinge sie uns antut … schlimme Dinge", jammerte das Blondchen mit leidender Stimme. Ihre Hand malträtierte den armen Zopf jetzt auf eine melancholische Weise. Kurz bevor sie anfing zu heulen, reagierte ich.

„Aber natürlich kann ich mir das vorstellen", sagte ich verständnisvoll.

„Wirklich?" Margot schien ein klein wenig erleichtert. Ihr Blick drückte die zarte Hoffnung von „Vielleicht-ja-genau-der-richtige-Kerl-für-die-Lösung-meines-Problems" aus. Ihre ältere Schwester – also meine künftige Beute – war natürlich sehr erzürnt über Margots Vorstoß bezüglich der Anteile. Julia-Anna, so ihr Name, lehnte entschieden ab und ersann prompt eine herrliche Intrige. Das Ziel war ihr Schwager Klaus, der Ehemann meiner Klientin Margot. Julia-Anna hexte ihm eine listige Anzeige wegen „betrügerischer Geschäfte" an den Hals. Damit war das Fass mehr als übergelaufen. Deshalb saß mir Margot, das gepeinigte Schwesterherz, jetzt in meinem Besprechungsraum Zopf streichend gegenüber. So weit, so gut. Wir quatschten noch über das anfallende Honorar, genauer: ich quatschte. Margot wurde zunächst ganz blass, aber schließlich wurden wir uns einig. Sie holte ihre Handtasche raus, die übrigens ähnlich furchtbar gestylt war wie ihr Hut. *Ist einem Restehändler gleich zweimal auf den Leim gegangen,* dachte ich, behielt den Gedanken aber für mich. Das Blondchen zählte nun mein Geld. Nun, es war ja noch nicht mein Geld, es sollte aber baldigst meines werden. Doch Margot zählte die Scheine einhändig! Mit rechts legte sie Schein auf Schein, derweil die linke Hand ja permanent den Zopf bearbeitete. Etwa 1 560 Mal pro Stunde, wie ich pfiffig errechnete. `Altobelli!` Wenn jemand ein kaninchenhohes Bündel nur mit einer Hand zu zählen imstande ist, kann das schon ein wenig länger dauern. Als ich mein Honorar schlussendlich in den Fingern hielt – mein einhändiger Gast hatte es zu meinem Entsetzen sogar zweimal gezählt –, war ich mehr als nur einigermaßen beunruhigt. Die ganze Nummer kam mir ziemlich spooky vor. Ich hatte nach dem Wachwerden ohnehin schon ein Magengrummeln verspürt, jetzt fühlte ich mich noch deutlich elender. Sie nahm ihren Hut vom Boden, stöckelte an mir vorbei, hielt an der Wohnungstür aber nochmals an.

„Es ist mir ein äußerst wichtiges Anliegen. Sie schaffen das doch?", fragte Margot. Ihre deutlichen Zweifel waren hierbei nicht zu überhören.

„Na klar, kein Ding!", flötete ich. „Warum fragen Sie?"

„Nun, Sie sehen etwas mitgenommen aus, regelrecht elend. Ich hoffe, Sie werden nicht krank, wo Sie doch eine immens wichtige Mission vor sich haben."

„Aber nein", antwortete ich, „die letzten Tage waren nur etwas heftig."

Plötzlich kam sie ein paar Schritte auf mich zu, legte ihre Hand auf die meine und hauchte: „Dann viel Erfolg.

Sie sollten wirklich ein wenig mehr auf sich achten." Sprach's, rauschte aus meinem Büro, vorbei an meiner polnischen Friseuruntermieterin im Erdgeschoss und raus auf den Bürgersteig. Ich sah ihr durchs Fenster stirnrunzelnd nach. Auf der Straße wurde ihr Zopf zunächst weiter unaufhörlich malträtiert. *Wie sie wohl Gitarre spielt,* überlegte ich kurz. Oder Beifall klatscht. Dann setzte Margot jedoch wieder ihren bierzeltgroßen Hut auf und der blonde Zopf bekam endlich eine Verschnaufpause. Sie stöckelte davon, während mein Blick noch eine Weile an ihr haftete. Dann machte ich mich an die Arbeit und recherchierte über die böse Julia-Anna. Diese war eine gut situierte, modisch gekleidete Frau mittleren Alters. Die spleenige familiäre Gegenspielerin meiner Klientin war zwar verheiratet, allerdings unternahmen die beiden Lebenspartner anscheinend kaum etwas gemeinsam. Ihr Ehemann – ein Typ namens Gordon oder so – ging gerne zum Boxen (als Zuschauer), ins Casino (als aktiver Spieler) oder in die Sauna (als Schwitzender und natürlich aktiver Voyeur). Julia-Anna teilte keine einzige seiner Leidenschaften. *Schon mal ganz prima,* dachte ich. So würde ich sie in jedem Fall ohne Begleitung ihres Gatten antreffen. Doch so gänzlich unbegleitet war Madame eigentlich kaum einmal. Weder in den Tanzkursen – sie liebte Tango, übte ihn aber schaurig aus – noch bei den Mode-Batik-Events. Und auch beim Retten der verletzten Gazellen befand sie sich vermutlich meist in größerer Gesellschaft.

Ich ackerte wirklich wie ein Pferd an einem gescheiten Plan. Aber nach vollen zwei Wochen allerhärtester Recherche merkte ich, unser Date ließ sich nur auf ihrem geplanten Vulkantrip erledigen. Da war die einzige Lücke, die ich auftun konnte. Ich hätte besser mal nach einer Alternative Ausschau gehalten. Diese Nachlässigkeit bereue ich noch heute. Aber im Nachhinein ist man ja immer klüger. Julia-Anna hatte ein dreitägiges, intensives, ultrasensitives Vulkan-Wochenende gebucht. Und zwar in Hillesheim in der Westeifel. Nun, Hillesheim ist das Herz der Vulkaneifel. Es nennt sich zwar Städtchen, ist aber in Wahrheit ein Kaff. Eine Ansammlung von vielleicht 3 200 Seelen, die überwiegend so aussehen, als hätten sie bereits die ersten Vulkanausbrüche live miterlebt. In einem Tourismus-Werbeprospekt las ich: „Dort ist die Landschaft durch die Formen des jungen Vulkanismus geprägt. Vulkankrater, Maare sowie mächtige Bims- und Basaltablagerungen erzeugen in der Region eine tolle, abwechslungsreiche Landschaft, die eindringlich von den geologisch sehr jungen Ereignissen erzählt." Mit „geologisch jung" ist übrigens gemeint, dass der dortige Vulkanismus ERST vor rund 700 000 Jahren begann. Was also kaum der Rede wert ist. Na ja, diese Aussichten flashten mich jetzt nicht wirklich. Immerhin, das langweilige Kaff befindet sich quasi genau auf der Hälfte zwischen Köln und Trier. Die geringe Entfernung war höchst erfreulich, ich liebe kurze Wege zur Arbeit. Das war's aber leider auch schon mit dem angenehmen Teil der Nummer. Doch Job ist Job und Schnaps ist Schnaps. Aufgrund meiner beruflichen Verpflichtung musste ich nun mal dorthin. Eigentlich hätte ich mir denken können, dass da nicht alles glattlaufen würde. Wobei „nicht alles glatt" noch eine charmante Untertreibung ist. **Altobelli!**

22 Ingo und das Schwesterchen

Diese Vulkantrips sind relativ neu. Allerdings kommen sie mehr und mehr in Mode. Die Organisatoren versprechen eine Art „Eins-Werden mit unseren Ursprüngen". Sie rühmen sich, „exklusive Berührungen mit den Anfängen unserer Mutter Erde" zu ermöglichen. Als würde man Leute in einen Bus stopfen, geködert mit dem Werbeslogan: „Kommen Sie mit, wir fahren Sie zum Urknall". Für teures Geld, versteht sich. Jedenfalls hatte Madame Julia-Anna eine solch hinreißende Fahrt in die Vulkaneifel gebucht, samt einigen tollen Kursen, zum Beispiel über die verschiedenen Lava-Arten. Wow, dachte ich, es gibt schon schräge Hobbys. Das Timing erwies sich als einigermaßen charmant. Der Tross der Lavaverrückten sollte sich von Freitag bis Sonntagabend in Hillesheim versammeln. Ich rechnete vorsichtig mit 20 Teilnehmern, was eindeutig bewies, dass ich mich in dieser Szene überhaupt nicht auskannte. Am Ende reisten 75 Teilnehmer, darunter 23 Asiaten, in das vulkanische El Dorado. Das hieß rein rechnerisch: auf 43 Einwohner von Hillesheim kam ein neugieriger Lavafreak. Ich rechnete das kurz mal auf Chicago – meine absolute Traumstadt – hoch. Bei den 2,75 Millionen Einwohnern von Chicago würde das – auf die soeben erwähnte Eifel-Besucher-Quote hochgerechnet – einen Ansturm von 64 000 Vulkanhippies bedeuten. An einem einzigen Wochenende! Ein bemerkenswertes Pro-Kopf-Verhältnis zwischen den Einwohnern und diffusen Gästen. Oh Mann, die Leute im winzigen Hillesheim müssen sich gefühlt haben, als wäre das Woodstock-Festival bei ihnen zu Gast. Und ich mittendrin. Allerdings wollte ich keinesfalls das komplette Wochenende in dem Kaff verbringen. Mein dezidierter Plan sah vor, Freitag an- und möglichst bereits Samstag wieder abzureisen. Sie wissen schon „Fix killen, ausgiebig chillen". Ich glaube, derlei optimistische Pläne habe ich in meiner Karriere des Öfteren geschmiedet. Diesmal lief es allerdings eher auf die Formel „Die Rechnung ohne den Wirt gemacht" hinaus.

Es gestaltete sich zu Beginn naturgemäß recht schwierig, das vielseitig interessierte Schwesterherz von der Horde zu separieren. Julia-Anna, die Tango tanzende Gazellenretterin, war nach ihrer Ankunft am Freitag ständig von irgendwelchen anderen Kursteilnehmern umgeben. Sowohl bei der Einführungs-Veranstaltung (Kurs-Motto: „Ein bisschen Lava steckt in jedem von uns"), als auch bei der abendlichen Gruppenarbeit. Aber damit hatte ich schon gerechnet. Ich setzte meine Hoffnung ohnehin erst auf den späten Samstagnachmittag. Da sollten alle einen spannenden Orientierungsgang im weitläufigen Gelände unternehmen. Ein jeder für sich. Da würde dann mein Stündchen schlagen, dessen war ich mir sicher.

Wolle hatte mir seinen Alfa Romeo geliehen. Der Motor müsse mal wieder durchgepustet werden, wie er sagte. Mit dem Cabrio war die Hinfahrt ein angenehmer Klacks. Ich checkte im Hotel ein und bummelte am Abend erstmal gemütlich durch das Kaff Hillesheim. Ein recht antiquiertes Örtchen, mit viel Fachwerk und so – vollkommener Mittelaltercharme. Ich fragte mich, ob hier bei Dunkelheit vielleicht noch ein Nachtwächter patrouilliert und jede Stunde lautstark die Uhrzeit ins Volk schreit. Nun, bei meiner anschließenden Nachtruhe im Hotel stellte ich beruhigt fest, dem war nicht so.

Der Samstag war öde, ich schlief aus und machte mich erst am Nachmittag auf die Socken. Der Orientierungsmarsch von Julia-Anna sollte um 19 Uhr starten. Ich mag diese ewige Warterei überhaupt nicht. Am liebsten komme ich zur Arbeit, schaue mich kurz um, verrichte meinen Dienst, räume auf und verschwinde. Möglichst alles in weniger als zwei oder drei Stunden. Aber solche Dates fallen bedauerlicherweise nur selten vom Himmel. Die gute Julia-Anna startete pünktlich um sieben. Vorher hatte sie noch ein sogenanntes „Vulkan-Bad" genommen. Dabei legt man sich in einen Bottich voller Vulkanasche und reibt sich mit selbiger ein. Soll nach Angaben der Veranstalter entspannen und bei angegriffener Haut wahre Wunder bewirken. „Echte Vulkanasche", aha … ist klar. Meiner Meinung nach war das komplett gewöhnliche Asche aus 'nem ollen Kamin. Ich hielt das für absoluten Schwindel, für das Werk ausgebuffter Scharlatane. Vor solchen Betrügereien muss man sich wirklich in Acht nehmen. Na ja, jedenfalls zog Julia-Anna dann endlich los. Sie trug schwarze, sportliche Leggings sowie feste, nagelneue Laufschuhe. Oben ein nettes Shirt, wo zwei äsende Gazellen aufgemalt waren. Darüber eine Regenjacke für alle Fälle sowie zwei auffällige Ohrringe. Die baumelten bei jedem Schritt heftig von rechts nach links und reflektierten dabei ziemlich grell das einfallende Sonnenlicht. Prima, dachte ich, da kann ich meine Beute ja nicht aus den Augen verlieren. Also immer dem schwingenden Glitzer-Glitzer nach. Nach einer Dreiviertelstunde hatten Julia-Anna und ich, der ihr unauffällig in einem gewissen Abstand folgte, eine sehr verkrustete Landschaft erreicht. Ich schaute mich um. Ein paar mannshohe Büsche gruppierten sich dort, weiter hinten zeichnete sich ein höhergelegener Vulkankrater ab. Das schien mir ein recht geeigneter Ort, zumal ich lange nichts mehr von den anderen Wanderern gesehen bzw. gehört hatte. Ich sah mich schon baldigst wieder zu Hause, die Füße auf dem Tisch und einen exquisiten Feierabenddrink in der Hand. **Altobelli!** Okay, die Location war schon mal gefunden, der Zeitpunkt war günstig, mein Werkzeug war ebenfalls gewählt. Wie so häufig war meine Wahl auf ein Skalpell gefallen, eine Schusswaffe wäre viel zu laut und aufsehenerregend gewesen. Und nein, es war nicht DAS Skalpell, mit dem ich vor 26 Jahren an Jérôme herumgeschnippelt hatte. Das originale Schätzchen ist doch längst in Rente und liegt in meinem Büro. Es war also alles angerichtet. Aber es sollte sogar noch besser kommen. Julia-Anna tapste über das erkaltete Lavagestein. Vergnügt sang sie ein Liedchen und schien sich keinerlei Sorgen zu machen. Und plötzlich krachte sie ein. Einfach so. Wupps, war sie weg. War einfach ein Stockwerk tiefer gestürzt. Von solchen Gefahren hatte ich gelesen. Im Zuge meiner Recherche hatte ich ein wenig gegoogelt und mir natürlich einschlägige Literatur besorgt, darunter ein Büchlein über Vulkanismus, Magmakammern, die vielen Maare etc.

Darin stand sinngemäß, es sei keineswegs ungewöhnlich, dass sich vor 450 000 Jahren – oder so um den Dreh – gewaltige Luftlöcher innerhalb der heißen Lava gebildet hatten. Im Grunde formte diese eingeschlossene Luft gewaltige Hohlräume. Als das Ganze etwa 1 000 Jahre später schön abgekühlt war, konnte man locker über das solide Gestein tapsen, laufen und springen. Allerdings liefen damals nur Tiere darüber, uns Menschen gab es wohl noch nicht – obwohl die Meinungen der Wissenschaftler diesbezüglich bis heute auseinandergehen. Freunde, 450 000 Jahre sind kein Pappenstiel! Schon gar nicht, wenn eine stetige Erosion den Boden auf natürliche Weise abträgt und ihn dadurch immer dünner und fragiler macht. An diesem Vulkanboden hatte sozusagen der Zahn der Zeit genagt, anscheinend auch exakt an der Stelle, die das Liedchen trällernde Schwesterchen betreten hatte. Tja, im Gegensatz zu mir hatte sie das Büchlein über „Lava & Co." wohl nicht so haargenau studiert. Wenn sie es überhaupt gelesen hatte. Sie steckte also jammernd in einem ausgewachsenen, etwa drei Meter tiefen Loch. Es war eher eine Grube, die oben an der Einbruchstelle so gezackt war wie eine zerbrochene Eisfläche auf einem Weiher. Sie schrie wie am Spieß, erstens um Hilfe, zweitens aus Schmerz, denn möglicherweise hatte sie sich ein Bein gebrochen. Zudem war wohl eine Schulter ordentlich lädiert. Ich war nicht so begeistert von der Nummer, aber sofern ich es geschickt anstellte, konnte ich den Gig immerhin als schlanken Unfall deklarieren. Ich schlenderte also hinüber zu der Grube, aus der unaufhörlich die schrillsten Schreie heraufstiegen. Ein extrem lautes Geheule, was mich ebenso extrem nervte. Denn ungebetene Gäste konnte ich hier jetzt überhaupt nicht gebrauchen. Das zweite, was mich störte, war die eminent hohe Portion Adrenalin, die aktuell durch Julia-Annas Körper raste. Ich hatte ja schon mal erwähnt, dass eine ruhige und entspannte Beute eine optimale Grundlage zum Arbeiten darstellt. Eine panische ist genau das Gegenteil. Ich schritt also weiter auf die Grube zu, ertastete in der Tasche schon mal vorsorglich mein Skalpell und nestelte behutsam daran herum. Und dann kam er auch schon. Erst hörte ich seine Schritte, dann seine Stimme und Zupp, stand er auch schon neben mir: Ingo. Er war zu Hilfe geeilt, alarmiert durch das elende Geschrei. Fabelhaft, dachte ich, das läuft ja super. Den Trottel konnte ich hier so gut gebrauchen wie einen Darmverschluss. Ingo zeigte mit dem ausgestreckten Arm und ausgestrecktem Zeigefinger geradewegs auf die dunkle Grube mitsamt dem schluchzenden Schwesterchen.

„Wir müssen sie da rausholen", rief er ziemlich aufgeregt.

„Klar, ich bin ja schon dabei", antwortete ich und fügte hinzu: „Gut, dass Sie mit anpacken und helfen." Ich versuchte freundlich zu klingen, meine Stimme verriet allerdings einen etwas gestressten Unterton. Ich fragte ihn, ob er vielleicht in die Grube klettern könne, mir wäre das aufgrund meiner Kniebeschwerden leider unmöglich. Er nickte und stieg vorsichtig hinab zu der wimmernden Trulla. Ich rief, er möge sie irgendwie auf seine Schultern hieven und zu mir empordrücken, ich würde sie dann heraufziehen. Danach würde ich ihm helfen. Er hob die verletzte Frau umständlich auf seine Schultern, ich packte sie am Arm, worauf sie noch mehr schrie. Ich hatte wohl den Arm mit der lädierten Schulter erwischt. Das war natürlich Pech. „Ist gleich alles überstanden", versuchte ich, sie zu beruhigen. Ich zog sie mühsam hoch und geleitete Julia-Anna dann vorsichtig zu einer Gruppe Büsche in der Nähe. Genauer gesagt schleppte ich sie. Aus der Grube rief dauernd dieser Ingo hinter uns her. „Hallllooooo" und wo ich denn bleiben würde, um ihm wieder herauszuhelfen. Dieser Honk vermieste mir komplett die Laune, ich hatte bereits schön den Kaffee auf.

„Moment, ich kümmere mich gleich um Sie!", blaffte ich zurück. Das war durchaus ernst von mir gemeint. Freilich in einem anderen Sinne, als er es verstand. Ich setzte das angeschlagene Schwesterchen ab, drehte mich um und wollte gerade Ingos nölige Stimme zum – endgültigen – Schweigen bringen, da war der Hund schon irgendwie von alleine aus der Grube gekraxelt. Nicht zu fassen! Triumphierend kam der Blödian auf uns zu. So langsam wurde ich echt sauer. Ingo stellte sich neben mich und fragte nach Julia-Annas Zustand. Zu gerne wäre ich ihn an Ort und Stelle losgeworden, denn der Hansel stand einfach die ganze Zeit über im Weg. Aber das Wegfideln musste noch warten. Immer eins nach dem anderen, das ist mein oberstes Arbeitsprinzip. Der Trantüte würde ich später meine ungeteilte Aufmerksamkeit widmen, so viel war klar, aktuell war er noch ungefährlich. Störend, aber keine Gefahr. Keine fünf Sekunden später griff er in seine Jackentasche und holte sein Handy raus. Darauf zeigend flötete er voller Eifer: „Ich hole uns Hilfe!" Das war so ziemlich das Letzte, was mir jetzt noch fehlte. Ehrlich, hier war eindeutig zu viel Zirkus. Noch so ein paar Lavaverrückte um uns herum und ich würde nie fertig. **Altobelli**!

„Das kann ich doch übernehmen", bot ich ihm an. „Der Hotelbesitzer ist ein Freund von mir. Der wird uns schnell einen Arzt und ein paar Leute schicken", erklärte ich, während ich ihm sanft das Handy aus der Hand nahm. Zudem dämmerte mir, dass ich Ingo dringend auf Trab halten musste. Er brauchte eine Aufgabe. „Sie könnten schon mal einen festen Stock oder einen Ast oder so was besorgen. Damit können wir provisorisch das Bein der armen Frau schienen." Der Abend hier verlief bislang ziemlich übel, ich musste echt aufpassen, dass mir die Nummer nicht aus dem Ruder lief.

„Okay!", rief er einwilligend. Daraufhin täuschte ich einen Anruf bei meinem Hotel vor und er verschwand. Ich atmete tief durch und steckte sein Handy in meine Hosentasche. Unter großen Anstrengungen schleppte ich das ständig vor Schmerzen heulende Schwesterherz in Richtung Krater. Das war noch ein gutes Stück. Zwischendurch legte ich sie vorsichtig ab und beteuerte, sie solle sich keine Sorgen machen, ich käme gleich wieder zurück. Fix löste ich mich von ihr, schließlich musste ich mich ja noch um Ingo kümmern. Den hilfsbereiten Tropf traf ich bei den Büschen, einen mittelprächtigen Stock tragend. Er blickte sich suchend nach der Frau um. „Lassen Sie mal sehen", sagte ich und nahm den Stock prüfend in meine linke Hand. „Ja, mit dem könnte es funktionieren", bemerkte ich lobend, derweil meine rechte Hand blitzschnell das Skalpell führte. Es vollführte eine saubere, gerade Linie. Ich war anscheinend gut in Form. Die Bewegung meiner Hand war tadellos und ohne jeden Zickzack. Ingo wurde ganz still. Wir stolperten, er mächtig blutend, ich mächtig keuchend, zur Grube. Wo er, beinahe wie jahrelang geübt, gekonnt kopfüber hineinfiel. Machte keinen Mucks. Der Sprung ähnelte stark einem „Seemanns-Köpper". So haben wir als Kids diese Art des Eintauchens immer genannt. Ein gängiger Kopfsprung, aber eben ohne die Arme seitlich rechts und links vom Kopf nach vorne auszustrecken. „Wow", staunte ich, während ich meine Handflächen schräg gegeneinanderklatschte. Ich blickte in Richtung der in beträchtlicher Entfernung kauernden Julia-Anna. „Endlich allein", murmelte ich, „wär prima, wenn es jetzt auch mal dabei bleibt." Kaum war ich wieder bei Julia-Anna, gab's das nächste Theater. Ingos Handy klingelte. Ganz schlechter Zeitpunkt! Sein Handy steckte ja immer noch in meiner Hosentasche und bimmelte laut und eindringlich. So langsam reichte es mir.

„Gehen Sie ran!", bettelte das Schwesterchen. „Ist bestimmt die Hilfe vom Hotel, die nach uns sucht." Sie blickte mich verheult, aber sehr auffordernd an. Ich holte das Handy aus der Tasche und bellte ein „Ja, wer ist da?", mit verstellter Stimme natürlich. Julia-Anna sah mich sehr skeptisch an. Ihr Blick war durchdrungen von tiefen Zweifeln.

„Das ist doch das Handy von dem anderen Mann", bemerkte sie. Auch das noch!

„Ja, und?", entgegnete ich. „Er hat meins, wir haben getauscht." Häh? Was für eine selten dumme Erklärung von mir. „Nein, Unsinn. Wir haben die Dinger vorhin zufällig vertauscht", antwortete ich fahrig. Freunde, war das ein irres Chaos! Ich hatte den Kanal gestrichen voll. Jetzt auch noch 'ne alberne Diskussion. Ich hätte längst zu Hause sein können. Nun fragte Julia-Anna logischerweise nach Ingos Verbleib. Das mit seinem äußerst gelungenen „Seemanns-Köpper" in die Grube konnte ich ihr natürlich schlecht erzählen, denn es hätte auf jeden Fall die allgemeine Stimmung gedrückt. Also erzählte ich ihr in einem freundlichen Ton: „Der Bursche besorgt Verbandszeug und einen Stock zum Schienen." Ich war das ganze Theater mittlerweile so was von leid. Ab zum Krater, dachte ich nur noch. Mittlerweile hatte es auch noch angefangen zu regnen, mir blieb an diesem Höllentag auch nix erspart. Ich nahm das Schwesterchen, das unaufhörlich schwatzte, heulte und dumme Fragen stellte, und bewegte mich bergauf. „Wo gehen wir denn hin?", wollte sie wissen. Ich schleppte das immer schwerer werdende Trinchen den Berg hoch und versuchte, sie mit einem kleinen Scherz aufzumuntern. „Na, wohin schon? Wir holen uns die versprochenen ‚exklusiven Berührungen mit den Anfängen unserer Mutter Erde!'" Ich musste schmunzeln. Zum ersten Mal an diesem ganzen verdammten Abend. Sie schmunzelte nicht – kein bisschen. Als wir endlich den Rand des Kraters erreicht hatten, ergab sich schon wieder etwas Neues. Dort offenbarten sich mir eine gute und eine schlechte Nachricht. Die positive war, der Krater war schön tief und es ging mächtig steil hinunter. Dort unten würde man das Yoga-und-Gazellen-Huhn in nächster Zeit kaum finden. Die schlechte war, Julia-Anna trug nur noch einen ihrer Glitzerohrringe. Das andere Ohrläppchen hing leer, ungeschmückt und irgendwie traurig herab. So langsam hörte der Spaß wirklich auf. Mutmaßlich hatte sie den anderen Ohrring in der Grube verloren. Da konnte der jedoch unmöglich verbleiben, sonst würde die schöne Unfallgeschichte vom Sturz in den Krater schnell Risse bekommen. Wer weiß, eventuell würde sogar eine üble Untersuchung eingeleitet. Ingo konnte ich in der Grube ganz passabel verstecken, außerdem war ich mit dem Samariterspacken ja in keinster Weise in Verbindung zu bringen. Aber mit dem ständig heulenden Schwesterchen schon eher. Deshalb sollte Julia-Annas Finale auf jeden Fall nach einem schlanken Unfall aussehen. Und was bedeutete das in letzter Konsequenz? Genau! So grauenvoll es für mich auch war, aber mein geschundener Körper und mein strapazierter Geist mussten nochmals zur Grube, um den Ohrring zu finden. Also nochmal ein Besuch bei Ingo. Würde der Wahnsinn an diesem Abend denn überhaupt kein Ende mehr nehmen? Ich verabschiedete das Schwesterherz in die vulkanischen Jagdgründe und begab mich zur nächsten Station. Zurück an der Grube machte ich mich an die Rückgewinnung des glitzernden Ohrschmucks. Ich suchte das verdammte Loch von oben mit meiner Taschenlampe sorgfältig ab. Ich beleuchtete jeden Quadratzentimeter. Jedenfalls jeden, der nicht von dem guten Ingo bedeckt wurde. Aber es war kein Glitzern zu entdecken. Das Ding musste also UNTER dem hilfsbereiten Störenfried liegen. Ich drehte fast durch. Ich kletterte runter und suchte unter dem leblosen Lappen weiter. Ein Wunder, dass ich nicht in wildes, hysterisches Gelächter ausbrach. Quälende 20 Minuten später fand ich das Ding endlich. Die dazu gehörigen Verrenkungen von mir – und solche, die ich an Ingo vornehmen musste – erspare ich Ihnen an dieser Stelle. Aber ich darf Ihnen versichern, es ging nicht immer galant ab.

Ich blieb dann doch noch eine Nacht in meinem Hotel in Hillesheim. Ich war viel zu fertig und erledigt, um nach Hause zu fahren, und lechzte nach drei bis sieben Feierabenddrinks. Erst am nächsten Tag gegen Mittag war ich wieder in der Lage, einigermaßen zu denken und zu handeln. Gegen ein Uhr fuhr ich dann heim. Dort ließ ich mich auf mein Sofa fallen und trachtete lediglich danach, intensiv zu chillen. Aber so recht wollte es mir nicht gelingen. Dieses irre Theater rund um diesen seltsamen Job hämmerte ausdauernd in meinem Schädel. Später rief ich Margot an. Ich berichtete meiner einhändigen Auftraggeberin mit dem Riesenhut, alles sei soweit okay.

„Und?", fragte sie, „geht es Ihnen jetzt wieder besser? Haben Sie mal ein wenig auf sich und Ihre Gesundheit geachtet?" *Was für eine selten blöde Frage,* dachte ich.

„Natürlich!", log ich. „Erst gestern hab ich sogar 'ne Menge Sport getrieben. Unter anderem war ich Klettern. Ich bin topfit und könnte direkt wieder loslegen." In Wirklichkeit würde ich mindestens zwei oder drei Wochen benötigen, um mich einigermaßen von dem ganzen Zirkus zu erholen. **Altobelli!**

Wirklich, diese Westeifel hat eine merkwürdige Aura. Das Büchlein über Vulkane, Magmakammern und Ähnliches habe ich erst zwei Tage nach meiner Rückkehr aus meiner Reisetasche gekramt. Ich blätterte noch einmal darin herum, hab es dann schließlich in den Müll geworfen. Die übrigen 73 Teilnehmer haben das Lavawochenende übrigens voller Begeisterung bis zum Ende durchgezogen und, wie ich hörte, überwiegend sehr genossen. Julia-Anna wurde erst drei Tage später von ihrem Gatten als vermisst gemeldet. Vermutlich hatte der treusorgende Bursche nach einem munteren Boxkampfbesuch noch ausgiebige zwei Tage in ein paar Casinos und Saunaclubs abgehangen. Na ja, gefunden haben sie seine Tango tanzende und Gazellen rettende Frau aber schlussendlich erst etliche Wochen später. Also eher die Reste von ihr, geschmückt mit nur einem Ohrring. Was aber anscheinend niemanden sonderlich irritierte.

Den guten Ingo haben sie übrigens bis heute nicht entdeckt. Der Knilch war nach seinem „Seemanns-Köpper" prima in einer dunklen Ecke der Grube gelandet. In die hatte ich ihn ja vollends reingerollt und das Loch anschließend massiv mit Steinen, Stöcken und Gestrüpp vollgepackt. So ganz nach alter Trappermanier. Gelernt ist eben gelernt. Schließlich hab ich mich schon als Kind an Karneval gerne als Trapper verkleidet. Na ja, und „Verstecken" war auch immer eines meiner Lieblingsspiele. Aber dass sich so kindliche Vorlieben irgendwann mal beruflich auszahlen, das hätte ich nicht gedacht. **`Altobelli!`**

23 Finale

Zehn Tage später spürte ich immer noch eine bleierne Müdigkeit in mir. Ich war nicht nur müde, ich fühlte mich mürbe und ausgebrannt. Mein Alltag wurde mittlerweile beherrscht von einem Gedanken, der mir seit der Nummer in der Vulkaneifel nicht mehr aus dem Kopf ging. Der ungebetene Gast pochte unaufhörlich gegen meine Schädeldecke. „Soll und kann ich so weitermachen? Besteht der Sinn meines Lebens wirklich darin, das der anderen zu beenden?" Verstehen Sie mich bitte nicht falsch, es ging hier nicht um moralische Zweifel oder ähnlich alberne Faxen. Nein, ich überlegte schlicht, mir eine neue Aufgabe zu suchen. Nochmal etwas ganz anderes zu machen. Reizvoll sollte es sein. Und mindestens so viel Spaß machen wie mein bisheriger Job. Aber finden Sie da mal was! Ist echt 'ne Herkulesaufgabe. Derweil turnte Romy gut gelaunt um mich herum. Mal versuchte sie mich auf diese Art aufzuheitern, mal auf jene Weise zu motivieren. Aber die Veränderungen bei mir waren ihr nicht verborgen geblieben. „Was ist denn los mit dir? Du siehst ja hundemüde aus, manchmal wirkst du regelrecht apathisch."

„War gestern mit ein paar Bücherkunden unterwegs", murmelte ich kraftlos, „ist später geworden."

„Und? Hast du was verkauft?"

„Ja, war okay. Insgesamt haben die Burschen 32 Stück geordert."

„Cool", flötete mein Hase, „dann könntest du mich ja

morgen zum Essen einladen." Was ich dann auch tat. Dabei wagte ich mich ein wenig vor und ließ einen Testballon steigen. „Romy, ich weiß nicht, ob ich meinen Job noch lange mache. Irgendwie habe ich keine große Lust mehr", eröffnete ich das Gespräch.

„Wieso? Das, was du da machst, kannst du doch am allerbesten. Außerdem verdienst du dabei doch ordentlich."

„Ja, ja, stimmt schon. Aber manchmal ist es echt mühsam und nervig. Und super anstrengend."

„Anstrengend? Was denn? Das bisschen Bücherschleppen? Mark, du hockst ja auch immer nur zu Hause rum, vielleicht brauchst du mal 'ne Abwechslung. Hilf doch mal Quiet Earp bei dessen Import-Export-Geschäften oder setz dich zu Didi in die Kanzlei. Allein schon durch die abenteuerlichen Storys der Klienten kommst du auf andere Gedanken." Romy fand ihren Vorschlag ganz toll, ich weniger. Ich merkte schnell, diese Unterredung führte zu nichts. Nein, Romy war in dieser Hinsicht leider nicht hilfreich. Da musste schon profunderer Input her. Ich traf mich mit Wolle und Quiet. Zunächst verklickerte ich beiden meine Problematik, dann eröffnete ich ihnen einen Plan. Neulich war ich auf einen genialen Gedanken gekommen. Ich würde eine megascharfe Killer-App auf den Markt bringen. Die beiden Strategen hörten mir zunächst gespannt zu.

„Voll abgefahren", tönte ich, „eine App, die dir sogar im finalen Moment hilft, mit vielen coolen Tipps. Und mit so einer seriösen Frauenstimme, wie sie die Navis immer haben. Super, oder?" Beide glotzten mich regungslos an. Davon ließ ich mich aber nicht irritieren. Um die Sache transparenter zu gestalten, imitierte ich so eine weibliche Navitante: „Führen Sie die Spritze nun seitlich an den Hals … und keinesfalls vorne am Kehlkopf! Danach wenden Sie die Beute nach links und hebeln ihre Standfestigkeit aus …" Ich fand meine geplante App total attraktiv. Eigentlich sogar unverzichtbar für meine Kollegen – weltweit.

„Braucht kein Schwein!", lautete Wolles Fazit. Quiet schüttelte den Kopf und flüsterte etwas wie: „Völliger Schwachsinn." Eigentlich hatte ich von den Jungs eine andere Reaktion erwartet.

„Zähl mal deine Bündel, Mark", riet mir Wolle, „vielleicht musst du ja gar nix mehr veranstalten. Die bescheuerte App kannst du jedenfalls in die Tonne drücken." Nun, meine Bündel hatte ich bereits mal überschlagen, als Vorsorge für weitere 30 bequeme Jahre würde mein Zaster vermutlich nicht ausreichen.

„Okay, ihr Querulanten! Irgendwelche anderen Ideen?", forderte ich meine Kumpel heraus. Quiet kratzte sich am Kinn, Wolle schaute zur Decke. So blieb das etwa sechs oder sieben Minuten. Wir saßen da wie die Ölgötzen, ohne jedes Wort. Am Ende brach Wolle das Schweigen.

„Du könntest so Schocker-Stadtrundfahrten machen", schlug mein Kumpel vor. „Du dekorierst einen Bus um, sodass es da drinnen voll gruselig ist, Spinnweben, klappernde Skelette, herumliegende Organe, halt so wie in einer hammermäßigen Geisterbahn. Dann holst du die Leute da rein, karrst sie durch die Stadt und erzählst ihnen auf schaurige Art von den abgedrehtesten Morden und

Meucheleien." Mir stand der Mund offen, Quiet wisperte diesmal etwas verständlicher: „Unfassbarer Blödsinn." Doch Wolle war jetzt in seinem Element und ließ sich nicht stoppen. „Alle bekommen Erdbeershakes, die aussehen wie echtes Blut. In jedem Drink schwimmt ein halbes Ohr. Und am Ende humpelt der Busfahrer grölend mit einer blutverschmierten Sense durch den Bus." Die letzten elf Worte schrie mein Kumpel voller Enthusiasmus durch den Raum. Quiet stand auf und zeigte Wolle einen Vogel. Mir hingegen gefiel der Vorschlag gar nicht so schlecht, zumindest hatte er reichlich fantasievolle Facetten. Aber man würde dabei schlichtweg nicht genug Kohle machen. Wie auch immer, auch an diesem Abend wurde mein Problem nicht zufriedenstellend gelöst.

Tags darauf besuchte mich Didi. Romy war arbeiten, irgendwo in Dubai oder so. Didi hatte bereits von den anderen von meinem Durchhänger gehört. Deshalb hatte er sich zu einer Stippvisite bei mir entschlossen. Ich ging in die Küche, um Kaffee zu machen, Danger schlurfte hörbar jammernd hinter mir her. Eine feiste Arthritis im Knie machte ihm wohl zu schaffen. „In BEIDEN Knien!", verbesserte er mich. Hätte er vier oder fünf Knie, wären sicherlich alle vier oder fünf Knie betroffen. „Sind so unglaubliche Schmerzen, wie ich sie selten zuvor erlebt habe." Ich verdrehte die Augen in Richtung Zimmerdecke. Wir nahmen den Kaffee im Besprechungszimmer, wo ich ihm eigens einen Schemel hinstellte, auf dem Didi seine Beine ausstrecken konnte. Nach einigem Palaver kam er endlich zum Punkt. Er hievte sich mühevoll aus seinem Sessel hoch, stand dann leicht gebeugt und verschränkte die Arme hinter dem Rücken. In genau dieser Haltung begann Didi, um mich herumzuschreiten. Kurz darauf fing er an, in einem sehr seltsamen Therapeutenhabitus auf mich einzureden.

„Mark, ganz ehrlich, ich glaube, bei dir müssen wir deutlich tiefer beginnen. Sozusagen direkt an der Wurzel deines Problems ansetzen. Ich schlage vor, dass du demnächst mal zur Probe einen Hund oder ein Schaf um die Ecke bringst. Ganz einfach, um zu überprüfen, ob dir das Umpusten überhaupt noch Freude bereitet. Oder ob es dich mittlerweile komplett anödet … oder gar abtörnt."

„Bullshit!", entgegnete ich.

„Okay, mein Bester. Dann versuchen wir es vielleicht erstmal mit einem Hamster … oder einem Kanarienvogel."

„Didi, darum geht's doch überhaupt nicht. Ich hab keinen Bock mehr auf den ganzen Stress! Immer genau richtig zu planen, perfekt zuzuschlagen, unsichtbar zu bleiben. Das ist nix mehr für meine Nerven! Ich bin jetzt 48, da muss ich echt nicht mehr jeden Klamauk machen." Er war völlig anderer Meinung. In einem astreinen Therapeutendeutsch faselte er mich an die Wand. Ich sei doch im besten Alter, gerade meine Erfahrung sei unbezahlbar. Ich saß da im Bademantel, rührte in meinem Kaffee und hörte ihm kaum zu. Ich sinnierte ernsthaft darüber nach, ob ich plötzlich zum alten Eisen gehörte. War ich wirklich schon ein Rentnerkiller? Nein, Blödsinn, es ist ja genau umgekehrt, wenn, dann war ich ja ein Killerrentner. Diese Gedanken drückten schwer auf mein Gemüt. Didi verzog sich mit ein paar aufmunternden Worten, ich wünschte rasche Genesung von seiner Arthritis.

Am folgenden Tag wurde es noch schlimmer. Freunde, mir ging es so hundeelend, dass ich schon halluzinierte. Ich war mittags kurz eingeschlafen, dabei träumte ich, dass ich Romy einen Heiratsantrag gemacht hatte. Dieser furchtbare Traum gipfelte darin, dass wir eine unglaublich spießige Trauungszeremonie absolvierten. Mit einem schleimigen Pfaffen, einer Orgel, Reiskörnern und allem Drum und Dran. Anschließend feierten wir ein bizarres Hochzeitsfest. Alle meine Kumpels überreichten uns Hamster, Kanarienvögel und die dazugehörigen Schneidewerkzeuge als Hochzeitsgeschenk. Außer Didi, der hatte uns sogar ein Pony mitgebracht. Ich wachte auf und merkte, ich bin voll am Ende. **Altobelli,** so konnte es fürwahr nicht weitergehen. Ergo musste ich raus aus diesem gefährlichen Psychosumpf. Und nachdem die Killer-App ja wohl ein Rohrkrepierer war, hatte ich nun eine neue Idee. Ich wollte ein Kinderbuch schreiben. Es würde die Blagen begeistern, da war ich mir sicher. Vor allem die Sechs- bis Neunjährigen würden voll drauf abfahren. Die Idee zu dem Buch hatte ich schon länger. Mein Buch sollte den Titel „Patsy – der einsame Drache" tragen. Patsy ist ein kleines Drachenbaby, das behütet an der Nordsee aufwächst. Es tollt herum und spielt vergnügt mit den anderen jungen Tieren – mit Rusty, dem lustigen Eichhörnchen, mit Nelly, dem treuen Bieber, und mit Iggy, dem schlauen Hasen. Alle leben friedlich und gechillt miteinander, bis ein paar blöde Menschen aus der Stadt diese Idylle zerstören und sogar Patsys geliebte Dracheneltern mitnehmen und an den Zoo verhökern. Patsy wächst heran, treibt intensives Bodybuilding, schüttet brav tonnenweise Steroide in sich hinein, ernährt sich ansonsten aber vegetarisch und macht sich einige Jahre später auf in die City, nach Hamburg. Dort spielt sich das tosende Finale meines Kinderbestsellers ab. Patsy lernt schnell den lustigen Skorpion „Al Cap" und dessen Freunde kennen. Das sind genau die richtigen Kumpane, das ist Patsy sofort klar. „Al Cap" befehligt eine vielköpfige Tiergang. Gemeinsam besorgen sie sich allerhand Waffen und befreien Patsys arme Eltern aus dem Zoo. Anschließend brennt mein Titelheld – schließlich ist er ja ein feuerspeiender Drache – den gesamten Stadtteil nieder, in dem die gemeinen Strolche wohnen, die seine Eltern einst entführt haben. Natürlich napalmmäßig, mit allem, was in der Gegend so kreucht und fleucht.

Ich begann also, alles sorgsam aufzuschreiben. Zwischendurch holte ich mir extra professionelle Meinungen ein. Das machen echte Schriftsteller so. Ich lud also Mareike und Jurek zu mir ein, das sind die zwei älteren Kids von Didi. Als ich den ersten Entwurf fertig hatte, las ich den beiden probeweise die Kapitel vor. Sowohl Mareike, sie ist jetzt zehn, als auch Jurek, er wird bald acht, legten beim Zuhören ordentlich die Ohren an. Mareike meinte danach, na ja, die Story wäre nirgendwo wirklich lustig und am Ende wäre etwas zu viel Hauerei und Blut und Feuersbrunst, aber sonst … Jurek sagte nix. Ich überarbeitete mein Manuskript also nochmals und ließ es dann sogar noch von einem exzellenten Zeichner illustrieren. Die Story sah danach nicht nur bezaubernd aus, sie las sich auch sehr aufregend. Ich änderte allerdings den Titel. Nun prangten auf meinem Kinderbuch die Worte: „Patsy – ein

Drache nimmt Rache!" So ein Reim als Titel ist Spitzenklasse.

Jedenfalls fand ich die Patsy-Story einmalig, sämtliche Verleger, mit denen ich Kontakt aufnahm, jedoch kurioserweise nicht. Sie wimmelten mich mit den obskursten Argumenten ab. Die Story sei für Kinder „einen Tick zu brutal, einfach zu gewalttätig". Ich entgegnete, das Leben sei nun mal voller Gewalt. Ein anderer mokierte sich schon über den Titel. Man könne ein Kinderbuch unmöglich mit der Überschrift „Rache" versehen. Warum denn nicht? Ich hielt seine Meinung für totalen Quatsch. Wieder ein anderer meinte, Drachen seien völlig out. Ich sollte statt des Drachenbabys ein Einhorn nehmen. Am besten eines mit künstlicher Intelligenz. Außerdem sollte das Ding nicht an der Nordsee, sondern im Schlaraffenland spielen. Und wenn dann noch die Eltern des Einhorns als Geiseln in einer iranischen Raketenfabrik gehalten würden, dann könnte man sich nochmal unterhalten. Er riet mir, die Story einfach nach seinen Anmerkungen umzuschreiben. Vielleicht würde er dann mein Buch verlegen. „Aber natürlich machen wir kein Kinderbuch daraus. Die sind albern und verkaufen sich eh kaum", brabbelte er mit einer Stimme wie ein Autoverkäufer, „aber als eine Art Mega-Bloody-Fantasy-Thriller könnte das Manuskript schon funktionieren." Einen Titel hatte der Pappkopf auch schon parat: „Countdown in Nischapur". Ich hatte selten so eine bescheuerte Idee und so einen dämlichen Titel gehört. Ich legte auf und musste einsehen, dass der gute Patsy statt als Literatur-Ikone rund um den Globus zu ziehen, wohl noch ein Weilchen in meiner Schreibtischschublade vermodern würde, zusammen mit Rusty, Nelly und Iggy. Und natürlich mit mir, dem Killerrentner. Vielleicht sollte ich Romy mein Manuskript mal zeigen. Ihr hatte ich lediglich erzählt, ich sei nunmehr als Autor tätig. „Was schreibst du denn so?", fragte sie. Ihr Interesse schien echt zu sein.

„Eine Kindergeschichte, Hauptfigur ist ein kleiner Drache", antwortete ich.

„Oh, das hört sich aber putzig an. Darf ich es mal lesen?"

„Wenn es fertig ist. Ich muss noch ein wenig daran feilen …"

„Hauptsache, es erwärmt das Herz der Kinder und regt ihre Fantasie an."

„Das ganz bestimmt", antwortete ich, obwohl ich nicht so genau wusste, was sie damit meinte.

Na ja, und dann kam dieser Mittwoch. Ich kritzelte in meinem „Patsy"-Manuskript und schärfte nochmals die Figuren der schlimmen Bösewichte. Da erreichte mich die Mail von Mr Sullivan. Den Namen hatte ich schon gehört. Der Kerl lebte offensichtlich in den USA und berief sich auf gemeinsame Bekannte. Er habe meine Mail-Adresse von „Igor, der Zange", erhalten. Aha, dachte ich nur. Wenn Mr Sullivan und „Die Zange" sich kennen, sollte ich die Mail besser mal gründlich lesen. Allerdings musste ich damit warten, bis Romy das Haus verlassen hatte. Sie wollte sich abends mit zwei Freundinnen zum Brauseschlürfen treffen, also zu ausgiebigem Proseccogenuss mit allerlei Tratschen. Mir war das mehr als recht, Hauptsache sie versuchte nicht, mich mit irgendwelchen komischen Sachen aus meinem Psychotief zu holen. Seit dem Kinderbuch war ich wieder deutlich besser drauf. Auch wenn meine Patsy-Story derzeit noch komplett verkannt wurde und bisher keiner sie haben wollte, hatte ich doch bewiesen, dass ich durchaus noch zu was nütze bin. Romy verabschiedete sich gegen neun, keine zwei Minuten später saß ich am Computer und studierte das Schreiben des Mr Sullivan. Der Mister erkundigte sich sehr höflich nach meinem Befinden und äußerte sich sehr lobend über meine bisherigen beruflichen Tätigkeiten. Besonders die Gefälligkeit, die ich seinerzeit den albanischen Mafiakomikern mit Joao erwiesen hatte, hob er aufgrund meines „Ideenreichtums und der ungemeinen Eleganz" hervor. Nunmehr habe er die Anfrage eines langjährigen Freundes erhalten, der „da ein durchaus diffiziles Problem zu lösen habe". Einzelheiten könne er aktuell noch keine nennen, zunächst wolle er lediglich eruieren, ob eine generelle Bereitschaft vorliege und ich mir eine kurzzeitige Hilfstätigkeit in den USA vorstellen könne. Falls ja, könnte man natürlich in einen intensiveren Kontakt treten.

Ich las die in sehr vornehmem Englisch formulierte Mail mehrfach, da ich hin und wieder einen Begriff im Online-Wörterbuch nachschlagen musste. Schlussendlich bot mir Mr Sullivan einen schlanken Informationsbesuch in den USA an. Man könne sich ja zwanglos in Chicago ein wenig näher kennenlernen, die Kosten dafür würden selbstverständlich übernommen. In CHICAGO! **Altobelli!** Allein dieser Name löste in mir hochschlagende Wellen der Euphorie aus. Freunde, ich war hin und weg. Sofort setzte ich mich mit Hilfe des Übersetzungsprogramms an die Beantwortung von Mr Sullivans Anfrage. Ich bezweifelte, dass dies sein richtiger Name ist. Aber vielleicht ja doch? Egal, ich beschloss, meinen „Hagen von Lautersberg"-Account zu benutzen. Schwupps, schon war meine bejahende Antwort unterwegs. Ich fühlte mich so vital wie schon seit Monaten nicht mehr. Ich tanzte um meinen Billardtisch, während aus meinen Boxen laute Billy-Idol-Songs dröhnten.

Gegen 0:30 Uhr, Romy war noch nicht wieder zu Hause, traf zackig seine Antwort ein. In der Traummetropole Chicago war es gerade 17:30 Uhr. In seiner Mail offerierte mir Mr Sullivan äußerst zuvorkommend ein nettes Businessflugticket samt Chauffeurdienst und Hotelaufenthalt. Bei Interesse möge ich ihn doch bitte gegen 22:00 Uhr Chicagoer Zeit in seinem Büro anrufen – auch zwecks Terminabsprache. Neugierig studierte ich die Signatur seiner Mail. „Sullivan & Porter – Construction equipment rental – Downtown Chicago / Illinois" stand dort. Okay, dann war das wohl doch sein richtiger Name. Na ja, für einen Baumaschinenverleih hatte ich bis dato noch nie gearbeitet. Öfter mal was Neues. Aber aktuell war ja noch nix beschlossen. Erstmal das Telefonat abwarten, da ergaben sich eventuell noch größere Hindernisse. Ich hörte, dass im Schloss meiner Wohnungstür ein Schlüssel klackerte. Ein Blick auf meine Uhr verriet, dass es erst kurz nach zwei war. Romy kam deutlich früher nach Hause gestöckelt als gedacht. Vielleicht war das Geschnatter mit ihren Schnecken heute mal unergiebiger verlaufen. Normalerweise können die Mädels locker auch bis vier Uhr morgens töttern – heute nicht. Wir umarmten uns, sie erzählte mir noch dies und das von dem Abend und fiel erschöpft ins Bett. Ich ging ins Bad und errechnete während des Zähneputzens meine Anrufzeit bei Mr S. Es würde eine verdammt kurze Nacht werden, denn um fünf Uhr müsste ich zum Hörer greifen. Aber vermutlich würde ich vor lauter Aufregung sowieso nicht schlafen können. Romy hingegen schon. Als ich ins Schlafzimmer trat, war sie bereits in den schönsten Träumen. Ich ruderte mich so durch die nächsten nächtlichen Stunden und begriff mehr und mehr, dass ich zu jung, zu fit, zu abenteuerlustig und zu tatendurstig war, um ein Leben als Killerrentner zu fristen. Sollte das Angebot passen und die Nummer durchführbar sein, würde ich wahrscheinlich zustimmen.

Pünktlich um fünf wählte ich die angegebene Nummer im Büro von Sullivan & Porter. Es meldete sich eine hyperfreundliche Vorzimmerdame. Holla, in Amerika arbeiten selbst die Assistenten noch bis tief in die Nacht, dachte ich. Aber die 22 Uhr schienen ihr nix auszumachen, denn aus meinem Handy schallte mir ihr freundlicher, hochstimmiger Sopran-Gesang entgegen: „Hellooo, Sullivan & Porter company, Jenkins speaking … How can I help you?" Am Ende einer jeden Aussage war das Stimmchen stets in allerhöchster Tonlage. Diese Ladies schleimen immer unfassbar rum, ihre Höflichkeit ist fast schon hysterisch. Na ja, jedenfalls ließ ich mich von der Gesangstante mit dem Boss verbinden. Ich stand im Bademantel in meinem Billardzimmer und lauschte seinen Worten. Es war ihm zwar nix Definitives, nichts Konkretes zu entlocken, doch in der Summe klang die Sache nicht übel. Zumindest so verlockend, dass ich einem kurzen Infotrip nach Chicago zustimmte. Worum es allerdings genau bei der angedachten Problemlösung ging, erfuhr ich nicht. Tja, so Nummern können zuweilen kochend heiß werden. Manchmal werden sie sogar zu deiner letzten, das weiß man bei uns ja nie.

Dieses Telefonat ist gerade mal acht Minuten her. Ich gebe zu, ich bin hin- und hergerissen. Schön wäre gewesen, mehr Infos zu bekommen, aber Mr S. gab sich echt zugeknöpft. Eins ist klar, vor dem Infotrip nach Chicago werde ich keine Entscheidung treffen. Während ich eine Billardkugel nehme und sie leise über meinen Pooltisch rollen lasse, erfasst mich eine extreme Spannung, eine zittrige Nervosität. Warum? Weil ich mich frage, ob ich, M. A. Kaber, mir endlich meinen alten Lebenstraum erfüllen kann. Oder eben doch nicht. Mr Sullivan hatte mir nur einige wenige, wenn auch hochinteressante Knochen hingeworfen. Während ich mich ins Schlafzimmer schleiche, fühle ich mich eher verwirrt. Teufel, was für eine Nacht! Ich stehe am Bettrand und beobachte Romy. Und wieder einmal wird mir bewusst, wie unheimlich verknallt ich noch immer in sie bin. **Altobelli** – und das nach all den Jahren! Während ich zurück ins Bett schlüpfe, blicke ich noch rasch auf meinen Wecker. Das blöde schnarrende Ungetüm zeigt 5:20 Uhr. Übel, aber immerhin bleiben mir wenigstens noch knapp drei Stunden Schlaf. Später würde ich meinen Hasen mit einem Kuss und einem sagenhaften Milchkaffee wecken. Im Moment schläft sie allerdings tief und fest, ab und zu schnarcht sie ein wenig. Aber es ist kein unangenehmes, lautes Krawallsägen, eher ein dezentes Frauengeknarze.

Das **Personenverzeichnis** von `Altobelli` -
Folgende Hühner und Kerle traten in der Reihenfolge auf:

01 Mark-Alexander Kaber
   (Na ich, Auftragskiller aus Düsseldorf)

02 Romy
   (Stewardess und meine Freundin)

03 Jozefa
   (Friseurin und meine Untermieterin)

04 Namen vergessen, deshalb Fritti
   (Immobilien-Heini, landet als Beute in Paris)

05 Quiet Earp (bürgerlich Jens)
   (Kumpel aus MG, Lieferant für Diverses)

06 Der Mogul alias Bob alias Georg
   (Vermittler meines 1. Jobs mit 22 Lenzen)

07 Esther
   (Studienfreundin, hat das Skalpell besorgt)

08 Jérôme
   (belgischer Maler, meine Debüt-Beute)

09 mein Vater
   (seit Oktober 75, Optiker im Ruhestand)

10 meine Mutter
(69, Kindergärtnerin im Ruhestand, heult viel)

11 Hansjörg
(Nachhilfe-Trottel A, später Porno-Produzent)

12 Clemens
(Nachhilfe-Trottel B, später Versicherungsheini)

13 Thomas Soundso
(Lotto-Gauner, Beute in Hannover)

14 Hagen von Lautersberg
(mein schickes Pseudonym)

15 Jeff Daniels
(Pseudonym meines Schein-Prokuristen)

16 Neil
(Thomas' Köter, Golden Retriever, Aufzug-Profi)

17 Wolle Seuss
(guter Kumpel mit Kopfdelle, Bioladen, stellt blöde Fragen)

18 Pumuckl alias Iris
(Wolles Angestellte im Bioladen)

19 Didi „Danger" Herrenbrück
(5 Jahre jüngerer Kumpel, Anwalt, ein Hypochonder)

20 **Linda**
(Didis Ehefrau, haben 4 Kinder, weiß über Beruf Bescheid)

21 **Carsten Grams alias Big Mickey Mo**
(Kumpel, Kino-Trottel, sitzt 21 Jahre in Fuhlsbüttel)

22 **Dorothee**
(Mickeys spooky Huhn, Disney-Fan)

23 **Das Köchlein**
(italienischer Koch und Rosalies Liebhaber, falsche Beute der Ukrainer)

24 **Madame Rosalie**
(Gattin eines Russen, später Texaner-Frau)

25 **Der Angler**
(finnischer Kollege, bereinigte die Chose um das Köchlein und Madam Rosalie)

26 **Rolf**
(Klient, Harfenist Nr. 2, ging später auf Welttournee)

27 **Harfenist Nr. 1**
(Beute, Zahnarzt-Patient, im Musiker-Himmel)

28 **Dr. Marcella Nüsser**
(Anästhesistin beim Zahndoc, Berufsverbot)

29 Kilian, später KILLIAN
   (Kollege, halb Eng-Ire, Party im „Crabtree")

30 Jan van der Kroft alias Heintje
   (Kollege aus Holland, sympathisch)

31 Jean-Claude
   (Franzkopp, arroganter Kollege)

32 Laurent aus Marseille
   (Ex-Kollege, versemmelt das Aufräumen)

33 Ole aus Schweden
   (Kollege, reihert knapp neben das Cabrio)

34 Lucien aus Belgien
   (nerviger Kollege, bekommt Dresche)

35 Toots
   (Killians Freundin, kann mächtig abfeiern)

36 Steven
   (Killians Bruder, Dirigent, wilde Mähne)

37 Igor „die Zange"
   (Kollege, Sachsen-Anhalt, launig)

38 Lars aus Flensburg
   (talentierter Kollege, 31, neun Finger)

39 Melvin aus Schweden
(Kollege, sperrt den Wirt des Pubs ein)

40 Liam
(Kollege aus Manchester, Erfinder der Tretboot-Nr.)

41 Joao
(abtrünniger Schiri, Busunfall in Trondheim)

42 Giuseppe
(Busfahrer von Lazio Rom, Joao-Plätter)

43 Robert Rangmeier / Roben-Robert
(Vors. Richter am Amtsgericht, humorlos, streng)

44 Cosmo
(angeklagt wg. Nötigung etc., guter Tänzer)

45 Anja Soundso
(40, auch Schöffin im Cosmo-Prozess)

46 Bernard
(Staatsanwalt bei Cosmo, Wichtigtuer)

47 Schmuggel-Steward
(Cosmos Ex-Kumpel, lädierte Schienbeine)

48 Heiner Heimanns
(Cosmos matter und blutleerer Anwalt)

49 Luis
  (35, Tiroler, Assistent bei Araber-Nr.)

50 Der Schneider von Wien
  (eigentlich Gerhard, Wiener, skurril, cholerisch)

51 Hr. Lyneberg / Rätsel-Opa
  (Didis Beute bei der Rätsel-Olympiade)

52 Ruben alias Padre Enrique
  (span. Idol, Ex-Killer, der mit den 2 Pfaffen)

53 Britt aus Dänemark
  (Granate, Zahnlücke, Paps-Nachfolgerin)

54 Dracula aus Norwegen
  (Kollege, skurril, zickt mit Wolle rum)

55 Jasper-Kasper aus Norwegen
  (Kollege, Kumpel von Dracula)

56 Mikele aus Italien
  (Kollege, ebenfalls beim Kongress)

57 Bogdan
  (Kollege, Rumänien, schläft ständig ein)

58 Eric alias Ugly Snake
  (Kollege, Schottland, nicht beim Kongress)

59 Dozent über Auslieferungen
(Holländer, grauhaarig, ergreift die Flucht)

60 Kriminalexperte über Laser etc.
(Luxemburger Dozent, Schnösel der EU)

61 Margot (einhändig)
(will ihre Schwester loswerden, mega Hut)

62 Julia-Anna
(Margots Schwester, Tangofan, rettet Gazellen)

63 Klaus
(Margots Ehemann, Anzeige kassiert)

64 Gordon
(Julia-Annas Gatte, Boxen, Casino, Sauna)

65 Ingo
(eifriger Störenfried, jetzt Grubenbewohner)

66 Mr Sullivan
(evtl. Auftraggeber für Job in Chicago)